Elli C. Carlson
Nachts, wenn die Sterne leuchten

AF177907

Das Buch

Smilla Larsen führt das perfekte Leben: beste Karrierechancen, ein Traummann an ihrer Seite und eine Familie im Rücken, die immer für sie da ist. Eigentlich kann nichts mehr schiefgehen. Doch plötzlich ist für das Nesthäkchen der Larsen-Schwestern alles anders.

Sten Ohlsen ist endlich da angekommen, wo er glücklich ist: in Brodershöved, dem verschlafenen kleinen Küstenort an der Ostsee. Hier kann der erfolgreiche Investor fernab aller geschäftlichen Verpflichtungen zur Ruhe kommen. Jedenfalls so lange, bis Smilla Larsen in sein Leben tritt.

Von der ersten Begegnung an steht fest – die beiden sind wie Ebbe und Flut und gehen sich besser aus dem Weg. Doch als das nicht möglich ist, erkennen sie erstaunt, dass die Liebe ganz andere Pläne mit ihnen hat …

Die Autorin

Elli C. Carlson lebt und arbeitet in Berlin und hat unzählige Drehbücher fürs Fernsehen geschrieben. Seit sie 2016 ihren ersten Roman veröffentlicht hat, kann sie nicht mehr damit aufhören. Humorvolle, emotionale und spannende Liebesgeschichten haben es ihr angetan. Happy End garantiert. Inspiration findet sie meist auf ausgedehnten Spaziergängen mit ihren beiden spanischen Streunern oder ganz entspannt bei einem Cappuccino, vorzugsweise in einem kleinen Strandcafé an der schönen Ostseeküste.

Elli C. Carlson

Nachts, wenn die STERNE leuchten

Roman

Deutsche Erstveröffentlichung bei
Montlake, Amazon Media EU S.à r.l.
38, avenue John F. Kennedy, L-1855 Luxembourg
Oktober 2021
Copyright © der deutschsprachigen Ausgabe 2021
By Elli C. Carlson
All rights reserved.

Umschlaggestaltung: semper smile, München, www.sempersmile.de
Umschlagmotiv: © Reinke Fox / Shutterstock; © Sparrowbh / Shutterstock;
© Ezakiell / Shutterstock;
© Olha V / Shutterstock; © ArtMari / Shutterstock;
© saba vector / Shutterstock
Lektorat und Korrektorat: VLG Verlag & Agentur, Haar bei München,
www.vlg.de
Gedruckt durch:
Amazon Distribution GmbH, Amazonstraße 1, 04347 Leipzig /
Canon Deutschland Business Services GmbH, Ferdinand-Jühlke-Str. 7,
99095 Erfurt /
CPI books GmbH, Birkstraße 10, 25917 Leck

ISBN: 978-2-49670-798-4

www.montlake.de

Wir brauchen die Nacht, um die Sterne zu entdecken.

Arabisches Sprichwort

Die drei Schwestern

Drei schnell aufeinanderfolgende große Wellen, in deren schmalen Tälern Schiffe nicht den nötigen Auftrieb entwickeln können und dann von der zweiten oder spätestens dritten Woge überrollt werden. Es ist unklar, ob dieses Phänomen immer aus exakt drei Wellen besteht oder ob Varianten mit zwei, vier oder fünf Wellen vorkommen.

Quelle: Wikipedia

SMILLA

Wenn mein Vater nicht mehr weiterwusste und ihm das Leben unüberwindliche Hindernisse in den Weg stellte, dann hatte er einen Lieblingsspruch, der mich jedes Mal in Begeisterung versetzte: »Du kannst den Wind nicht ändern, kleine Smilla, aber du kannst die Segel anders setzen.« Er pflegte sein raues, unbekümmertes Lachen, das tief aus dem Innern seines breiten Brustkorbs kam, hinterherzuschicken, und ich hatte nicht den Hauch eines Zweifels, dass sich genau so alle Probleme des Lebens lösen ließen. Man brach einfach zu neuen Ufern auf, wenn es schwierig wurde, und alles andere würde sich dann schon ergeben. Zu meiner Entschuldigung kann ich anfügen, dass ich damals gerade mal fünf Jahre alt war. Von den komplexen Zusammenhängen der Welt und ihrer Schwierigkeiten hat man in diesem Alter noch keine realistischen Vorstellungen. Und ich muss zugeben, dass mein Vater auch eher der Typ Mann war, der Problemen lieber aus dem Weg ging. Was dazu führte, dass er sechs Wochen nach meinem fünften Geburtstag seine Ehe für gescheitert erklärte und die Koffer packte, um Brodershöved und seiner kleinen Familie den Rücken zu kehren. Er war fest entschlossen, die Segel seines Lebens von nun an ganz anders zu setzen.

Meiner Mutter blieb nicht viel Zeit, ihm nachzutrauern. Sie musste unsere Familienpension allein weiterführen und nebenbei auch noch drei wirklich anspruchsvolle Töchter in den Griff bekommen. Wir waren als die »drei Schwestern« bekannt – Anni, Liv und ich. Und man sagte uns nach, dass wir eine ähnliche Naturgewalt entfachen konnten wie die anderen »drei Schwestern«, die auf den Meeren der Welt von Seeleuten gefürchtet werden. Was ich etwas übertrieben finde. Zumindest was mich betrifft. Als Nesthäkchen der Familie stehe ich die meiste Zeit im Schatten meiner großen Schwestern, und egal, was ich auch tue, sie haben es vor mir garantiert spektakulärer getan. Da fällt es schwer, einen Weg im Leben zu finden, der nicht schon von den Spuren der nahen Verwandtschaft völlig ausgelatscht ist.

Mir hat ein glücklicher Zufall dabei geholfen, das zu finden, von dem ich glaubte, es sei nur für mich bestimmt. Es war ein albernes Preisausschreiben der örtlichen Sparkassenfiliale, das mir als Hauptgewinn eine einwöchige Kreuzfahrt auf einem Luxusliner bescherte, der die Touristenattraktionen des westlichen Mittelmeers ansteuerte. Ich war neunzehn, hatte gerade mein Abitur in der Tasche und brach mit meiner besten Freundin Svenja zu diesem unverhofften Abenteuer auf. Der Luxus und die Zerstreuung, die uns vierundzwanzig Stunden am Tag an Bord geboten wurden, ließen mich kalt. Doch der kleine mitternächtliche Ausflug auf die Brücke dieses Ozeanriesen, zu dem uns der attraktive Zweite Offizier eingeladen hatte, welcher schwer in Svenja verknallt war, änderte alles. In dieser Nacht, hoch oben über den Wellen des Ligurischen Meeres, die der Bug des Stahlgiganten unter unseren Füßen so mühelos durchpflügte, wusste ich plötzlich, was ich wollte. Keine zwei Monate später schrieb ich mich in Kiel für das Studium der Nautik ein und war fest entschlossen, die jüngste Kapitänin eines solchen Ozeanriesen zu werden.

Ich kann also nicht wirklich behaupten, dass mich mein Berufswunsch schon seit Kindertagen begleitet hätte. Oder dass mir die Leidenschaft für die Seefahrt in die Wiege gelegt worden wäre. Aber zum ersten Mal in meinem Leben hatte ich das Gefühl, nicht länger im Windschatten meiner Schwestern zu stehen. Glücklicherweise lief mir bei dieser Gelegenheit auch noch der passende Mann über den Weg, dessen Familie eine Reederei besaß. Eine ziemlich große noch dazu. Die Voraussetzungen für ein Happy End hätten nicht besser sein können.

Womit wir wieder bei den »drei Schwestern« wären, Sie erinnern sich? So, wie diese Monsterwellen aus dem Nichts, die rasch aufeinanderfolgend selbst das größte und stabilste Schiff zerbersten lassen können, hatte etwas meinen Lebensplan durchkreuzt.

Und seitdem ist nichts mehr, wie es einmal war.

Kapitel 1

»Hoppala …«

Im letzten Moment sprang ich zur Seite und wich einem Schwall Champagner aus, der nur knapp mein neues und ungemein angesagtes Cocktailkleid von Altuzarra verfehlte. Ich warf meinem Gegenüber einen strafenden Blick zu, immerhin hatte ich nicht nur ein kleines Vermögen für das gute Stück ausgegeben. Ich hatte auch wochenlang auf die Lieferung gewartet. Diesen Farbton in einem herrlichen Burgunderrot bekam man schließlich nicht an jeder Ecke, und es gab nichts, was meine rötlich-blonden Haare und meine grünen Augen besser betonte. Dem Mann schien das relativ egal zu sein. Er rang nach Luft und versuchte, einem Erstickungsanfall entgegenzuwirken, den der restliche Champagner gerade in seiner Kehle verursachte.

»'tschuldigung …«, kam es röchelnd aus seinem Mund, »… verschluckt …«

Was ganz offensichtlich der Fall war, ohne dass er es betonen musste. Er wedelte mit einer Hand wild in der Luft herum und hatte Tränen in den Augen, als er krampfhaft versuchte, wieder Luft zu bekommen. Aus seinem Blick sprach eine Mischung aus blankem Entsetzen und Todesangst.

»Ich …«Das Röcheln hörte sich wirklich beunruhigend an.
»… Sie denken, dass …«

Ich hoffte inständig, dass sein Gestammel dem verzweifelten Kampf gegen den Erstickungstod geschuldet war. Ansonsten wäre ich über die Entscheidung meiner Mutter, sich ausgerechnet diesen Mann als neuen Lebensgefährten auszusuchen, etwas beunruhigt gewesen. Der bekam ja keine zwei Sätze gerade heraus.

Er war vielleicht Mitte dreißig und die Tatsache, dass Antje Larsen mit ihren mittlerweile achtundfünfzig Jahren sich einen jungen Liebhaber zugelegt hatte, war irgendwie erfrischend. Sie hätte mir ruhig etwas erzählen können. Andererseits wollte man auch nicht allzu viel über das Liebesleben der eigenen Eltern erfahren.

Seine Gesichtsfarbe hatte mittlerweile eine ungesunde violette Färbung angenommen.

»Kann ich Ihnen helfen?« Ich sah ihn mitfühlend an. »Soll ich Ihnen ein Glas Wasser holen?«

Er schüttelte nur heftig den Kopf, beugte sich vor und stützte sich schwer atmend mit den Händen auf seinen Oberschenkeln ab, wie ein Langstreckenläufer bei Kilometer 31, der nicht wirklich gut in Form ist. Ich blickte mich in dem weitläufigen Garten meiner angehenden Schwiegereltern um und versuchte, meine Mutter unter den zahlreichen Gästen zu entdecken, die an diesem Samstagnachmittag in die schicke Winterhuder Villa gekommen waren, um meine Verlobung mit Nils zu feiern, dem jüngsten Spross der Reeder-Familie Claasen.

Die meisten der Anwesenden kannte ich noch nicht einmal vom Sehen, aber ich war mir sicher, dass so ziemlich jede wichtige Persönlichkeit des Hamburger Geld- und Wirtschaftsadels vertreten war. Die Claasens waren eine Größe in Hamburg und das nicht erst seit gestern. Ihre Reederei befand sich seit fast zweihundert Jahren in Familienbesitz, da hatte man schon ein paar langfristige Geschäftsverbindungen aufbauen können.

Meine eigene Familie, die im Wesentlichen aus meiner Mutter und meiner Schwester Liv nebst Anhang bestand, ging bei diesem Massenauflauf völlig unter, was auch der Grund dafür war, dass ich bis jetzt noch kein einziges Wort mit ihr gewechselt hatte.

Ich legte dem röchelnden Mann meine Hand auf die Schulter und versuchte, Zuversicht auszustrahlen.

»Warten Sie hier einen Moment. Ich bin gleich wieder da.«

Dass ich hoffte, er werde bis zu meiner Rückkehr nicht tot auf dem gepflegten Rasen liegen, verschwieg ich lieber. Er wollte protestieren, aber ich hatte am anderen Ende des Gartens, neben dem Festzelt, die hochgewachsene Gestalt Jewes entdeckt, der mit seinen blonden Wuschelhaaren, dem Dreitagebart und den breiten Schultern unter all den Hamburger Honoratioren auffiel wie ein Wikinger im Nonnenkloster. Wo mein Schwager war, konnte Liv nicht weit sein. Und wo Liv war, würde ich garantiert auch meine Mutter finden, die ihr seit einiger Zeit kaum noch von der Seite wich. Was hauptsächlich dem zerknautschten, zehn Monate alten Schreihals zu verdanken war, der mich vor Kurzem zum dritten Mal zur Tante gemacht hatte – Wim Jewe junior. Seit Ewigkeiten der erste männliche Spross in unserer Familie. Was meine Mutter in Entzücken versetzt hatte, wie mir Liv etwas genervt am Telefon berichtete.

Ein wenig atemlos erreichte ich Jewe, der mit bewundernswerter Gelassenheit das Treiben um sich herum beobachtete.

»Jewe! Mann, bin ich froh, dass ihr endlich da seid.«

Ich schenkte ihm eine kurze Umarmung und einen Kuss auf die Wange, um ihn im nächsten Moment übergangslos zu fragen: »Weißt du, wo Mama steckt?«

»Danke für die Einladung.« Er grinste schief und deutete mit dem Champagnerglas in Richtung Villa. »Kleiner Notfall. Wim hat die Hosen voll. Sie ist mit Liv im Bad und hilft beim Windelnwechseln.«

Ich stöhnte auf. »Und das müssen sie unbedingt zu zweit machen?«

Jewe sah mich vielsagend an. »Du kennst doch deine Mutter. Was Wim betrifft, will sie nix verpassen.«

Das war typisch für Antje Larsen.

»Ich kenne Omas, die die ersten Schritte ihres Enkelkindes nicht verpassen wollen. Aber nicht jede volle Windel.«

Jewe nahm einen weiteren Schluck von seinem Champagner. »Was ist denn los?«

Ich deutete zum anderen Ende des Gartens, wo sich der arme Kerl, den ich röchelnd zurückgelassen hatte, erschöpft an einen Baum lehnte.

»Mamas Freund ist kurz davor, den Löffel abzugeben. Da wäre es doch schön, sie wäre dabei.«

Erneut verfehlte ein Schwall Champagner knapp mein Designerkleid.

»Sag mal, geht's noch?« Ich funkelte Jewe an und war kurz vorm Explodieren. »Schmeckt euch das Zeug nicht, oder warum müsst ihr hier so rumspucken?«

»'tschuldigung.« Jewe wischte sich mit dem Handrücken den Champagner von den Lippen und sah mich breit grinsend an. »Aber … das ist … du bist wirklich lustig, weißt du das?«

»Was soll am Erstickungstod lustig sein?« Etwas mehr Empathie hätte ich meinem Schwager schon zugetraut.

»Du glaubst, deine Mutter und …?« Jewe deutete mit dem Kopf zu dem Mann.

Dann machte er eine vielsagende Pause, was mich noch mehr irritierte.

»*Meine Mutter und … was?*«

16

»Du glaubst, sie sind zusammen?«

»Na ja, warum sollte ich das nicht glauben?!«

Immerhin waren sie vor knapp einer Viertelstunde gemeinsam Arm in Arm im Garten erschienen. Ich hatte keine Gelegenheit gehabt, meine Mutter zu begrüßen, weil ich mit dem Leiter der Elbphilharmonie und seinem reizenden Ehemann beschäftigt gewesen war, die meine zukünftigen Schwiegereltern mir gerade vorstellten. Die Claasens hatten nicht nur eine erhebliche Summe für den Bau des Konzerthauses gespendet, sie besaßen natürlich auch ein Jahresabo.

»Ich hab Mama gesagt, sie kann mitbringen, wen sie möchte. Allerdings habe ich eher mit dem alten Stüwe gerechnet. Der ist doch schon seit Ewigkeiten in Mama verknallt.«

Jewe schüttelte schwer belustigt den Kopf.

Langsam begann mir zu dämmern, dass ich mit meiner Annahme etwas danebengelegen haben könnte.

»Okay. Die sind gar nicht zusammen? Und ich hab mich zum Deppen gemacht?«

Jewe nickte knapp. Ich blickte wieder hinüber zu dem armen Kerl, der sich endlich, wie es schien, etwas erholt hatte.

»Verrätst du mir, wer der Typ ist, der *nicht* Mamas Freund ist? Und was hat der überhaupt auf meiner Verlobung zu suchen?«

Jewe sah zu dem Mann, der uns nun ebenfalls beobachtete, und nickte ihm mitleidig zu. Der hob grüßend die Hand, und auf seinem Gesicht erschien ein gequältes Lächeln. Womöglich ahnte er bereits, über was ich gerade mit meinem Schwager sprach.

»Sten. Sten Ohlsen.« Jewes Grinsen war unverschämt breit. »Du erinnerst dich? Das ist der Mann, der euer ›Sturmnest‹ gekauft hat. Also ich an deiner Stelle wäre etwas freundlicher zu ihm.«

»Das ist Sten Ohlsen?«

Jewe nickte. »Yepp!«

»*Der* Sten Ohlsen?«

»Wie er leibt und lebt. Und soweit ich weiß, ist er deiner Mutter in tiefer Freundschaft verbunden. Mehr allerdings nicht.«

»Na, super.«

Für den Erstickungstod desjenigen verantwortlich zu sein, der unser Familienhotel mit der Kohle am Leben hielt, die er als Investor mit irgendwelchen anderen, gewinnbringenderen Geschäften verdiente, war nicht die cleverste Aktion des Tages. Das stand schon mal fest.

»Warum sagt mir denn keiner von euch, dass ihr diesen Ohlsen zu meiner Verlobung anschleppt!« Verärgert boxte ich Jewe auf den Arm.

»Aua!« Er hielt sich die Stelle und tat so empört, als hätte ich ihm wirklich wehgetan.

»Ihr seid …« Ich schluckte die Beleidigung für meinen Schwager herunter, die ich auf den Lippen hatte. Sten Ohlsen hatte sich auf den Weg zu uns gemacht und war bereits in Hörweite.

»Das kriegst du irgendwann zurück«, zischte ich so leise, dass nur Jewe es hören konnte.

»Na, mein Lieber.« Jewe klopfte Ohlsen freundschaftlich auf den Rücken. »Geht's wieder?«

»Ja. Danke.« Ohlsen war noch immer etwas rot im Gesicht von seinem Erstickungsanfall.

Ich sah ihn mit um Entschuldigung bittendem Blick an.

»Das war eine ganz blöde Verwechslung von mir. Ich dachte, meine Mutter würde mit ihrem … also in Begleitung von … also … na ja, was auch immer kommen.« Ich beschloss, in die Offensive zu gehen, und streckte ihm die Hand entgegen. »Es freut mich jedenfalls, Sie endlich kennenzulernen, Herr Ohlsen. Meine Mutter schwärmt die ganze Zeit von Ihnen.«

Ich merkte, wie er interessiert eine Augenbraue hob.

»Ach ja?«

Blitzartig wurde mir bewusst, dass man auch dies missverstehen konnte.

»Also, geschwärmt im Sinne von … also nicht im Sinne von … na, Sie wissen schon.« Ich redete mich um Kopf und Kragen, wie mir Jewes Dauergrinsen verriet.

Ich konzentrierte mich wieder auf unseren Wohltäter, ohne den das Sturmnest vermutlich schon längst Geschichte gewesen wäre.

»Was ich eigentlich sagen will: Sie hält wirklich viel von Ihnen. Als Geschäftsmann. Und Anni übrigens auch.«

Sten Ohlsen hatte meinen Ausführungen aufmerksam zugehört, doch ich konnte aus seinem Gesichtsausdruck nicht wirklich schließen, was er davon hielt. Seine dunkelbraunen Augen, die noch immer ein bisschen rot von dem Hustenanfall waren, sahen mich durch eine große Hornbrille interessiert an. Das altmodisch anmutende Ding passte nicht ganz zum Rest seiner Erscheinung, die in dem gut sitzenden taubengrauen Anzug durchaus eine gewisse Attraktivität besaß. Die Brille sollte ihm wohl eine intellektuelle Aura verleihen, immerhin war er als genialer Investor bekannt, der mit der Sicherheit eines Bluthundes die vielversprechendsten Start-ups der modernen Welt aufspürte, wie meine Mutter mir beeindruckt erzählt hatte. Da gehörte ein gewisser Nerd-Appeal dazu.

Er hielt meine Hand einen Moment lang, und sein Händedruck war überraschend kräftig. Für einen Anzugträger. Als er sie wieder losließ, herrschte kurz peinliches Schweigen. Ich sah mich um und hoffte inständig, dass Nils sich wie durch ein Wunder neben mir materialisierte und dieses peinliche Gespräch endlich ein Ende fand. Von meinem Verlobten fehlte aber jegliche Spur.

»Ihre Mutter hat erzählt, dass Sie gerade Ihr Studium beendet haben.«

Ich nickte erleichtert. Das hörte sich doch nach einem unverfänglichen Thema an.

»Ja, richtig. Das Diplom habe ich seit dem Frühjahr in der Tasche. Und nächste Woche geht es endlich an Bord.«

»Herzlichen Glückwunsch.«

Er schien es tatsächlich so zu meinen. Jedenfalls entdeckte ich nichts Ironisches in seinem Blick.

»Dann sind Sie jetzt ein richtiger Käpt'n?«

»Noch nicht ganz. Ich brauche noch ein paar Jahre als Erster Offizier auf der Brücke. Aber wenn alles gut läuft, werde ich spätestens in vier Jahren eines der großen Kreuzfahrtschiffe der Claasen-Reederei führen.« Ich lächelte ihn selbstbewusst an. »Das ist zumindest der Plan.«

»In vier Jahren?«

Ohlsen verstand augenscheinlich nicht besonders viel von der Seefahrt und tauschte einen Blick mit Jewe. Der zuckte mit den Schultern.

»Ich bin einfacher Kutter-Käpt'n, Sten. Mit den großen Pötten kenne ich mich nicht aus.«

Ohlsen blickte wieder zu mir und schien angesichts meiner Zukunftspläne etwas skeptisch zu sein. »Sie sind ganz schön jung für so was, oder?«

Er ließ die Frage charmant klingen, allerdings fand ich sie ziemlich anmaßend.

»Wie alt müsste denn Ihrer Meinung nach jemand sein, um ein Kreuzfahrtschiff zu führen?« Mein Lächeln war zuckersüß.

»Ehrlich gesagt, keine Ahnung.« Er zuckte ratlos mit den Schultern. »Aber ich habe mir Kapitäne immer etwas älter vorgestellt. Sie wissen schon, mit weißem Bart und sonorer Stimme.«

»Ach, wie Käpt'n Iglu?!« Meine Stimme triefte vor Spott. »Oder meinen Sie den Volltrottel, der die *Titanic* gegen den Eisberg steuerte? Da ist es bestimmt ein Schock für Sie, wenn auch Frauen ans Ruder dürfen.«

»Okay.« Nun sah er tatsächlich etwas zerknirscht aus. »Das war ganz eindeutig eine … dumme Vermutung.«

»Na, dann sind wir ja jetzt quitt.«

Er runzelte kurz die Stirn und verstand wohl nicht genau, was ich damit meinte.

»Na, für meine Bemerkung über Sie … und meine … Mutter«, fügte ich erklärend hinzu und hoffte, dass meine Wangen dabei nicht wieder diese hektischen roten Flecken bekamen, wie immer, wenn mir etwas peinlich war. Es wurde höchste Zeit, dieses Gespräch zu beenden.

Bevor Sten Ohlsen noch etwas sagen konnte, wandte ich mich um und deutete auf die stattliche Villa.

»Oh, dahinten ist ja Nils. Ihr zwei kommt jetzt alleine zurecht, oder?«

Ich wartete ihre Antwort erst gar nicht ab und verabschiedete mich mit einem Lächeln, das hoffentlich nicht zu aufgesetzt wirkte.

Tatsächlich hatte ich Nils' schlaksige Gestalt oben auf der großen Terrasse entdeckt, die etwas erhöht an den Wintergarten angebaut war und von der man den riesigen, leicht abschüssigen Garten überblicken konnte. Wenn man sich auf die Zehenspitzen stellte, konnte man im Winter, wenn die alten Eichen ihr Laub verloren hatten, glatt noch einen Blick auf die Alster erhaschen.

Nils stand etwas abseits, hatte sein Handy am Ohr und lauschte hoch konzentriert seinem Gesprächspartner, was mich etwas überraschte. Er war eigentlich nicht der Typ, der sich bei einem so wichtigen gesellschaftlichen Ereignis wie der eigenen

Verlobung von störenden Telefonaten ablenken ließ. Eher im Gegenteil.

Ich hatte ihn vor zwei Jahren auf der Brücke der *MS Ophelia* (Claasen senior war wie gesagt ein großer Opernfan) kennengelernt, als wir beide als Studenten unsere ersten praktischen Erfahrungen als angehende nautische Offiziere an Bord eines Schiffes machen sollten.

Schnell hatten wir festgestellt, dass wir eine Menge gemeinsam hatten. Nils war wie ich der jüngste Spross seiner Familie, und im Gegensatz zu seinen beiden älteren Geschwistern hatte er keine Ambitionen, in das elterliche Geschäft einzusteigen. Jedenfalls nicht, wenn man dafür in einem Businessanzug herumlaufen musste. Und so war er auf die Idee gekommen, es mit der Seefahrt zu versuchen. Immerhin besaßen seine Eltern fünf große Kreuzfahrtschiffe und noch ein paar Dutzend kleinere dazu, die die Donau hoch- und runterfuhren oder ihre Gäste auf der Mosel zu bekannten Weingütern brachten, wo sie dann mit erlesenen Tropfen abgefüllt wurden.

Die *Ophelia* war da schon eine ganz andere Nummer und quasi das Flaggschiff der Claasen-Reederei. Sie konnte knapp tausend Passagiere aufnehmen und war berühmt für den persönlichen und exklusiven Service an Bord. Mit diesem Schiff reisten Leute, die sich auch wirklich eine Kreuzfahrt für astronomische Summen leisten konnten. Und die von den riesigen Hotelbunkerschiffen mit fünftausend Passagieren oder mehr eher abgeschreckt waren.

Mindestens zweimal im Jahr befuhr die *Ophelia* sämtliche Ozeane des Erdballs. Auf der nördlichen Route, bei der man das Mittelmeer, den Nahen Osten, Asien und Nordamerika ansteuerte, war sogar ein kleiner Abstecher nach Grönland dabei, um anschließend wieder im Heimathafen Hamburg anzulanden. Die nächste Tour führte in Richtung Süden und man konnte das südliche Afrika, Australien, Neuseeland und sogar die Galapagosinseln erkunden.

Nils und ich lernten uns auf der Nordroute kennen. Als wir durch den Suezkanal fuhren, verbrachten wir unseren ersten gemeinsamen Abend an der Bar. Vor Mumbai gab er mir versteckt in einer Ecke des Maschinenraums den ersten Kuss, und vor Kambodscha nahmen wir uns zwei Tage frei, besuchten die antiken Stätten von Angkor Wat und hatten anschließend in einem kleinen Bungalow mitten im Dschungel unseren ersten Sex. Natürlich lief das alles heimlich ab, Liebeleien unter den Besatzungsmitgliedern sahen weder der Kapitän noch die Leitung der Reederei gern, erst recht nicht beim eigenen Nachwuchs. Was uns herzlich wenig störte. Im Gegenteil. Es verlieh unserer kleinen Affäre den nötigen Kick. Ein paar Wochen später war mein Einsatz an Bord der *Ophelia* beendet und ich machte mich von Tokio aus auf den Weg zurück nach Kiel, wo ich mich in meiner kleinen Einzimmerwohnung auf meine Zwischenprüfungen an der Uni vorbereiten musste.

Als Nils vier Wochen später völlig überraschend vor meiner Tür stand und mich fragte, ob ich nicht Lust auf einen gemeinsamen Drink unten in der Studentenkneipe hätte, war ich etwas irritiert, und das lag nicht nur an seinem unwiderstehlichen Lächeln. Ich war fest davon ausgegangen, dass unsere Liaison an Bord des Schiffes mit meiner Abreise beendet war. Eine kurze Sommeraffäre, mehr nicht. Doch zu meiner Verwunderung war Nils an einer Fortführung von was auch immer zwischen uns gewesen war interessiert.

Wir redeten die ganze Nacht und gingen am Morgen zum Hafen, um bei einem scheußlichen Kaffee aus Pappbechern den Sonnenaufgang über der Kieler Förde zu bewundern. Wobei man ehrlich sagen muss, dass die Hafenpromenade morgens um fünf nicht gerade eine Augenweide ist. Es war trotzdem irgendwie romantisch, und als wir anschließend wieder zurück in meiner kleinen Wohnung waren und uns den ganzen Vormittag in meinem Bett die Zeit vertrieben, wurde uns beiden klar, dass sich das hier zu einer ernsthaften Angelegenheit entwickeln würde. So ernsthaft, dass wir zwei Jahre später beschlossen, zu heiraten, was wiederum den heutigen Menschenauflauf um uns herum erklärte.

Die Claasen-Familie hatte nämlich trotz unseres Protestes darauf bestanden, die Verlobung des jüngsten Sprosses ganz klassisch zu feiern. Und dazu gehörte eben, halb Hamburg einzuladen. Auch nach zwei Jahren hatte ich mich noch immer nicht daran gewöhnt, dass in Nils' Familie alles mindestens eine Nummer größer ausfiel, als ich es kannte. Dabei waren meine zukünftigen Schwiegereltern ganz nett und ich kam prima mit ihnen zurecht. Was vermutlich auch daran lag, dass wir uns kaum zu Gesicht bekamen. Nils und ich hatten die vergangenen Jahre hauptsächlich in irgendwelchen Hörsälen der Uni oder auf den Schiffen der Claasen-Reederei zugebracht. Wir konnten mit Recht behaupten, dass wir die Welt gesehen hatten. Und das mit gerade mal achtundzwanzig. Dass unsere Ehe etwas anders verlaufen würde, als es Ehen gemeinhin tun, war also vorprogrammiert und störte uns nicht. Unsere Einsätze an Bord eines Schiffes dauerten mindestens drei Monate. Und da wir in absehbarer Zukunft nicht gemeinsam an Bord arbeiten würden (wir waren beide sehr ehrgeizig und schließlich kann es nur einen Kapitän geben), wäre unser Eheleben alles andere als alltäglich. Die Aussicht, mit jemandem fest verbunden zu sein, der mich liebte und den ich liebte, und trotzdem all meine Freiheiten zu behalten, war jedenfalls verlockend genug, um spontan Ja zu sagen, als mir Nils vor ein paar Wochen recht romantisch bei einem Candle-Light-Dinner und nach etlichen Flaschen Cava am Strand von Barcelona einen Heiratsantrag machte.

So, wie es aussah, hatte ich den Jackpot des Lebens erwischt. Und dafür war ich dankbar.

Nils war oben auf der Terrasse noch immer in sein Gespräch vertieft und sah zwar in meine Richtung, schien mich jedoch nicht wahrzunehmen. Offensichtlich war es ein sehr ernstes und wichtiges Gespräch, das er da führte. Vermutlich ging es um die riesige Penthouse-Wohnung, die wir uns zwei Tage zuvor in der Hamburger HafenCity angesehen hatten und die uns die Familie Claasen zur Hochzeit schenken wollte. Wie gesagt, bei der Familie fiel alles etwas größer aus, als es bei Normalsterblichen der Fall war.

»O mein Gott, Millie!« Meine Mutter tauchte plötzlich neben mir auf und nahm mich stürmisch in den Arm. »Lass uns bloß nicht mehr allein unter all diesen Leuten.«

Sie hakte sich fest bei mir unter, und man konnte den Eindruck gewinnen, als klammere sie sich wie eine Schiffbrüchige an einen Rettungsring. Ihre Stimme war kaum mehr als ein Flüstern und hatte eine verschwörerische Tonlage.

»In dem Haus sind die Gästetoiletten größer als das Meerwasserschwimmbad von Kaltenhusen. Ich hatte ja keine Ahnung, *wie* reich mein zukünftiger Schwiegersohn ist.«

Ich sah sie aufmunternd an.

»Ich freue mich, dass ihr da seid, Mama.«

Zur Bestätigung gab ich ihr einen Kuss auf die Wange. »Und zu deiner Beruhigung: Nils ist gar nicht so reich. Seine Eltern besitzen die ganze Kohle. Du kannst dich also wieder entspannen.«

Hinter Mama tauchte Liv auf, die einen etwas müden Eindruck machte und meinen Neffen auf dem Arm trug. Er kam ganz nach seinem Vater Jewe, wie ich beeindruckt feststellte. Obwohl ich nicht besonders viele zehn Monate alte Babys kannte, kam er mir riesig vor.

»Hätte ich gewusst, dass ich hier Ulrich Wickert auf dem Klo begegne, dann hätte ich mich etwas mehr in Schale geworfen.«

Ich machte mich vorsichtig aus der Umklammerung meiner Mutter los und umarmte auch meine Schwester. Sie trug ein sandfarbenes, schlichtes Leinenkleid und sah wie immer wunderschön aus. Vermutlich hätte Liv auch einen Müllsack tragen können und hätte trotzdem den Eindruck erweckt, geradewegs der Werbung für irgendein romantisches Südseeatoll entsprungen zu sein. Sie besaß einfach die atemberaubende Schönheit eines Naturkinds, für die manche Frauen töten würden.

»Schön, dass ihr es geschafft habt, zu kommen.« Ich lächelte sie breit an. »Und wer ist Ulrich Wickert?«

Liv verdrehte leicht die Augen und drückte mir kurzerhand meinen Neffen in den Arm.

»Nur, weil du das große Glück hast, das verwöhnte Nesthäkchen unserer Familie zu sein, musst du mir mein Alter nicht ständig unter die Nase reiben. Außerdem bist du es doch, die die älteren Herrschaften über die Meere schippert.«

Sie blies sich eine Strähne ihres brünetten Haares aus der Stirn und sah sich selbstbewusst um. Von Reichtum hatte sich Liv noch nie beeindrucken lassen.

»Und jetzt verrate mir mal, wo wir hier etwas Anständiges zu trinken bekommen. Seit ich Wim nicht mehr stille, hab ich eine unbändige Lust auf Alkohol.«

Ich deutete mit dem Kopf in Richtung eines der großen weißen Partyzelte, in denen junge Männer und Frauen in weißen gestärkten Hemden flaschenweise Champagner unter die Gäste brachten. »Folgt mir einfach unauffällig.«

Wim auf meinem Arm hatte die Kette mit dem verschnörkelten Herz aus Weißgold, in dessen Mitte gleich drei Diamanten eingefasst waren, entdeckt und betatschte sie mit seinen kleinen Händen. Nils hatte mir die Kette zur Verlobung geschenkt und beteuert, dass es ein Erbstück der Familie sei. Ich hoffte inständig, dass dies der Fall war. Anderenfalls wäre ich ernsthaft besorgt über den kitschigen Geschmack meines zukünftigen Ehemannes gewesen.

»Das ist keine besonders gute Idee, mein Lieber.«

Ich versuchte, die Kette aus seinen überraschend kräftigen Fingern zu lösen, was einen mittelschweren Schreianfall auslöste. Meine Mutter kam ihrem Enkelkind umgehend zu Hilfe.

»Ist ja gut, Wimmi, nicht weinen. Deine Tante Smilla gehört jetzt zu den oberen Zehntausend. Bei Diamanten verstehen die keinen Spaß.«

Ich sah meine Mutter mahnend an. »Sehr witzig, Mama, wirklich sehr witzig.«

Meine Mutter hatte nie ein Geheimnis aus ihrer politischen Einstellung gemacht. Immerhin war sie Gründungsmitglied der Ökobewegung von Brodershöved und in ihren jungen Jahren gegen Atomkraft und millionenschwere Investoren auf die Barrikaden gegangen. Vor gar nicht allzu langer Zeit hatte sie sich genau an diese Tugenden erinnert und gegen meine ältere Schwester Anni und ihren damaligen Mann Thies rebelliert, als diese einen Jachthafen für unser idyllisches Dorf an der Küste der Kieler Bucht bauen wollten. Ich hoffte inständig, sie würde während der Feier keine Diskussion über die Umweltverträglichkeit von Kreuzfahrtschiffen mit meinen zukünftigen Schwiegereltern anfangen.

Wim beruhigte sich erstaunlich schnell auf Mamas Arm, und ich sah erleichtert zu Liv, die sich von dem kleinen hysterischen Anfall ihres Sohnes nicht aus der Ruhe bringen ließ.

»Du siehst übrigens toll aus, Liv. Müde, aber toll. Das Muttersein steht dir.«

Sie zuckte gleichmütig mit den Schultern, als wäre es das Leichteste von der Welt, plötzlich die Verantwortung für ein kleines Lebewesen innezuhaben, das einem den Schlaf raubte und ständig hungrig war.

»Wenn das kleine Monster zu sehr nervt, übernimmt Jewe. Oder Mama. Das schont die Nerven ungemein.«

Sie sah mich mit einem breiten Grinsen an. »Und wann ist es bei dir so weit?«

Ich sah sie etwas irritiert an.

»Wie weit?«

»Anni hat gewettet, dass du schwanger bist. Und dass du deshalb diese Verlobung durchziehst. Zur Hochzeit will sie übrigens unbedingt kommen. Du sollst ihr früh genug Bescheid geben. Damit sie in Kanada alles organisieren kann.«

»Sag mal, spinnt ihr? Ich bin doch nicht schwanger.«

Liv runzelte die Stirn. »Und warum willst du dann heiraten?«

Ich stöhnte genervt auf.

»Es soll Leute geben, die heiraten, weil sie sich lieben. Stell dir das mal vor.«

»Wow!« Liv machte diesen gespielt beeindruckten Gesichtsausdruck, den sie immer aufgesetzt hatte, als ich noch klein war und sie mich mit irgendeiner Bemerkung auf den Arm nahm, die ich ihr natürlich felsenfest glaubte.

»Eine Romantikerin. Wie ist das denn passiert?«

»Sagt die Frau, die ihre Jugendliebe geheiratet hat!«

»Auch wieder wahr.« Sie zuckte erneut mit den Schultern und atmete tief durch. »Lassen wir das Thema. Nichtsdestotrotz würde ich gerne deinen tollen Verlobten endlich mal kennenlernen. Wo steckt er denn eigentlich?«

»Warte, ich stell euch vor.« Ich blickte mich zur Terrasse um. Doch Nils war verschwunden. »Gerade eben war er noch da.«

»Warum hab ich nur das Gefühl, du versteckst ihn vor uns?« Liv grinste unverschämt. Ich stieß ihr meinen Ellenbogen schmerzhaft in die Seite, bevor sie noch weiter sticheln konnte.

»Ich weiß genau, was du sagen willst, Liv. Also halt lieber die Klappe.«

»Ich hab doch gar nichts gesagt.«

»Aber du wolltest.«

»Ach, Kinder«, mischte sich meine Mutter mit Wim auf dem Arm ein, der sabbernd auf ihrer Bernsteinkette herumkaute. »Müsst ihr euch immer noch so benehmen, als wärt ihr zehn? Jetzt reißt euch mal zusammen!«

Sie deutete mit dem Kinn in Richtung Gäste und senkte die Stimme zu einem mahnenden Raunen, wie sie es früher immer getan hatte, wenn sie uns in unserem Sturmnest zur Ordnung rufen musste. »Was sollen denn all die Leute von unserer Familie denken?«

»Vermutlich, dass wir uns gerne streiten.«

Liv hatte sich davon nie einschüchtern lassen. Sie legte mir den Arm um die Hüften und zog mich nah an sich heran. »Außerdem habe ich unsere Lütte hier so lange nicht mehr gesehen, dass der Nachholbedarf in Sachen Streiten enorm ist.«

»Na, vielen Dank auch.« Ich machte mich von ihr los und sah sie beleidigt an. »Ich, für meinen Teil, habe es nicht vermisst.«

Es war immer wieder nervig, wenn mich meine großen Schwestern so behandelten, als wäre ich ein Kleinkind. Und je mehr es mich ärgerte, desto mehr schien es sie herauszufordern.

»Also, nun sag schon, warum hast du uns Nils bis jetzt nicht vorgestellt? Hat er drei Augen, schiefe Zähne und einen Klumpfuß, ist dafür aber unermesslich reich?«

Die Herausforderung, ruhig zu bleiben und mich nicht weiter provozieren zu lassen, war enorm.

»Es wäre echt schön, wenn ihr mit dem Thema Kohle mal aufhören würdet. Das ist wirklich peinlich.«

»Find ich nicht.« Liv grinste mich frech an. »Immerhin hat es eine von uns geschafft, sich ums Geld mal keine Sorgen mehr machen zu müssen.« Sie klopfte mir stolz auf die Schulter. »Glückwunsch zum guten Fang.«

Ich sah sie empört an. »Mir ist es völlig schnuppe, ob Nils Geld hat oder nicht. Sag mal, was denkst du denn von mir?«

Meine Mutter ließ wieder ein Stöhnen hören.

»Jetzt lass dich doch nicht immer von Liv auf den Arm nehmen, Millie.«

Natürlich hatte sie Livs Kommentar längst durchschaut und ich war über mich selbst erstaunt, wie einfach es meiner Schwester gelungen war, mich erneut aus der Reserve zu locken.

Liv schenkte mir ein versöhnliches Lächeln. »Na, komm. Jetzt sei nicht sauer. Aber bei dem Spektakel hier konnte ich mir das nicht verkneifen.«

Sie drückte mich wieder an sich und ich ließ es mit leichtem Widerwillen geschehen.

»Ich freue mich für dich, ganz ehrlich. Und wenn du wirklich heiraten willst, muss Nils ein ganz besonderer Mann sein.«

»Ja, das ist er auch.« Es klang etwas trotzig, und ich konnte meinen Unmut über Livs Bemerkungen nur mühsam wieder in den Griff bekommen. Warum ärgerte ich mich nur so über das, was sie gesagt hatte?

»Da hinten ist übrigens Jewe.« Ich deutete auf die Stelle, an der noch immer mein Schwager mit Ohlsen stand. »Am besten, ihr wartet bei ihm, und ich suche in der Zwischenzeit Nils.«

Ich sah sie noch immer beleidigt an. »Er kann es nämlich kaum abwarten, euch kennenzulernen.«

Bevor sie noch protestieren oder irgendetwas anderes Dummes sagen konnten, schob ich sie in Richtung Jewe und machte mich auf die Suche nach meinem Verlobten.

Kapitel 2

Ich muss gestehen, dass ich Liv nicht ganz die Wahrheit gesagt hatte. Genau genommen hatte ich sie angelogen.

Nils' Interesse, meine Familie kennenzulernen, hielt sich in sehr überschaubaren Grenzen. Was aber nicht daran lag, dass er versnobt oder überheblich gewesen wäre und sich als Sprössling einer millionenschweren Unternehmer-Dynastie nicht mit dem gemeinen Volk abgeben wollte. So war Nils ganz gewiss nicht. Er wurde nur ganz allgemein beim Thema Familie nervös und versuchte meist mit den irrwitzigsten Ausreden, allen familiären Verpflichtungen aus dem Weg zu gehen. Zu seiner Verteidigung muss ich anführen, dass er in seiner Kindheit und Jugend fast jedes Wochenende bei irgendeinem Ereignis zugegen sein musste, zu dem der weitläufige Claasen-Clan die Familie zusammenrief. Vermutlich hatte Nils sich die berufliche Laufbahn eines Seemannes ausgesucht, um diesen Treffen endlich aus dem Weg gehen zu können, ohne sich irgendwelche fadenscheinige Ausreden einfallen lassen zu müssen. Ich kannte seine Abneigung und daher hatte ich ihn auch nie dazu gedrängt, mich bei meinen seltenen Familienbesuchen nach Brodershöved zu begleiten. Was dazu führte, dass meine eigene Familie auch reichlich spät davon erfuhr, dass ich seit einiger

Zeit eine feste Beziehung hatte. Umso neugieriger waren sie nun alle, den Mann an meiner Seite kennenzulernen, und ich konnte es ihnen nicht verübeln.

Ich kam an einem der Champagnerstände vorbei und griff nach einem Glas, um meine angespannten Nerven mit einer kleinen Dosis Alkohol zu beruhigen. Normalerweise trank ich so gut wie nie, doch dieser Tag war anstrengender, als ich befürchtet hatte, und ich sehnte mich nach der Ruhe und Abgeschiedenheit meiner kleinen Wohnung in Kiel zurück. Oder wenigstens auf die Brücke der *Ophelia* zur Mittelwache nachts um drei. Mittlerweile konnte ich Nils' Abneigung gegen solche Familienzusammenkünfte verstehen.

Ich griff zu einem zweiten Glas Champagner, um es ebenfalls in einem Rutsch auszutrinken, als ich eine Hand auf meiner Hüfte spürte. Ich hoffte inständig, dass es sich nicht um die Hand von Nils' etwas übergriffigem Großonkel handelte, der mit seinen achtundsiebzig Jahren offensichtlich noch immer nichts von »me too« gehört hatte und Frauen gerne mal angrapschte. Der Mann, zu dem die Hand gehörte, beugte sich leicht zu mir herunter und der Geruch seines Aftershave stieg mir in die Nase. Ohne mich umzudrehen, lächelte ich und nahm einen Schluck von meinem Champagner.

»Ich hab schon befürchtet, du lässt mich mit all der buckligen Verwandtschaft allein und machst dich klammheimlich aus dem Staub.«

Ich spürte, wie Nils' Lippen meinen Nacken berührten.

»Ich habe dich gewarnt. Wir hätten einfach heimlich in Las Vegas heiraten sollen. Uns wäre viel erspart geblieben.«

Ich drehte mich zu ihm um und spürte, wie seine feingliedrigen Hände sich auf meinen Rücken legten und er mich nah an sich heranzog, als ich protestierte.

»Ich hasse Elvis. Und außerdem hat Las Vegas keinen Hafen. Jedenfalls keinen vernünftigen.«

Nils beugte sich zu mir herunter und gab mir einen Kuss auf den Mund. Seine hellen blauen Augen musterten mich mit einem Ausdruck, der schwer einzuschätzen war. Irgendwie nachdenklich und auf eine gewisse Art besorgt.

»Was ist?« Ich sah ihn an und runzelte die Stirn. »Ist was passiert?«

Er wich meinem Blick aus und atmete tief durch. »Nein, alles gut.«

Er war ein wirklich miserabler Lügner.

»Na, komm schon. Irgendwas ist doch los. Hast du dich mit deinem Vater gestritten? Oder mit Mette?«

Er sah mich wieder an und schüttelte verwundert den Kopf. »Nein. Warum sollte ich?«

»Weil du dich immer mit Mette streitest, wenn ihr euch seht.«

Das stimmte tatsächlich. Nils und seine sieben Jahre ältere Schwester waren so verschieden wie Feuer und Wasser, und so blieb es nicht aus, dass spätestens nach einer halben Stunde die Gemüter zu brodeln begannen, wenn sie aufeinandertrafen.

»Also, erzähl schon. Worüber habt ihr euch gestritten? Ging es wieder um den Bau eines neuen Schiffs?«

»Ich habe mich mit niemandem gestritten. Erst recht nicht über Schiffe!«

Er klang etwas angespannt, was seine Worte Lügen strafte. Das große Streitthema der Claasen-Familie war schon seit Monaten das Thema »Investitionen«. Während Nils auf eine Modernisierung der vorhandenen Schiffe setzte, wollten Mette und ihr Mann den Bau neuer, größerer Schiffe vorantreiben, um den Umsatz der Reederei zu steigern.

»Und warum hast du dann so miese Laune?«

Nils atmete erneut tief durch, und es klang wie ein langer, gequälter Seufzer. Er schaffte es schließlich, mir doch noch in die Augen zu schauen, und diesmal erkannte ich neben der

Besorgnis eine gewisse Traurigkeit in seinem Blick, die mir völlig fremd war. Nils Claasen gehörte zu den wenigen Menschen, die in jeder Situation und bei jedem Problem, das sich ihnen in den Weg stellte, auch immer eine Chance sahen, es anders oder besser zu machen. Er war einfach ein unverbesserlicher Optimist. Eine der Eigenschaften, die ich wirklich an ihm liebte.

»Lass uns später darüber sprechen, Millie. Jetzt ist nicht der richtige Zeitpunkt.«

Es war nicht so sehr das, was er sagte, was mich beunruhigte. Es war der Tonfall seiner Stimme, der den roten Alarmknopf bei mir drückte. Es war dieses mitleidige Timbre, mit dem man versuchte, seinem Gegenüber wirklich schlechte Neuigkeiten zu vermitteln.

»Mit wem hast du da gerade telefoniert?« Ich sah ihn ruhig an. Er wirkte überrascht.

»Ich?«

»Ja, du.« Ich atmete nun auch tief durch und sah ihm prüfend in die Augen. »Du hast oben auf der Terrasse gestanden und ein ziemlich ernstes und ziemlich langes Telefonat geführt. Und jetzt würde ich gerne wissen, mit wem du gesprochen hast. Denn so, wie es aussieht, hat derjenige dir ordentlich die Laune verdorben. Was ich für unsere Verlobungsfeier reichlich unpassend finde und daher demjenigen gerne mal meine Meinung sagen möchte.«

Er hatte mir aufmerksam zugehört und auf seinem Gesicht erschien ein schmales Lächeln.

Er rieb sich kurz mit der Hand über die Augen und schien seine Chancen abzuwägen, irgendwie heil aus dieser Nummer herauszukommen.

»Ich habe keine Chance, oder?«

Ich schüttelte den Kopf. »Nein.«

»Okay.« Er räusperte sich, fasste mich sanft am Arm und zog mich etwas abseits von dem Gedränge unserer Gäste.

»Aber ich würde das wirklich lieber später mit dir besprechen, Millie.«

Ich verlor langsam die Geduld. »Mein Gott, Nils, schlechte Neuigkeiten sind wie fangfrischer Hering, den man auf Deck liegen lässt. Je länger man wartet, desto mehr stinkt er. Hat meine Mutter immer gesagt.«

Er zog eine Augenbraue hoch.

Ich fuhr unbeeindruckt fort. »Also, sag schon, was los ist. Ist die Reederei bankrott? Die *Ophelia* gesunken? Oder bist du bereits verheiratet und hast nur vergessen, das zu erwähnen? Was, zugegeben, ein denkbar schlechter Zeitpunkt wäre, es jetzt auf den Tisch zu bringen.«

Er starrte mich einen Moment lang überrascht an.

»Das verstehst du unter schlechten Neuigkeiten?«

»Na ja, mir würden da noch ein paar mehr einfallen. Aber ich will dich nicht erschrecken.«

Er schüttelte kurz irritiert den Kopf und versuchte, sich wieder zu sammeln.

»Zu deiner Beruhigung – ich bin nicht verheiratet.«

Er lächelte wieder schief, und das gab ihm dieses jungenhafte, unbekümmerte Aussehen, das ich an ihm liebte.

Ich tat so, als wäre ich erleichtert.

»Puuh …« Ich gab ihm einen Kuss, wobei ich mich auf die Zehenspitzen stellen musste. »Dann bin ich beruhigt. Alles andere ist mir egal.«

Sein Lächeln wurde breiter und vertrieb nun tatsächlich die Besorgnis in seinem Blick. Er beugte sich zu mir herunter und gab mir einen langen Kuss.

Als wir uns voneinander lösten, sah er mich an und erklärte mit einer Selbstverständlichkeit, die mir vor Freude einen Schauer über den Rücken laufen ließ: »Ich liebe dich, Smilla Larsen.«

Ich lächelte ihn frech an. »Das sind doch mal gute Neuigkeiten. Stell dir mal vor, das wäre nicht so. Dann wäre diese ganze Veranstaltung hier für die Katz.«

»Ich habe mit Doktor Maibach telefoniert.«

Das kam völlig unvermittelt und darauf war ich nicht vorbereitet.

»Er hat mich angerufen«, fügte er erklärend hinzu. Warum auch immer.

Einen Augenblick starrte ich ihn an, während mir erschreckend klar wurde, dass das, was auf diesen Satz folgen würde, das Potenzial hatte, meine kleine, berechenbare Welt zu erschüttern.

»Die Testergebnisse sind da, Millie. Und sie sehen nicht gut aus.«

Kapitel 3

Auf hoher See gibt es zwei Arten von Katastrophen, die einen früher oder später treffen, wenn man nur lange genug auf den Weltmeeren unterwegs ist.

Die einen kommen aus dem Nichts, wie die riesigen Monsterwellen, die sich plötzlich und unvermittelt dreißig Meter hoch auftürmen, ein Schiff zerschmettern, um dann in der Weite des Ozeans zu verschwinden. Früher hielt man Erzählungen über solche Kaventsmänner für Seemannsgarn, für Legenden, die sich betrunkene Matrosen erzählten, um bei Landratten Eindruck zu schinden. Mittlerweile weiß man dank modernster Satellitenbeobachtung, dass es sie tatsächlich gibt, diese Monsterwellen. Wie sie entstehen und wie man sie umschifft ist, wie bei allen großen Schwierigkeiten des Lebens, ein Mysterium.

Die zweite Art von Katastrophen sind jene, die sich lange vorher ankündigen und von denen man weiß, dass sie einen treffen werden. Zum Beispiel, wenn sich zwei Tiefdruckgebiete mitten auf dem Atlantik über Tage hinweg zu einem perfekten Sturm zusammenbrauen und eine Naturgewalt entfachen, der man auch mit dem schnellsten Schiff nicht mehr entkommen kann. In diesem Fall tut man alles, was man tun kann, um sich auf das Unvermeidliche vorzubereiten. Man kann Fracht und Passagiere sichern, das Schiff in die beste Position bringen und abwarten, bis der Spuk schnellstmöglich vorbei ist.

Was man in beiden Fällen gut gebrauchen kann, ist eine gehörige Portion Glück. Und so, wie es aussah, hatte ich zu sehr auf mein Glück vertraut.

* * *

Die Katastrophe, die mich an diesem Nachmittag traf, hatte einen recht komfortablen Vorlauf von mehreren Wochen gehabt. Ich hätte mich also darauf vorbereiten können. Doch wie ein unerfahrener Kapitän, der sich und sein Schiff überschätzt, so hatte auch ich alle Warnungen ignoriert und mich stattdessen damit getröstet, dass es schon nicht so schlimm kommen werde.

Doktor Maibach hatte mich soeben am Telefon eines Besseren belehrt.

»Danke, ich melde mich dann bei Ihnen.« Ich ließ das Telefon in meiner Hand sinken, während langsam die Erkenntnis in mein Bewusstsein sickerte, dass sich mein Leben von diesem Moment an von Grund auf ändern würde.

»Es tut mir leid, Millie. Es ist so blöd, dass wir es ausgerechnet heute erfahren mussten.«

Nils hatte die Arme um mich gelegt und hielt mich fest. Ich spürte seinen Atem an meiner Schläfe, als er einen Kuss darauf hauchte, wie bei einem Kind, das es zu trösten galt.

Wir hatten uns von dem Trubel im Garten zurückgezogen und standen in der Bibliothek der Villa. Ich wand mich aus Nils' Armen und sah ihn fassungslos an. Das Handy, mit dem ich gerade mit dem Betriebsarzt der Claasen-Reederei telefoniert hatte, lag noch immer schwer in meiner Hand.

»Glaubst du, dass es für so was einen *guten* Zeitpunkt gibt?«

»Nein, natürlich nicht.« Er sah mich ruhig an, beherrscht und voller Mitgefühl, und ich fühlte mich erneut wie ein kleines Kind, das es zu beruhigen galt.

»Ich hätte nur gewollt, dass wir diesen Tag unbeschwert genießen können.«

Ich lachte bitter auf. »Unbeschwert?«

»Ja, unbeschwert. Komm schon, Millie, wir werden heiraten, eine Familie gründen. Das ist doch jetzt nicht das Ende der Welt.«

Ich hörte ihm zu und wusste, dass er es gut meinte. Dass er mich tatsächlich trösten und meine Aufmerksamkeit auf die Dinge lenken wollte, an denen sich nichts ändern würde. Er mochte damit recht haben. In gewisser Weise. Doch ich spürte, wie eine unbändige Wut in mir hochkroch. Eine Wut auf alles, was er sagte.

»Du verstehst nicht, was das für mich bedeutet, oder?«

Ich sah ihn zornig an. Er muss die Wut in meinem Blick erkannt haben, denn er senkte den Blick. Bevor er etwas erwidern konnte, fuhr ich ungehalten fort: »Mein Leben geht gerade den Bach runter, Nils, so sieht es aus.«

»Das tut es nicht.«

Er sagte es ganz ruhig, was meine Wut nur noch steigerte.

»Ach nein?« Ich lachte zynisch auf. »Dann muss ich Doktor Maibach wohl völlig falsch verstanden haben. Dann ist die Neuroborreliose gar nicht schlimm, oder es gibt irgendein Wundermittel, das meine Sehnerven heilt, und ich kann in zwei Wochen wieder auf der Brücke der *Ophelia* stehen?«

Seine Brust hob sich in einem langen Seufzer und er schwieg. Er kannte die Antwort bereits.

Ich trat einen Schritt auf ihn zu und blickte in sein angespanntes Gesicht.

»Ich habe gerade erfahren, dass ich meinen Job an den Nagel hängen kann, Nils. Dass ich niemals die *Ophelia* oder irgendein anderes Schiff werde führen können.«

»Millie …«

Er berührte sanft meinen Arm, und ich wich vor ihm zurück.

»Es ist vorbei, Nils. *Game over.* Mein Diplom kann ich verbrennen oder in tausend Stücke reißen und im Klo runterspülen.«

Ich fuhr mir mit der Hand über die Augen, so, als wäre das alles nur ein böser Traum und ich könnte einfach wieder daraus aufwachen.

»Was soll ich denn jetzt machen?«

Ich drehte mich von ihm weg und starrte durch die großen, bodentiefen Fenster hinaus in den Garten, in dem sich unsere Gäste tummelten.

»Wir werden einen Weg finden.«

Er war hinter mich getreten und legte die Arme um mich. Ich spürte seine Brust an meinem Rücken.

»Wir werden nach anderen Experten suchen, die vielleicht eine Lösung haben. Irgendein Medikament, das gerade entwickelt wird, oder eine Operation, die dir helfen kann. Die Medizin kann heutzutage schon so viel. Ich meine, da gibt es bestimmt irgendeine Heilungschance.«

Es war reines Wunschdenken, und das wusste ich.

»Und so lange machen wir einfach das Beste aus der ganzen Situation.«

»Und wie soll das aussehen?«

Meine Stimme klang matt.

»Du könntest einen Job im Management der Reederei übernehmen. Den Bau der neuen Schiffe überwachen.«

Ich schloss die Augen.

»Und wenn du unbedingt weiter an Bord arbeiten willst, gibt es genug Möglichkeiten.«

»Soll ich die Passagiere als Animateurin bespaßen oder als Aushilfe in der Küche anfangen?«

Ich machte mich los und sah ihn an.

»Soll so meine berufliche Zukunft aussehen?«

Auf Nils' Stirn bildete sich eine steile Falte. Langsam schien er die Geduld mit mir zu verlieren.

»Ich kann verstehen, dass dir das alles grad nicht passt, Millie. Aber wir müssen lernen, mit der Situation klarzukommen.«

»*Wir* müssen lernen? Dann hast du auch gerade erfahren, dass du aufgrund einer vierzigprozentigen Sehschwäche niemals Kapitän der *Ophelia* wirst? Oder irgendeines anderen Schiffes. Was deine Lebensplanung irgendwie ein wenig durcheinanderbringt.«

»Du willst mich gar nicht verstehen, oder?«

»Doch. Natürlich. Erzähl ruhig weiter.«

Ich blitzte ihn wütend an. Er öffnete den Mund, wollte sich weiter erklären, überlegte es sich dann aber anders.

»Lass uns morgen weiterreden, wenn du dich etwas beruhigt hast. Wir sollten einfach wieder zurück zu unserer Party gehen.«

Ich lachte bitter auf.

»Das fällt mir ein bisschen schwer, meinst du nicht?«

»Ich will doch nur, dass du dich etwas ablenkst. Schau mal, vielleicht hat das alles auch was Gutes.«

Ich traute meinen Ohren kaum.

Nils fuhr unbeeindruckt fort. »Wir können in Ruhe die Hochzeit vorbereiten. Die neue Wohnung einrichten. Uns Gedanken darüber machen, wie es weitergeht mit uns, jetzt, wo du Zeit hast und nicht nächste Woche schon wieder an Bord bist.«

»Was genau willst du mir eigentlich sagen, Nils?«

»Ich will damit sagen, dass nicht alles schlimm ist. Du bist jung, bis auf eine Kleinigkeit völlig gesund, wahnsinnig schlau und wunderschön.«

Er nahm mich in den Arm, was ich widerstrebend duldete.

»Auch mit einer kleinen Sehschwäche. Ich liebe dich, Smilla Larsen. Daran hat sich nichts geändert. Und es wird sich niemals etwas daran ändern.«

Er sah mich liebevoll an und ich wusste, dass er es genauso meinte, wie er es sagte.

An dieser Stelle hätte ich mich einfach an seine Brust drücken, den Trost seiner Umarmung und seiner Liebeserklärung genießen und mich von seinen Worten beruhigen lassen können.

Doch manchmal wollen wir das Gute nicht sehen, weil wir uns lieber den dunklen Seiten unseres Lebens zuwenden, um einen aussichtslosen Kampf zu führen, der alles nur noch schlimmer macht.

Ich machte mich los und trat zwei Schritte zurück.

»Du bist ja richtig erleichtert, dass es so gekommen ist.«

Er sah mich irritiert an. »So ein Quatsch. Natürlich nicht.«

»Oh doch, das bist du.« Ich lachte bitter auf. »Vermutlich hoffst du, dass ich jetzt die Frau an deiner Seite bin, die das Nest bereitet, die Kinder aufzieht und sehnsüchtig darauf wartet, dass ihr Mann wieder in den Hafen einläuft.«

Er runzelte irritiert die Stirn. »Du weißt, dass ich nicht so denke.«

»Nein, Nils, das weiß ich nicht. Denn alles, was du gerade gesagt hast, deutet eher darauf hin, dass du es ganz angenehm findest, wenn ich auf meine berufliche Karriere verzichte. Nicht ganz freiwillig, aber hey, was für ein glücklicher Zufall, dass mich ein kleiner Zeckenbiss aus dem Rennen um die Kapitänslaufbahn wirft!«

Zufrieden bemerkte ich, dass meine Worte ihn tatsächlich trafen. Gut so.

»Okay, wir sollten unsere Unterhaltung an dieser Stelle abbrechen, Millie.« Er rieb sich mit einer Hand die Schläfe und versuchte, seine aufkommende Wut zu zügeln.

»Mir scheint, dass alles, was ich sage, von dir gerade falsch verstanden werden will. Und das ist keine gute Grundlage für ein Gespräch.«

»Ach, willst du mir jetzt schon vorschreiben, was ich richtig oder falsch verstehe?«

Er atmete einmal tief durch und wandte sich dann ab.

»Ich gehe jetzt wieder hinunter zu unseren Gästen.«

An der Tür drehte er sich noch einmal zu mir um. Sein Blick war überraschend kühl und unnahbar. So hatte ich ihn noch nie gesehen. »Wenn du dich etwas beruhigt hast, würde ich mich freuen, wenn du nachkommst.«

Bevor ich noch etwas erwidern konnte, war er draußen.

Und ließ mich mit meinem Zorn und meinem Frust zurück.

KAPITEL 4

»Moment. Ich nehme noch ein Glas.«

Der junge Mann in dem weißen, gestärkten Hemd und schwarzer Anzughose, der nicht viel jünger sein konnte als ich, sah mich einen Augenblick mit hochgezogener Augenbraue an, als wolle er mir davon abraten, Champagner der gehobenen Preisklasse wie Mineralwasser in mich hineinzuschütten. Da er allerdings an diesem Nachmittag als Angestellter der Catering-Firma abgestellt worden war, um freundlich und kommentarlos die Gäste mit Alkohol abzufüllen und ansonsten den Mund zu halten, kam er verantwortungsbewusst seiner Aufgabe nach, nickte knapp und hielt mir erneut das Tablett hin, während er mir das benutzte Glas aus der Hand nahm. Ich widerstand der Versuchung, auch dieses Glas in einem Zug auszutrinken, dann lächelte ich ihn unverbindlich an.

»Danke.«

Ich hatte oben in der Bibliothek einen Moment lang darüber nachgedacht, einfach zu verschwinden, mich in meiner Kieler Wohnung ins Bett zu legen, die Decke über den Kopf zu ziehen und darauf zu hoffen, dass das alles nur ein Albtraum war, aus dem ich bald aufwachen würde.

Dummerweise besaß ich kein eigenes Auto, und Nils nach unserem Streit um die Schlüssel für seinen Volvo zu bitten, erschien mir etwas unpassend. Außerdem hätte er ihn mir sowieso nicht gegeben, und das lag nicht nur an dem Alkohol, den ich getrunken hatte.

Das zweite Argument, das gegen diese Art von Abgang sprach, war schlicht und ergreifend die Tatsache, dass es kein böser Traum war, aus dem ich aufwachen konnte. Das war mein Leben, und so, wie es aussah, hatte es eine unverhoffte Wendung genommen.

* * *

Es hatte ganz harmlos angefangen. Vor ein paar Wochen hatte ich mit meinem Diplom in der Tasche ganz offiziell bei der Claasen-Reederei meinen Arbeitsvertrag als neuer nautischer Offizier unterschrieben. Ein Augenblick, auf den ich lange Jahre gewartet hatte. Eine betriebsärztliche Untersuchung gehörte auch dazu. Nichts Spektakuläres also, reine Routine. Immerhin war ich gerade mal achtundzwanzig Jahre alt, sportlich, hatte weder Allergien noch Vorerkrankungen oder sonstige gesundheitliche Probleme. Ich besaß sogar noch meinen Blinddarm. Alles verlief normal. Bis zum Sehtest.

Es musste schon vor Monaten angefangen haben, wie mir Doktor Maibach später erklärte. Doch ich hatte die Zeichen nicht erkannt. Oder nicht erkennen wollen: das leichte Brennen, die trockenen Augen, die kurzen Unschärfen am Morgen gleich nach dem Aufstehen. Ich hatte mir nichts dabei gedacht. Und nachts, wenn es dunkel war und die Umrisse der Welt um mich herum ihre Konturen verloren, ignorierte ich es einfach.

Wie sich herausstellte, konnte man ein Bannwarth-Syndrom auf Dauer nicht ignorieren. Es war eine Entzündung der zentralen Nerven, der Hirnnerven, und schuld war ein

45

Zeckenbiss gewesen, den ich wohl noch nicht einmal bemerkt hatte. In den Tagen nach der Diagnose durchforstete ich meine Erinnerungen. Wann hatte ich mich krank und erkältet gefühlt, vielleicht sogar Fieber gehabt? Ich konnte mich nicht daran erinnern. Und so hatte das Verhängnis seinen Lauf genommen.

Es war keine tödliche Krankheit. Die Neuroborreliose würde mich nicht mein Leben kosten. Dennoch war das, was sie an meinen Sehnerven angerichtet hatte, unheilbar. Es würde mein Leben, so, wie ich es geplant hatte, völlig auf den Kopf stellen. Um weiterhin auf der Brücke eines Schiffes zu stehen, sollte man tunlichst die Farben Rot und Grün unterscheiden können, ansonsten hatte man ein Problem. Und genau das war bei mir nicht mehr der Fall. Oder besser gesagt – nicht mehr ganz der Fall. Der Sehtest hatte ergeben, dass ich infolge der Erkrankung unter einer dreiundvierzigprozentigen Farbsehschwäche litt, Tendenz steigend. Und damit konnte ich meine Karrierepläne an den Nagel hängen. Ich durfte noch nicht einmal mehr Auto fahren, so sah es aus. Mein Traum, als Kapitänin einen Ozeanriesen über die Weltmeere zu navigieren, hatte sich damit in Luft aufgelöst.

Bei dem Gedanken daran warf ich erneut meine Zurückhaltung über Bord und schüttete ein weiteres Glas Champagner in mich hinein.

»Das kann einen ganz schön nervös machen, was?«

Ich fuhr herum und erkannte Sten Ohlsen, der neben mir aufgetaucht war, ohne dass ich ihn wahrgenommen hatte. Er muss meinen irritierten Blick bemerkt haben und deutete auf das leere Glas in meiner Hand.

»Ich besorge Ihnen gern Nachschub, wenn Sie möchten. Verlobungen sind irgendwie … anstrengend.«

Er lächelte, und mir fiel auf, dass er eigentlich ganz charmant war.

Ich starrte ihn noch immer an, ohne etwas zu erwidern. Es schien ihn nervös zu machen.

»Also, anstrengend im Sinne von: Ist ganz schön was los. Ich war jedenfalls immer nervös, wenn ich mich verlobt habe.«

Ich kniff die Augen zusammen.

»Sie sind verheiratet?«

Er schüttelte den Kopf.

»Dreimal verlobt. Einmal verheiratet. Und erfolgreich geschieden.«

»Wow!« Ich starrte ihn an.

»Glücklich geschieden sollte ich noch hinzufügen. Wie sich herausgestellt hat, wird die Ehe völlig überbewertet.«

»Hat Ihnen schon mal jemand gesagt, dass Sie ausgesprochen untalentiert sind, wenn es um lockere Unterhaltungen geht?«

Ich sah ihn mit unbeweglicher Miene an. Er war einen Moment verwirrt, dann schien er begriffen zu haben, dass diese Art von Kommentar bei einer Verlobungsfeier gegenüber der Braut nicht gerade der passende Small Talk war.

»Ja… also für *mich* sind Verlobungen nicht das Richtige. Ich bin mir sicher, bei Ihnen ist das ganz anders.«

Ich nickte langsam.

»Nachdem Sie meinen, dass nur alte weiße Männer mit Bart Kapitän sein sollten, ist die Ehe also auch eher was für Schwachmaten. Wollten Sie das mit Ihrem Kommentar sagen?«

Ich sah ihn todernst an. Ohlsen wurde tatsächlich leicht rot und sein Adamsapfel hüpfte auf und ab.

»Nein, ganz und gar nicht. Eigentlich wollte ich nur … ich wollte nur was Nettes sagen. Sie wirkten etwas angespannt.«

Ich nickte langsam. »Sollten Sie wieder einmal versuchen, etwas Nettes zu sagen, um jemanden aufzulockern, kann ich Ihnen einen wirklich, wirklich guten Rat geben.«

Er sah mich mit zusammengezogenen Augenbrauen an, und als ich eine Antwort schuldig blieb, fragte er: »Ich bin für jeden Tipp dankbar. Nur raus mit der Sprache.«

»Okay. Dann passen Sie mal gut auf.« Ich trat nah an ihn heran, um ihm das Geheimnis quasi ins Ohr zu flüstern. »Halten Sie am besten einfach die Klappe.«

»Oh …« Er trat zwei Schritte zurück und musterte mich peinlich berührt. »Sie sind eine Frau der klaren Worte. Ich mag das.«

»Dann ist es ja gut.«

Einen Augenblick standen wir uns stumm gegenüber. Schließlich sah ich, wie er tief durchatmete und tatsächlich so etwas wie ein Lächeln auf seine Lippen zauberte und sich hörbar räusperte.

»Dann … ich schaue dann mal, wo ich Ihre Mutter finden kann. War nett, mit Ihnen zu plaudern.«

Ich nickte knapp.

Als er eilig die Flucht antreten wollte, fiel mir plötzlich etwas ein.

»Herr Ohlsen?«

Er drehte sich um. »Ja?«

»Sind Sie eigentlich mit dem Auto da?«

Er hob kurz die Augenbrauen und sah mich verwundert an.

»Könnte ich mir das für die nächste Stunde ausleihen? Ich brauche etwas Abstand von dem Ganzen hier … runter an die Alster. Oder an die Elbe, den Kopf ein wenig frei bekommen.«

Er zögerte und wirkte dabei etwas unglücklich.

»Ich weiß nicht, ob das so eine gute Idee ist.« Er sah sich suchend im Garten um und hoffte wohl, meine Mutter, seinen Kumpel Jewe oder wenigstens Liv zu entdecken, die ihm dabei helfen konnten, dieser verzwickten Situation zu entkommen.

Ich lachte kurz auf. »Das ist sogar eine Superidee. Ich bin mir sicher, es fällt niemandem auf, wenn ich mal kurz verschwinde.«

»Das dürfte sogar stimmen.« Sein Lächeln war dünn. »Allerdings vertragen sich Autofahren und Champagner nicht besonders gut. Sie haben doch bestimmt schon eine ganze Flasche intus, oder irre ich mich?«

Da war durchaus was dran. Allerdings waren meine Nerven so aufgewühlt, dass ich von dem Alkohol so gut wie nichts spürte.

»Das waren höchstens zwei Gläser.«

Auf seinen skeptischen Blick hin sah ich mich gezwungen, doch etwas näher an die Wahrheit zu rücken. »Okay, vielleicht waren es auch drei. Mehr aber nicht.«

Er rieb sich nachdenklich den Nacken und überlegte, ob er mir eine Absage erteilen sollte oder nicht. Dabei machte er den unglücklichen Eindruck eines Klassenstrebers, der auf keinen Fall die Spaßbremse sein will, wenn es um den nächsten Streich geht. Schließlich nickte er.

»Okay. Gegenvorschlag: Sie sagen, wohin, und ich fahre.«

Er deutete meinen missbilligenden Blick genau richtig.

»Kommen Sie, Smilla, ich verspreche auch, keine blödsinnigen Kommentare abzugeben.«

Er lächelte wieder charmant, und mir wurde klar, warum er als Geschäftsmann so erfolgreich war. Er hatte so eine Art, der man nur schwer widerstehen konnte.

»Genau genommen werde ich überhaupt nichts sagen, wenn Sie das wollen. Und nennen Sie mich ruhig Sten. Das ist nicht so förmlich, wenn ich schon ihren Chauffeur spiele.«

Ich zögerte.

»Sie halten wirklich die Klappe? Keine Kommentare übers Heiraten oder Schiffe oder sonst irgendetwas?«

Er nickte entschlossen, machte eine Geste, die andeutete, dass sein Mund fest verschlossen sein würde.

»Ich bin stumm wie ein Fisch.«

Ich nickte. »Gut. Dann lassen Sie uns verschwinden.« Und nach einer kleinen Pause fügte ich hinzu: »Sten«.

Als er mich erneut anlächelte und aufatmete, hätte man diesen Seufzer der Erleichterung bestimmt bis nach Brodershöved hören können.

* * *

»Geben Sie es ruhig zu: Sie wollten nur niemand anderen hinter das Lenkrad Ihres Luxusschlittens lassen.«

Ich sah ihn über die Motorhaube des schneeweißen Tesla X an, dessen Beifahrertür sich automatisch und fast geräuschlos öffnete, als Sten die Fernbedienung des Wagens aktivierte.

»Und wohl erst recht keine Frau, wenn ich mir überlege, wie Sie so über Frauen denken.«

Er sah mich stirnrunzelnd an. »Ich glaube, Sie haben da einen völlig falschen Eindruck von mir. Und nur mal so als Hinweis: Fünfundneunzig Prozent der Menschen, die betrunken einen Unfall bauen, geben zu Protokoll, ihre Fahrtüchtigkeit überschätzt zu haben.«

Ich verdrehte die Augen. »Zahlen sind wirklich Ihr Ding, stimmt's?«

Er wollte etwas erwidern, doch ich hob mahnend die Hand. »Stumm wie ein Fisch – Sie erinnern sich? Daran sollten Sie sich halten.«

Ich sah, wie er erneut aufseufzte und den Kommentar, den er auf den Lippen gehabt hatte, hinunterschluckte. Und das fiel ihm sichtbar schwer. Ich stieg ein und er setzte sich einen Moment später auf den Fahrersitz. Der Innenraum des Wagens war riesig und die weißen Ledersitze und die digitalen Anzeigen wirkten futuristisch.

Er sah mich schweigend von der Seite an. Nach ein paar Sekunden fragte ich irritiert: »Was ist? Wollen Sie nicht losfahren?«

»Doch. Natürlich.«

»Aber?«

»Aber … Sie müssen mir schon verraten, wohin ich fahren soll.«

Er schickte ein ironisches Lächeln hinterher.

»Ist wie beim Navi. Sie wissen doch, was ein Navi ist?«

»Haha. Sie sind wirklich witzig.«

Ich lachte kein bisschen.

Der Wagen startete, ohne dass ich erkennen konnte, wie er es gemacht hatte. Die Verwunderung darüber muss mir anzusehen gewesen sein, denn er erklärte ungefragt und mit einem gewissen Stolz auf dieses Wunderwerk moderner Technik: »Start-Automatik. Man muss einfach nur auf die Bremse drücken.«

»Dann passen Sie bloß auf, dass Ihnen niemand Ihr Schätzchen klaut.«

Er klopfte auf die mit einem stilisierten silbernen T versehene Fernbedienung, die er auf der Mittelkonsole abgelegt hatte.

»Funktioniert natürlich nur in Kombination mit dem hier.«

»Wie interessant«, erwiderte ich gelangweilt.

Die Ironie in meiner Stimme musste ihm entgangen sein, denn er fuhr unbeeindruckt fort: »Ich muss zugeben, am besten haben mir damals die Flügeltüren hinten gefallen. Als ich die gesehen habe, musste ich den Wagen unbedingt haben.«

Ich atmete tief durch. Was Männer an Autos so faszinierte, war mir schon immer ein Rätsel gewesen, aber gut, wenn ihm sein Spielzeug so viel Spaß machte, wollte ich ihm die Freude nicht verderben.

»Wenn Sie mir jetzt noch sagen, dass dieses Auto tatsächlich fahren kann, bin ich begeistert.«

Er sah mich etwas beleidigt an und wollte gerade zu einer Erwiderung ansetzen, als der Bordcomputer einen eingehenden Anruf meldete und eine Computerstimme verkündete: »Stella ruft an.«

Er runzelte kurz die Stirn, so als würde ihn der Anruf überraschen. Sein Zögern zeugte davon, dass er nicht sonderlich erpicht darauf war, mit Stella zu sprechen. Wer auch immer Stella war.

»Sie können ruhig rangehen.« Ich lächelte ihn auffordernd an. »Wir haben ja alle Zeit der Welt.«

Er zögerte noch einen kurzen Moment, dann nahm er das Gespräch entgegen. Seine Stimme klang viel zu bemüht, um tatsächlich so locker zu erscheinen, wie er es wohl gerne gehabt hätte.

»Hi, Stella. Das ist ja eine Überraschung. Was gibt's?«

»Sten? Bist du das?« Die Stimme klang jung.

»Ja, klar. Wer denn sonst?« Er warf mir ein Lächeln zu, das gar kein echtes Lächeln war. »Oder wolltest du jemand anderen sprechen und hast dich nur verwählt?«

»Quatsch, nein. Ich war mir nur nicht sicher, ob ich deine Stimme auch erkannt habe. Du solltest dich wirklich mal mit Namen melden.« Die junge Frau klang etwas verärgert. Ganz automatisch tauchte vor meinem inneren Auge das Bild einer blonden Model-Schönheit auf, die sich lasziv im Bikini auf einer Poolliege rekelte. Was zugegebenermaßen ganz schön gemein war.

Sten neben mir räusperte sich etwas unbehaglich.

»Du, Stella, das ist jetzt irgendwie ganz schlecht. Ich bin grad in … in einem Meeting. Kann ich dich später zurückrufen?«

Einen Moment herrschte am anderen Ende der Leitung Stille.

»Es ist Samstagnachmittag.«

Das klang ziemlich abgeklärt.

Sten verzog kurz das Gesicht. Ihm schien ebenfalls zu dämmern, dass er nicht gerade ein brillanter Lügner war.

»Ja, ähm, ich hab grad richtig viel zu tun. Da jagt ein Termin den nächsten, auch am Wochenende, du kennst mich ja.«

Wieder herrschte einen Moment Stille, und die junge Frau schien ihre Antwort genau abzuwägen.

»Im Grunde genommen nicht.«

»Was nicht?«

»Im Grund genommen«, wiederholte sie in ruhigem Ton, so, als würde sie mit einem Kleinkind sprechen, »kenne ich dich nicht. Auf jeden Fall kenne ich dich nicht gut.«

Sten stieß einen Seufzer aus und schloss kurz die Augen. Ich versuchte, ein Grinsen zu verbergen. Der smarte Herr Ohlsen hatte, so sah es jedenfalls aus, etwas Stress mit einer seiner Ex-Verlobten. Oder Ex-Freundin. Jedenfalls schien sie ihm ordentlich die Hölle heißzumachen.

»Und du rufst auch nie zurück, wenn du sagst, du rufst zurück.«

»Das stimmt doch gar nicht!« Er versuchte, empört zu klingen und dabei zu vertuschen, dass Stella die Wahrheit sagte.

»Ist ja auch egal.« Die junge Frau hatte wohl auch keine Lust auf Grundsatzdiskussionen. »Hast du kurz Zeit für mich, oder nicht?«

Sten überlegte und sah mich dann entschuldigend an.

»Klar hab ich Zeit für dich. Warte einen Moment, ich geh mal kurz raus.« Er wechselte von der Freisprechanlage des Bordcomputers zu seinem Handy, hielt das Mikrofon zu und sah mich entschuldigend an.

»Dauert nur einen Moment. Ich muss das kurz klären. Bin gleich wieder da.«

Damit stieg er aus, und ich hörte noch, wie er angespannt ins Handy sagte: »Okay, Stella. Ich hoffe, es ist wirklich wichtig.«

Dann schloss sich die Tür automatisch wieder, und ich blieb allein im Wagen zurück. Der Motor summte noch einen Moment leise, dann ging er von selbst aus. Ich atmete tief durch, lehnte mich in dem weißen Ledersitz zurück und beobachtete durch die Windschutzscheibe, wie Sten Ohlsen, sich die Haare raufend, die Straße auf und ab marschierte und dabei angeregt telefonierte.

* * *

Zehn Minuten später telefonierte er immer noch und sein Gesichtsausdruck hatte sich im Lauf der Zeit von genervt über verärgert bis hin zu purer Verzweiflung gesteigert.

Ich kannte Sten Ohlsen zwar nicht besonders gut und konnte seine Seelenlage auch nicht wirklich deuten. Doch die Art und Weise, wie er sich mit einem Arm am Stamm einer alten Linde abstützte, dabei das Handy am Ohr hielt und den Kopf hängen ließ, drückte auf jeden Fall die Art von Verzweiflung aus, die einen überkommt, wenn man ein wirklich unangenehmes Telefongespräch führen muss. Und so, wie es aussah, würde das Telefonat auch noch eine Weile dauern. Mein Blick fiel auf die Fernbedienung, die noch immer auf der Mittelkonsole lag.

Dreißig Sekunden später trat mein Fuß auf die Bremse und der Motor begann wieder leise zu summen.

* * *

Später habe ich mich gefragt, was mich in diesem Moment wohl dazu bewogen hatte, mir einfach unerlaubt seinen Luxusschlitten auszuleihen und lächelnd an ihm vorbei in Richtung eines unbekannten Ziels zu fahren. Er schien ebenfalls überrascht, jedenfalls konnte ich im Rückspiegel beobachten, wie er sich verdutzt aufrichtete, das Handy in seiner Hand sinken ließ und mir mit einem ebenso ratlosen wie schockierten Blick hinterherschaute. Dann bog ich von der Allee nach rechts auf die Hauptstraße ab, fädelte mich in den Verkehr ein und konnte seine weiteren Reaktionen nicht mehr sehen.

* * *

Überraschenderweise fuhr sich dieser riesige elektrische Luxusschlitten, den sich vermutlich nur völlig überbezahlte Technik-Nerds oder Hedgefonds-Manager leisten konnten (Sten Ohlsen fiel, soweit ich wusste, in beide Kategorien), so leicht und lässig wie ein Kleinwagen. Der Motor summte leise und war kaum zu hören. Im Wagen herrschte eine ungewöhnliche Stille.

Ich wollte das Radio einschalten, hatte jedoch nicht den leisesten Schimmer, wie das ging und ob sich überhaupt so etwas wie ein Radio in diesem Auto befand. Ein Blick auf den riesigen Touchscreen in der Mitte der Konsole gab jedenfalls keinen Hinweis darauf, wie man das Multimedia-Entertainment-Center starten konnte. Ich seufzte und ließ mit einem Knopfdruck das Seitenfenster herunter. Die warme Luft dieses Frühsommernachmittags strömte ins Innere des Wagens und mit ihm der Gestank von Autoabgasen. Schnell fuhr ich das Fenster wieder hoch und blickte auf die Straße. Wenn ich runter zur Alster wollte, musste ich mich langsam mal in die richtige Abbiegespur einordnen. Wie ungefähr eine halbe Million anderer Hamburger, die an der Linksabbieger-Ampel auf eine der seltenen Grünphasen warteten, und einen Megastau produzierten. Es war Wochenende, und das angenehm warme Wetter lockte vermutlich alle Hundebesitzer, Fahrradfahrer, Jogger und Kleinfamilien im Umkreis von fünf Kilometern an die

Uferpromenade der Binnenalster. Die Aussicht, mich mitten in das Getümmel der Menschenmassen zu stürzen, war nicht wirklich erfreulich, und so blieb ich einfach auf der Hauptstraße, ließ mich vom Sog des Verkehrs mitreißen, wurde ein Teil dieser Blechlawine, die sich unaufhörlich durch die Stadt wälzte, und ließ meinen Gedanken freien Lauf.

* * *

Nils hatte es gut gemeint, da war ich mir sicher. Und seine Worte waren auch nicht der Grund dafür, dass ich so wütend auf ihn war. Er hatte mir einfach Mut machen wollen, mit den katastrophalen Neuigkeiten, die über mich hereingebrochen waren, irgendwie klarzukommen. Es war seine Art, Probleme anzugehen. Man sah sich den Schlamassel an, überlegte und analysierte die Situation in aller Ruhe, und dann versuchte man, ein Hindernis nach dem anderen aus der Welt zu schaffen, bis man seinen Weg wieder klar und deutlich vor sich sah. Sein ruhiger Pragmatismus hatte mich immer beeindruckt. Das Problem war – ich wollte nicht pragmatisch sein oder vernünftig oder sonst irgendetwas, was mir dabei half, mit der Situation besser umzugehen. Das Einzige, was ich wollte, war, dass alles so sein sollte wie vorher.

Ich bin nicht der Typ, der mit lebensverändernden Überraschungen gut zurechtkommt. Das war ich noch nie. Selbst wenn die Dinge besser laufen als geplant, macht es mich nervös. Was vermutlich auch ein Grund dafür ist, dass ich mir meine Entscheidungen sehr gründlich überlege und einen Weg, den ich einmal eingeschlagen habe, nicht so schnell aufgebe. Und vor fast genau zehn Jahren hatte ich mich eben dazu entschlossen, die meiste Zeit meines Lebens auf einem Kreuzfahrtschiff zu verbringen, mir die Welt anzuschauen und es dabei in rekordverdächtig kurzer Zeit bis zur Kapitänin zu bringen. Eine Alternative gab es einfach nicht in meinem Leben. Jetzt kam ich mir vor wie eine Weltklasseschwimmerin, die jahrelang für den einen großen Wettkampf trainiert hatte und die man kurz nach dem Startsprung aus dem Wasser fischte und für alle weiteren Wettbewerbe disqualifizierte. Da kann man schon mal die Beherrschung verlieren, und gut gemeinte Ratschläge wollte man in dieser Situation erst recht nicht hören.

Ich zuckte zusammen, als hinter mir ein Wagen hupte und ich seine Scheinwerfer im Rückspiegel auf- und abblenden sah. Na prima, ein drängelnder Raser hatte mir gerade noch gefehlt. Ich schickte einen Fluch in seine Richtung, überlegte kurz, ihn zappeln zu lassen, doch dann erinnerte ich mich daran, dass es wichtigere Dinge in meinem Leben gab, als mich über diesen Idioten zu ärgern. Keine zwei Sekunden später überholte er mich mit einem Affenzahn und noch immer laut hupend. Ich musste mich kurz orientieren und stellte erstaunt fest, dass ich schon längst die Stadtgrenze passiert hatte und mich auf einer Schnellstraße in Richtung Ostseeküste befand.

Die Versuchung war groß, einfach weiterzufahren, bis ich irgendwo an einem einsamen Parkplatz direkt am Strand zum Stehen käme und mich der pure Anblick des Meeres wieder beruhigen würde. Allerdings hatte ich keine Ahnung, wie lange Sten Ohlsens Wagen noch Saft hatte und ob dieser ausreichte, um mich bis an mein Ziel zu bringen. Steckdosen, an denen man die Akkus aufladen konnte, waren an der Landstraße vermutlich auch eher selten zu finden. Ich hatte ja noch nicht einmal mein Handy dabei, um von unterwegs den Abschleppdienst zu rufen.

Zudem wartete meine Familie bestimmt schon im Garten der Claasens auf mich. Ich sah meine Mutter direkt vor mir, wie sie den Kopf schüttelte, verständnislos dreinblickte und Sten Ohlsen versicherte, dass es ganz sicherlich nicht die Art ihrer jüngsten Tochter war, die eigene Verlobung zu schwänzen und fremde Luxuskarren zu klauen. Es wurde Zeit umzukehren.

Das kleine norddeutsche Dorf, durch das ich gerade fuhr, bestand hauptsächlich aus einer Ansammlung windschiefer kleiner Backsteinhäuser, die sich dicht aneinanderschmiegten und eine Hauptstraße säumten, die so eng war, dass ein Wenden des Wagens kaum möglich war. Ein schmaler Weg bog ab und führte links einen Hügel hinauf, auf dem eine kleine Backsteinkirche stand und sich trotzig dem Wind entgegenstellte. Ein Kiesweg führte um die Kirche herum und dann wie eine Wendeschleife wieder hinunter auf die Hauptstraße.

Ich bog viel zu schnell in den kleinen Weg ein und spürte, wie der Kies unter den Rädern des Wagens hochspritzte und das Heck auszubrechen drohte. Ich steuerte dagegen, ohne die Geschwindigkeit zu drosseln, und schoss den kleinen Hügel hinauf. Dann sah ich sie, eine kleine rote Katze, die mitten auf dem Weg fast auf Höhe der hölzernen Kirchentür hockte und mich mit vor Angst geweiteten Augen anstarrte. Sie machte keine Anstalten aufzuspringen und sich vor dem weißen Ungetüm, das mit viel zu hoher Geschwindigkeit auf sie zuschoss, in Sicherheit zu bringen. Ich riss das Lenkrad herum. Vor mir tauchte eine kniehohe Feldsteinmauer auf, die das Kirchengelände säumte, und ohne dass ich noch etwas tun konnte, segelte der Wagen über die Mauer hinweg wie von einem Katapult geschleudert. Die Welt um mich herum fing an, sich in einem irrwitzigen Tempo zu drehen, und die Geräusche von knirschendem Metall, das auf Bäume und Feldsteine traf, drang an mein Ohr. Etwas prallte an die Fahrertür. Zersplittertes Glas regnete auf mein Gesicht, und ein unbändiger Schmerz durchfuhr meine linke Körperseite. Dann wurde um mich herum alles schwarz.

* * *

Ich kam zu mir, weil Kälte langsam meinen Körper hochkroch und ich unkontrolliert zu zittern begann.

Das musste der Schock sein. Als ich versuchte, mich zu bewegen, schoss wieder dieser Schmerz durch meinen gesamten Körper, der mir die Luft zum Atmen nahm. Ich hörte ein Wimmern und registrierte, dass ich es wohl sein musste, die diesen kläglichen Laut von sich gab. Vorsichtig berührte ich die Stelle meines Kopfes, die besonders wehtat. Meine Hand war nass. Ich blinzelte, versuchte, durch diesen Schleier vor meinen Augen klar zu sehen, und stellte verwundert fest, dass ich mich nicht mehr an Land befand. Der Fußraum des Wagens hatte sich mit Wasser gefüllt, das mir bereits bis zu den Knien reichte. Durch die gesplitterte Frontscheibe erkannte ich die trübe Oberfläche eines Gewässers. Wasser strömte durch die zerborstene Seitenscheibe herein. Der Wagen bewegte sich träge, und ich spürte, wie sich die Frontpartie immer weiter nach vorn senkte. Der Wasserstrom an meiner Seite wurde stärker, schoss unaufhörlich in das Innere des Wagens, so wie sich eine Sturmflut ins Land frisst, nachdem der Damm gebrochen ist. Ich musste aus dem Wagen raus. Sofort. Doch ich konnte mich nicht bewegen. Der Wagen legte sich auf die Seite und sank immer schneller in die Fluten. Um mich herum gurgelte das Wasser, stieg immer höher, reichte mir jetzt schon bis zum Hals. Ein letzter Luftzug, dann gab es nichts mehr um mich herum als dunkles, trübes Wasser.

Das Letzte, was ich dachte, war, dass ich unbedingt einen weiteren Atemzug nehmen musste.

KAPITEL 5

Wie durch Watte dringt das gefühllose Hämmern eines Motors in mein Bewusstsein, und mein ganzer Körper scheint zu vibrieren. Ich versuche, meine Augen zu öffnen, und direkt neben meinem Kopf ist ein Fenster, durch das ich einen strahlend blauen Himmel sehen kann. Mein Hals fühlt sich rau und belegt an, und ich muss husten, was es nur noch schlimmer macht.

»Blutdruck fällt. Neunzig zu sechzig.«

Eine Stimme dringt an mein Ohr, und ich drehe den Kopf, um die Person anzusehen, zu der die Stimme gehört. In dem vollgestopften Innern der Kabine, in der ich mich befinde, sieht sie aus wie ein überlebensgroßes Insekt mit einem unförmigen, riesigen weißen Kopf und signalrotem Körper. Eine Hand hantiert an einem Tropf direkt über meinem Gesicht. Ich muss in einem Krankenwagen sein. Ich spüre, wie sich der Schwerpunkt des Wagens verschiebt und seitlich kippt. Einen Moment überkommt mich Panik, dann erkenne ich durch das Fenster winzig kleine Häuser und Straßen, auf denen Autos wie Spielzeuge aussehen. Erstaunt realisiere ich, dass wir fliegen. Ich versuche, mich zu erinnern, was passiert ist und wie ich hierherkomme. Doch so sehr ich mich auch anstrenge, es will mir nicht einfallen. Das Einzige, an das ich mich erinnern kann, ist das Gesicht eines unbekannten Mannes mit Brille, der mich aus braunen Augen erstaunt ansieht. Und eine rote Katze. Ich kann mich nicht daran erinnern, eine Katze zu besitzen. Als ich mich bewege, schießt ein heftiger Schmerz durch meinen Körper und mir wird schwarz vor Augen.

KAPITEL 6

Meine Mutter erzählte mir später im Krankenhaus, dass ich mein Leben dem Küster der kleinen Dorfkirche zu verdanken hatte, der nicht nur gerade die Kirche für den Sonntagsgottesdienst vorbereitete, sondern auch der Besitzer der kleinen roten Katze war, die ich fast überfahren hätte.

Er war von dem Lärm des Unfalls aufgescheucht worden und aus der Kirche gestürmt, gerade noch rechtzeitig, um dabei zuzusehen, wie der Wagen im Dorfteich direkt unterhalb der kleinen Kirche versank. Er hatte mich aus dem Wrack gezogen und Wiederbelebungsmaßnahmen durchgeführt, bis der Notarzt kam. Der wiederum hatte einen Rettungshubschrauber angefunkt, um mich in die nächstgelegene Notaufnahme fliegen zu lassen.

* * *

Neben der Tatsache, dass ich fast ertrunken wäre, hatte sich auch ein Baumstamm erst durch die Fahrertür des Wagens und dann in meine Rippen gebohrt und dort großen Schaden verursacht. Hinzu kamen eine offene Fraktur des Oberschenkels, ein mittleres Schädel-Hirn-Trauma und ein gebrochenes Handgelenk.

Es sei in mehrfacher Hinsicht ein Wunder gewesen, dass ich es überhaupt lebend aus dem Auto und anschließend in die Notaufnahme geschafft hatte, erklärte meine Mutter mir später mit einer Ehrfurcht in der Stimme, als käme mein Überleben einer Wunderheilung gleich.

Für den rund hunderttausend Euro teuren Luxusschlitten, der mit mir im Dorfteich versunken war, kam jede Rettung zu spät.

KAPITEL 7

An die ersten Tage im Krankenhaus habe ich so gut wie keine Erinnerungen mehr. Und das ist vielleicht auch ganz gut so. Grelles Licht, das mich blendet. Vermummte Gestalten, die sich über mich beugen und in deren Augen ich professionelle Besorgnis erkenne. Gedämpfte Stimmen und Hände, die meinen Körper berühren, mich bewegen. Und ich höre mich wimmern vor Schmerzen. Dann wieder verschwimmt die Zeit in gedämpftem Licht, monotone Geräusche von Maschinen, die mich umgeben, und das wohlige Gefühl, einfach wie in eine Wolke abzutauchen und alles hinter mir zu lassen.

* * *

Nach einer Woche hatte mein Körper sich so weit erholt, dass man die Narkose- und Schmerzmittel reduzieren konnte und ich zum ersten Mal wieder meine Mutter erkannte, die aufgeregt in einem grünen Kittel an meinem Bett stand und meine Hand in der ihren hielt.

»Anni? Anni, komm schnell, ich glaube, sie ist wach.«

Neben meiner Mutter tauchte die hochgewachsene Gestalt meiner Schwester auf, und für einen Augenblick glaubte ich, immer noch zu halluzinieren. Anni lebte Tausende von Kilometern von uns entfernt an der Westküste Kanadas. Ich schloss wieder die Augen.

»Mensch, Millie, was machst du denn bloß für Sachen, Lütte, hm?«

Es war tatsächlich Annis Stimme. Sanft und tröstend und mit einer ruhigen Entschlossenheit, die einem sofort alle Ängste nahm. Ich öffnete die Augen wieder.

Sie hatte sich kaum verändert, seit wir uns das letzte Mal gesehen hatten. Ihre blonden Haare waren vielleicht noch eine Spur heller und auf ihrer Nase und ihren Wangen prangten zahlreiche Sommersprossen, die ihr ein fröhliches Aussehen verliehen.

»Anni? Was machst du hier?«

Meine Stimme war kaum mehr als ein Flüstern und klang rau.

Ihr Lächeln war sanft und liebevoll. »Mama hat mich angerufen und erzählt, was passiert ist. Ich bin sofort hergeflogen. Hauke kümmert sich drüben in Vancouver um die Zwillinge.«

Sie drückte aufmunternd meine Hand. »Die beiden haben einen Riesenaufstand gemacht und wollten unbedingt mit. Ich habe ihnen versprochen, dass du dich über Zoom bei ihnen meldest, wenn du wieder beieinander bist.«

Ich nickte schwach.

»Wie geht es dir, mein Schatz? Hast du Schmerzen?« Meine Mutter beugte sich wieder über mich und musterte mich besorgt. »Sollen wir der Schwester Bescheid sagen? Möchtest du was trinken?«

Noch bevor ich etwas antworten konnte, wandte sie sich schon an Anni. »Ruf die Schwester, Anni. Oder am besten gleich den Arzt.«

»Ich denke, das wird nicht nötig sein, Mama.« Anni war die Ruhe selbst und somit das perfekte Kontrastprogramm zu meiner Mutter, die ihre Besorgnis kaum in den Griff bekam.

Ich versuchte, wieder zu sprechen, aber mein Mund fühlte sich trocken an und meine Zunge lag wie ein Fremdkörper pelzig und riesig in meinem Mund. Anni erkannte das Problem und reichte mir einen Plastikbecher mit Strohhalm.

»Hier. Nimm erst mal einen Schluck.«

Das Wasser tat so unendlich gut und neutralisierte den bitteren Geschmack auf meiner Zunge. Gierig saugte ich an dem Strohhalm, bis nichts mehr kam.

Erschöpft ließ ich den Kopf wieder auf das Kissen sinken.

»Danke.«

»Möchtest du noch mehr? Vielleicht darfst du auch schon etwas Tee trinken. Soll ich die Schwester fragen?«

Meine Mutter sprach noch immer aufgeregt auf mich ein. Ich schüttelte schwach den Kopf und versuchte es ebenfalls mit einem Lächeln.

»Alles gut.«

Ich erkannte ein ironisches Aufblitzen in Annis hellen Augen.

»Alles gut? Das nenne ich eine wirklich optimistische Sicht der Dinge.«

»Anni! Wie kannst du nur so etwas sagen?«, kam es prompt empört von meiner Mutter.

»Na ja, sie ist gerade dem Tod von der Schippe gesprungen, Mama. Wenn man das also gut findet, ist man ziemlich optimistisch, wie ich finde.«

Sie zwinkerte mir aufmunternd zu.

»Du hast dich nicht nur von einer hundert Jahre alten Buche aufspießen lassen, sondern auch das Kunststück fertiggebracht, hundert Kilometer von der Küste entfernt fast zu ertrinken. Das muss dir erst mal jemand nachmachen.«

Ich musste schwach auflachen und war in diesem Moment so unendlich froh, sie an meiner Seite zu haben. Mit Anneke Larsen konnte einem einfach nichts passieren. Sie war die perfekte große Schwester, die einen vor aller Unbill der Welt beschützt hätte. Meine Hand suchte die ihre, und ich drückte sie dankbar.

»Gut, dass du da bist.«

Sie lächelte und versuchte, die Tränen, die ihr in die Augen traten, zu verdrängen. »Finde ich auch. Und sobald du wieder auf dem Damm bist, werden wir mal ein ernstes Wort miteinander reden. Autos klauen, Millie? Ernsthaft?«

Mit einem Mal fiel mir alles wieder ein: die Verlobungsfeier im Garten der Claasens, der Streit mit Nils und Sten Ohlsens verblüfftes Gesicht, als ich mich mit seinem Wagen aus dem Staub machte. Ich stöhnte auf.

»Hast du wieder Schmerzen, mein Schatz? Soll ich jetzt die Schwester rufen?«

Ich schüttelte den Kopf.

»Es tut mir leid.«

»Was denn?« Meine Mutter sah mich fragend an.

»Alles!«

Einen Moment herrschte bedrücktes Schweigen, und der Raum um uns herum war erfüllt von den monotonen Geräuschen der Hightechgeräte, die nicht nur um mein Bett standen, sondern auch um all die anderen Betten, die durch helle Paravents voneinander getrennt waren.

»Ist Nils da?«

Meine Mutter schüttelte den Kopf. »Die Ärzte meinen, es wäre besser, wenn erst mal nur wir hier sind. Aber wenn du willst, dann rufe ich ihn an. Er hat sich große Sorgen um dich gemacht.«

Ich schloss vor Scham die Augen. Nicht, weil ich an unseren Streit dachte und an das, was ich ihm an den Kopf geworfen hatte. Ich war erleichtert, dass er nicht da war. Und um ehrlich zu sein, war er in diesem Augenblick so ziemlich der letzte Mensch, den ich sehen wollte. Was vermutlich keine gute Basis für eine Ehe ist.

»Weißt du was?! Du schläfst dich jetzt erst mal aus, und über alles andere können wir später reden, hm?«

Anni drückte meine Hand und warf meiner Mutter einen kurzen Seitenblick zu. Ich entschied, dem Ratschlag meiner großen Schwester zu folgen, und schloss die Augen, um mich wieder dem leichten Dämmerschlaf hinzugeben, den der Medikamenten-Cocktail aus Schmerz- und Beruhigungsmitteln in meinem Körper hervorrief. In diesem Moment hoffte ich, die Ärzte würden mich noch möglichst lange mit dem guten Stoff versorgen.

* * *

Zwei Tage später wurde ich auf eine normale Station verlegt und hatte das große Glück, ein Einzelzimmer zu bekommen. Um ehrlich zu sein, hatte das vermutlich weniger mit Glück zu tun, als mit der Tatsache, dass der Chefarzt der Chirurgie ein guter Bekannter der Familie Claasen war. Der zukünftigen Schwiegertochter wollte man schließlich die beste Behandlung zukommen lassen, die möglich war.

An dem Morgen klopfte es verhalten an der Tür und nach einem kurzen Moment erkannte ich Nils, der vorsichtig ins Zimmer schaute. Als er mitbekam, dass ich wach und ansprechbar war, trat ein erleichtertes Lächeln in sein Gesicht.

»Millie …«

Er hielt einen riesigen Blumenstrauß in der einen Hand und in der anderen einen kleinen Präsentkorb mit frischem Obst und verschiedenen Säften aus einem bekannten Hamburger Feinkost-Bioladen.

Er stellte seine Präsente auf dem Tisch in der Ecke des Krankenzimmers ab und trat zögernd an mein Bett.

»Wie geht es dir?«

Als ich ihn zaghaft anlächelte, nahm er meine Hand, beugte sich zu mir herunter und ich spürte, wie er sanft die Lippen auf meine Stirn drückte. Dann betrachtete er mich prüfend.

»Kümmert man sich gut um dich?«

Ich nickte schwach. »Sehr gut sogar. Ich könnte glatt vergessen, dass ich nur Kassenpatientin bin.«

Ich lächelte wieder, während er sich vorsichtig auf die Bettkante setzte und meine Hand dabei immer noch in seiner hielt.

»Irgendwie habe ich das Gefühl, der Chefarzt kennt mich schon länger.«

Nils lächelte matt. »Er war auf unserer Verlobungsfeier.«

»Oh …« Ich zog die Augenbrauen erstaunt hoch. »Ich kann mich gar nicht an ihn erinnern.«

»Na ja … du bist verschwunden, bevor ich dich vorstellen konnte.«

Eins musste man Nils Claasen lassen – er machte keine Umwege und kam ziemlich schnell auf den Punkt. Ich schloss die Augen und stöhnte kurz auf. Vermutlich nahmen meine Wangen auch eine etwas gesündere rote Färbung an, denn die Scham über das, was ich ihm und seiner Familie an dem Tag angetan hatte, schlug wie eine Welle über mir zusammen.

»Tut mir leid, was passiert ist … ich wollte eigentlich nur kurz allein sein. Aber dann ist das alles irgendwie aus dem Ruder gelaufen.« Ich öffnete wieder die Augen und sah ihn an. Es war schwer zu sagen, was er dachte. »Es tut mir wirklich leid.«

»Schon gut, Schatz. Wichtig ist nur, dass du schnell wieder gesund wirst.«

Er wirkte tatsächlich mitgenommen und mir wurde in diesem Moment klar, dass er Angst um mich gehabt haben musste. Er deutete auf mein linkes Bein, das in einer komplizierten Vorrichtung aus einer Schiene, einem Metallgestell und diversen Drähten hing und mit einem sterilen Tuch abgedeckt war.

»Ich fürchte, damit wird der Gang zum Altar etwas kompliziert.« Er lächelte mich an. »Aber zur Not trage ich dich auch in die Kirche.«

Nun begann der Teil unseres Wiedersehens, vor dem ich mich am meisten gefürchtet hatte.

»Nils … vielleicht sollten wir die Hochzeit einfach verschieben.«

Er runzelte die Stirn. »Der Arzt meint, mit einer guten Physiotherapie kannst du in drei Monaten wieder laufen. Wir haben also reichlich Zeit bis September.«

»Es liegt nicht an meinem Bein, Nils.«

Er ließ meine Hand los und ich merkte, wie er fast unmerklich etwas von mir abrückte.

»Ich habe die letzten Tage viel nachgedacht. Und ich denke, dass es jetzt wichtigere Dinge in unserem Leben gibt, als zu heiraten.«

»Ist es, weil wir uns gestritten haben? So etwas kommt doch in jeder Beziehung vor.« Er sah mich verständnislos an. »Wir werden uns vermutlich noch öfter streiten.«

»Es geht nicht darum, dass wir gestritten haben. Es geht um das, worüber wir gestritten haben.«

Er kniff die Augen zusammen bei dem Versuch, seinen aufkommenden Ärger in den Griff zu bekommen.

»Komm schon, Millie, das ist jetzt nicht dein Ernst. Du kannst von Glück sagen, dass du noch lebst. In ein paar Monaten wirst du wieder völlig gesund sein. Und statt jetzt glücklich darüber zu sein, willst du dich immer noch darüber beklagen, dass du nicht auf der Brücke der *Ophelia* stehen kannst?«

Er schüttelte fassungslos den Kopf, und ich kam mir vor wie ein undankbares Kind, das den Wert eines Geschenks nicht anerkennt, weil es nicht ganz das ist, was es erwartet hat.

»Ich beklage mich doch gar nicht!« Ich spürte, wie in mir Wut aufstieg. »Es ist nur leider so, dass ich meine ganzen Zukunftspläne mal kurz über Bord werfen musste, falls dir das entgangen ist.«

Er kniff die Augen zusammen und sein Blick war wieder reserviert und kühl. Das war mir schon bei unserem letzten Streit aufgefallen.

»Kann es sein, dass ich dann wohl auch nicht mehr zu deinen Zukunftsplänen gehöre? Was mich etwas verwundert. Immerhin bin ich hier, Millie. Aber das scheint dich nicht weiter zu interessieren.«

»Natürlich interessiert es mich. Das ist doch gar nicht der Punkt.«

Es war eine hilflose Ausrede und Nils wusste das offenbar.

»Dann erklär mir mal, was genau der Punkt daran ist, unsere Hochzeit zu verschieben. Oder wäre es dir lieber, sie gleich ganz abzusagen?«

Ich atmete tief durch.

»Es wäre mir lieber, wenn ich genug Zeit hätte, um über alles in Ruhe nachzudenken.« Ich sah ihn entschlossen an. »Und zwar allein.«

Einen Augenblick sahen wir uns schweigend an und maßen uns mit Blicken. Vermutlich ahnten wir beide in diesem Moment, was es wirklich bedeutete. Auch wenn ich jetzt nicht den Mut gefunden hatte, es offen auszusprechen. Schließlich wandte ich den Blick ab und starrte aus dem Fenster.

»Ich bitte dich nur um etwas Zeit, Nils, das ist alles. Ich muss mit der neuen Situation erst mal allein klarkommen. Und damit meine ich nicht nur mein zertrümmertes Bein.«

Er atmete hörbar durch und nach einem Moment kam ein knappes »Okay«.

Er stand auf und verließ mit einem letzten stummen Blick auf mich schnell das Zimmer. Als sich die Tür hinter ihm schloss, atmete ich erleichtert auf. Und ich war mir nicht sicher, ob ich Nils Claasen jemals wiedersehen würde.

* * *

In den folgenden zwei Wochen lösten sich meine Mutter, Anni und Liv mit ihren Besuchen ab und gaben sich mehr oder weniger die Klinke meines Krankenzimmers in die Hand.

Ich hatte ihnen versichert, dass ich auch prima alleine zurechtkam und sie nicht jeden Tag die knapp hundert Kilometer von Brodershöved nach Hamburg fahren mussten, um mich zu besuchen. Unnötig zu erwähnen, dass sie trotzdem darauf bestanden. Zumal ich ihnen nach Nils' Besuch erklärt hatte, dass es mit der Hochzeit im September nichts werden würde. Vermutlich werde in einem absehbaren Zeitraum überhaupt nicht damit zu rechnen sein. Sie warfen sich bedeutungsvolle Blicke zu und nickten verständnisvoll. Und als ich ihnen erklärte, dass mich ihre besonnene Reaktion stark verunsicherte (immerhin neigten die Larsen-Frauen dazu, sich generell in das Leben ihrer engsten Familienmitglieder einzumischen), gaben sie zu, dass Nils sie schon »über alles informiert« habe. Dazu zählte nicht nur die mehr oder weniger geplatzte Verlobung, sondern auch die Tatsache, dass ein unscheinbarer Zeckenbiss und eine anschließende Borreliose-Erkrankung meine wunderbaren Zukunftspläne von einem Moment auf den anderen ruiniert hatten.

»Du wirst jetzt erst mal wieder richtig gesund, und dann sehen wir weiter, nicht wahr, mein Schatz.« Meine Mutter tätschelte mir die Hand, was wohl ihr Lächeln und die aufmunternden Worte unterstreichen sollte.

»Na ja, richtig gesund ist Auslegungssache, würde ich sagen. Immerhin kann ich dank meiner Neuroborreliose und der daraus folgenden Farbsehschwäche jetzt nicht mehr unterscheiden, ob der Riesentanker direkt auf mich zukommt oder nicht. Als Kapitänin eines Kreuzfahrtschiffes eher ungünstig, oder?«

Meine Mutter lächelte noch immer zuversichtlich.

»Da hast du natürlich recht, meine Kleine. Aber, wie sagte Oma Mariechen immer so schön: ›Daar sünd al groter Schippe unnergahn.‹«

Was ungefähr so viel bedeutete wie, dass es noch viel schlimmer hätte für mich kommen können und ich mich gefälligst nicht so anstellen sollte. Das war in etwa das Gleiche, was auch Nils mir gesagt hatte. Ich musste allerdings zugeben, dass es sich auf Plattdeutsch irgendwie netter anhörte.

Ich seufzte einmal hörbar auf, was meine Mutter veranlasste, einen weiteren Lieblingsspruch meiner Großmutter zum Besten zu geben: »Umkieken is …«

»Ja, ja, ich weiß, Mama«, unterbrach ich sie. »Umkieken is Haas sien Dood.«

Ich wich ihren prüfenden Blicken aus und starrte deprimiert zum Fenster hinaus, das den Blick auf einen strahlend blauen Sommerhimmel freigab.

»Bevor ich nach vorn schaue, würde ich aber gerne mal darüber sauer sein, dass das Leben gerade eine echt miese Nummer mit mir abzieht. Ist das zu viel verlangt?«

»Natürlich nicht, Millie.« Sie tätschelte wieder meine Hand.

Damit war das Thema für meine Mutter vorerst beendet und sie widmete sich lieber wieder der Analyse meines Krankenhausessens, das sie für ungenießbar hielt. Auch der Hinweis, dass ich mich bereits seit einigen Jahren vegan ernährte und das Essen unter den Umständen gar nicht mal so schlecht war, hinderte sie in den folgenden Tagen nicht daran, mir selbst gemachte Gemüsesuppen mitzubringen, die Anni daheim in unserer Hotelküche im Sturmnest zubereitet hatte.

Als ich mit Anni allein war, entschuldigte ich mich sofort für die Mühe, die sie sich machen musste, und versicherte ihr, dass das mit dem Essen ganz sicher nicht meine Idee gewesen war.

»Das bisschen Suppe ist kein Problem.« Sie winkte lässig ab. »Das, was du in der kommenden Zeit an der Backe haben wirst, ist weitaus schlimmer.«

Sie reichte mir ein offiziell aussehendes Schreiben.

»Das ist schon vor ein paar Tagen gekommen. Von der Polizeidirektion Bad Segeberg.«

Ich überflog den Brief, der mich aufforderte, zu den nachfolgend aufgeführten Verkehrsordnungswidrigkeiten oder gar Straftatbeständen Stellung zu beziehen. Mir wurde unter anderem vorgeworfen, mit fast einem Promille Alkohol im Blut am Steuer eines Fahrzeugs gesessen zu haben, mit überhöhter Geschwindigkeit eine Anliegerstraße benutzt zu haben und ohne Fahrberechtigung (die wurde mir aufgrund meiner Sehschwäche nämlich aberkannt) unrechtmäßig ein Auto gefahren zu haben. Ich sah erstaunt auf. Anni nickte schicksalsergeben.

»Ich habe dir bereits einen Anwalt besorgt. Du kennst doch noch den alten Stüwe?«

»Mamas Schwarm? Seit wann ist der Anwalt?«

»Nicht der alte Stüwe. Der junge. Er arbeitet in einer Hamburger Kanzlei und übernimmt deinen Fall.«

»Meinen Fall? Ich bin doch nicht kriminell!«, gab ich einigermaßen empört zurück.

»Genau genommen schon. Wobei du noch ziemliches Glück hast, dass Sten wegen des Wagens keine Anzeige erstattet. Und falls dich irgendjemand fragt, dann wirst du erklären, dass er dir das Auto natürlich freiwillig überlassen hat. Im guten Glauben, dass du erstens nüchtern warst und zweitens überhaupt fahren durftest, verstanden?«

Ich nickte stumm.

»Ich habe übrigens deine Wohnung in Kiel untervermietet.«

Ich musste schlucken. »Warum das denn?«

Sie deutete auf mein Bein, das immer noch in dieser Foltervorrichtung steckte.

»Die Wohnung liegt im vierten Stock, ohne Fahrstuhl. Die nächsten Monate wirst du ohne Hilfe also nicht klarkommen. Und da du wieder Single bist und nicht gerade über einen großen Freundeskreis verfügst …« Sie sah mich vielsagend an.

Ich fühlte mich sofort verpflichtet, eine Erklärung abzugeben.

»Ich war die meiste Zeit an Bord eines Schiffes, Anni. Wie soll man da Freundschaften pflegen?«

»Ich meine ja nur.« Sie atmete tief durch und sah mich dann mit einer Entschlossenheit an, die jegliche Kritik im Keim erstickte. »Bis du wieder richtig laufen kannst, wirst du also mit uns vorliebnehmen müssen.«

Ich ahnte, was auf mich zukam.

»Vergiss es, Anni!«

»Du wirst wieder bei Mama einziehen.«

»Auf gar keinen Fall!«

»Dann nenn mir eine Alternative.«

Sie stand am Fußende meines Bettes, hatte die Arme vor der Brust verschränkt und sah mich mit dem mitleidigen Blick einer Oberlehrerin an, die einer renitenten Schülerin erklären muss, wie die Dinge in der Welt nun mal so liefen.

»Ich … ich …«

Ich suchte fieberhaft nach einem Gegenvorschlag.

»Ich suche mir einfach irgendeine Studentin, die die Einkäufe für mich erledigt und mir im Haushalt hilft.«

Anni nickte wohlwollend.

»Gute Idee. Und wovon willst du die bezahlen?«

»Na, von meinem Gehalt. Ich bin …«

Ich stoppte mitten im Satz, weil mir wieder einfiel, dass ich gar nicht bei der Claasen-Reederei angestellt war. Der gesundheitliche Eignungstest als Voraussetzung für meinen Arbeitsvertrag war schließlich negativ ausgefallen. Ich war schlicht und ergreifend arbeitslos.

»Scheiße« war alles, was mir dazu noch einfiel.

Anni kam um das Bett herum und setzte sich auf die Bettkante.

»Sehen wir das ganze mal positiv. Du bist immer noch krankenversichert und die Kasse übernimmt alle Kosten für deinen Aufenthalt und die Behandlung hier.«

»Toll.« Das war nur ein schwacher Trost.

»Die Bußgelder, die auf dich zukommen, dürften dich allerdings die nächsten Jahre finanziell beschäftigen. Nicht zu vergessen die Kosten für die Bergung des Unfallfahrzeugs und die Schäden, die du auf dem Kirchengelände angerichtet hast.« Sie runzelte kurz die Stirn und fügte dann hinzu: »Ich hab ja keine Ahnung gehabt, wie viel so eine hundert Jahre alte Buche wert ist.«

Ich schloss frustriert die Augen. »Sag's mir bitte nicht.«

Sie atmete tief durch. »Falls du nicht plötzlich im Lotto gewinnst, bist du für die kommenden Jahre pleite. Und wie du weißt, kenne ich mich damit ziemlich gut aus.«

Ich riskierte einen vorsichtigen Blick. »Willst du mir damit sagen, dass ich in Zukunft als Putzfee meine Brötchen verdienen muss?«

Sie zuckte mit den Schultern. »Könnte so sein. Jedenfalls so lange, bis du dich entschieden hast, was du tun willst.«

Ich runzelte wieder die Stirn. Irgendwie hatte ich das Gefühl, sie wollte mir damit etwas ganz anderes sagen.

»Wie genau meinst du das, Anni?«

»Sieh mal, Kleines.« Sie legte mir die Hand auf den Arm. »Zwei deiner zahlreichen Probleme ließen sich, ehrlich gesagt, ziemlich leicht aus der Welt schaffen.«

»Ach ja?« Mir war nicht klar, was sie damit meinte. Aber ich war für jeden Vorschlag dankbar.

»Ich habe lange mit Nils gesprochen«, erklärte sie bedeutungsvoll.

Ich ließ den Kopf zurück auf das Kissen sinken und starrte an die Zimmerdecke. Es war klar, was nun kam, und ich korrigierte mich in Gedanken, dass ich doch nicht für jeden Vorschlag zur Lösung meiner Probleme dankbar war.

»Mir wäre es wirklich lieber, wenn du Nils da rauslassen würdest. Und davon abgesehen geht dich mein Beziehungsleben nichts an.«

»Stimmt.« Anni nickte knapp. »Mir geht es leider nur so wie Nils und ich kann deine Entscheidung nicht verstehen. Erst seid ihr das glücklichste Paar der Welt, und im nächsten Moment willst du ihn nicht mehr sehen und sagst die Hochzeit ab?«

Ich versank in trotziges Schweigen und meine Wangenmuskeln begannen zu schmerzen, so sehr biss ich die Zähne zusammen, um ja kein Wort mehr zu sagen. Ich hätte mich auf keinen Fall auf eine Diskussion mit Anni eingelassen. Jeder normale Mensch sah ziemlich alt aus, wenn es um eine verbale Auseinandersetzung mit meiner großen Schwester ging.

Anni musterte mich geduldig. Als Mutter zweier pubertierender Mädchen kannte sie sich mit Trotzreaktionen bestens aus. Jedenfalls besser als ich. Schließlich gab ich auf und sah sie wieder an.

»Diese Verlobung war nicht meine Idee.«

Das war selbst für meine Verhältnisse eine schwache Ausrede.

Anni hob interessiert eine Augenbraue. »Immerhin hast du Ja dazu gesagt.«

»Ich weiß. Und das war auch ein großer Fehler.«

»Nur, damit ich das jetzt nicht falsch verstehe, Millie: Du wolltest Nils heiraten, obwohl du Nils gar nicht heiraten willst?« Sie stieß einen kurzen Pfiff aus. »Na, jetzt wird's interessant!«

»Damals wollte ich ihn ja heiraten.« Ich warf ihr einen empörten Blick zu. Sie konnte einem wirklich das Wort im Munde umdrehen.

»*Damals* ist gerade mal drei Wochen her! Das nenne ich einen wirklich rasanten Meinungsumschwung. Verrätst du mir, wieso du es dir so plötzlich anders überlegt hast?« Sie sah mich prüfend an. »Hast du dich … in einen anderen verliebt?«

Ich sah sie verblüfft an. »Nein. Natürlich nicht.«

Das schien sie in der Tat ein wenig zu erleichtern.

Ich fühlte mich getroffen. »Was denkst du denn bloß von mir? Also ehrlich!«

»Na ja, es wäre die naheliegendste Erklärung.«

»Ist es aber nicht!«

»Und was ist es dann?«

»Es ist die Art, wie er darauf reagiert hat, dass ich nicht mehr zur See fahren kann.«

Sie sah mich stumm an und hörte aufmerksam zu. Sie brauchte auch keine weiteren Fragen mehr zu stellen, denn die Worte sprudelten förmlich aus meinem Mund.

»Du hättest ihn hören sollen, Anni, der war richtig erleichtert, dass er jetzt eine Frau bekommen hätte, die Haus und Kinder hütet, während er fröhlich über die Weltmeere schippert.« Ich schnaufte ungehalten auf. »Wenn es drauf ankommt, stecken die Kerle doch immer noch im Mittelalter fest. Die tun doch nur so, als würden sie eine selbstbewusste Frau toll finden, die Karriere machen will und auf eigenen Füßen steht. Sobald man dann verheiratet ist, kann sie schön daheimbleiben und dem Mann den Rücken freihalten. Hat ja schließlich schon bei den eigenen Eltern super funktioniert. Soll ich dir was sagen, Anni?« Ich richtete mich im Bett auf und funkelte sie an. »Auf so eine Art von Ehe kann ich prima verzichten! Nils Claasen kann sich gerne eine andere suchen. Mit der kann er dann Zeitreise in die Fünfzigerjahre spielen. Aber doch nicht mit mir! Ich mache da ganz bestimmt nicht mit!«

Anni hatte mir aufmerksam zugehört, sah mich ruhig an und nickte langsam.

»Wow! Das musste wohl mal raus, hm?«

Sie versuchte, ein Grinsen zu unterdrücken, was ihr aber nicht so richtig gelingen wollte. Ich sah sie beleidigt an.

»Du nimmst mich überhaupt nicht ernst!«

»Doch.« Sie nickte eilig, immer noch grinsend. »Absolut ernst. Ganz bestimmt. Ich dachte nur für einen Moment, ich sitze in einer Talkshow und es geht um das Ende des Patriarchats.«

Ich sah sie an und musste ebenfalls grinsen.

»War es so schlimm?«

Sie schüttelte den Kopf. »Ich bin nur überrascht, dass in dir eine überzeugte Feministin steckt. Ich habe immer gedacht, du interessierst dich nur für Boote.«

»Das heißt Schiffe, du Landratte.«

»Meinetwegen. Dann eben Schiffe.« Sie zuckte mit den Schultern. »Aber wir kommen vom Thema ab. Du hast also Angst, dass Nils dich im Haus einsperrt, wenn ihr erst mal verheiratet seid?«

»*Einsperrt* ist vielleicht etwas übertrieben. Aber im Grunde, ja, genau das ist das Problem.«

Sie nickte nachdenklich und schwieg. Dabei setzte sie diesen Blick auf, den sie immer aufsetzte, wenn sie glaubte, etwas besser zu wissen als der Rest der Menschheit. Ich sah sie entnervt an.

»Nun sag schon, was du sagen willst.«

Sie hätte mir sowieso ihre Meinung kundgetan, ob ich sie nun hören wollte oder nicht.

»Du kennst Nils sicherlich viel besser als ich, Millie, aber auf mich hat er nicht den Eindruck eines Höhlenmenschen gemacht. Eher im Gegenteil. Aber, wie gesagt, ich kenne ihn ja kaum.«

»Stimmt«, erwiderte ich knapp und sah sie herausfordernd an.

»Was mich an der ganzen Sache nur irritiert, ist Folgendes. Und vielleicht ist es ja so ein Generationending und ich bin mittlerweile schon zu alt, um es zu verstehen ...«

»Du bist zehn Jahre älter, nicht hundert!«, unterbrach ich sie.

Sie seufzte auf. »Glaub mir, manchmal fühlt es sich aber so an.«

»Was genau willst du mir denn jetzt sagen, Anni?«

»Wenn wir mal diesen ganzen Verlobungs- und Hochzeitskram vergessen, gibt es eigentlich nur eine Frage, die wichtig ist.«

»Und die wäre?«

»Liebst du Nils genug, um mit ihm zusammen zu sein, oder nicht?«

Eins musste man Anni lassen, sie schaffte es immer, eine Punktlandung hinzulegen. Denn wenn ich ehrlich war, dann wusste ich auf diese Frage schon seit Wochen keine Antwort mehr.

* * *

Drei Tage nach unserem Gespräch flog Anni zurück nach Vancouver, wo sie schon sehnlichst von Hauke und den Zwillingen erwartet wurde. Ich hatte, wie versprochen, auf dem

Laptop, den Liv mir ins Krankenhaus gebracht hatte, mit meinen beiden Nichten Clara und Jule über Zoom gesprochen, und die beiden waren mächtig beeindruckt von meinem stuntreifen Unfall. Vor allem davon, dass ich ihn tatsächlich überlebt hatte, was mir in ihren Augen den Status von »Wonder Woman« verlieh. Dass mir das Schädel-Hirn-Trauma, das ich erlitten hatte, noch immer grässliche Kopfschmerzen und Übelkeit bereitete und mein zertrümmertes Bein sich wie ein Fremdkörper anfühlte und höllisch schmerzte, verschwieg ich ihnen lieber.

Als Anni dann mit gepackten Koffern auf dem Weg zum Flughafen an meinem Bett erschien, reagierte ich trotzig wie ein Kleinkind, dem man das Lieblingsspielzeug wegnahm. Anni war mein Fels in der Brandung, das war sie schon immer gewesen, und die Vorstellung, sie für absehbare Zeit nicht mehr an meiner Seite zu wissen, war fürchterlich.

»Ich rufe dich gleich morgen an, wenn ich in Vancouver gelandet bin, versprochen.«

Ich nickte kurz und schmollte stumm vor mich hin.

»Mama und Liv werden die ganze Zeit für dich da sein, wenn du dann wieder in Brodershöved bist. Und ich komme im Herbst mit Hauke und den Kindern zu Besuch. Ist schon alles geplant.«

Ich sah sie beleidigt an.

»Mama und Liv haben doch schon Probleme damit, ihr eigenes Leben auf die Reihe zu kriegen. Du bist die einzig Vernünftige in unserer Familie.«

Sie lachte kurz auf.

»Ich bin mir sicher, ihr drei werdet prima zurechtkommen. Und du solltest Liv nicht unterschätzen. Seit unsere Weltenbummlerin wieder zurück ist, hat sie sich ziemlich verändert.«

Ich wollte ihr kein Wort glauben. So verändert war mir Liv bei unserer letzten Begegnung nämlich nicht vorgekommen.

»Sie hat mich erst einmal im Krankenhaus besucht. Sie hat bestimmt andere Probleme, als bei mir Babysitter zu spielen.«

»Vergiss nicht, sie hat gerade ein Kleinkind an der Backe. Und es ist Hochsaison. Das heißt, Jewe und Inken sind mit den Booten die ganze Zeit auf Tour und kaum noch an Land. Und sie unterstützt Mama im Sturmnest.«

»Sag ich doch, die haben andere Probleme an der Backe.«

Anni ließ sich davon nicht beirren und knuffte mich aufmunternd in die Seite. »Hör auf zu schmollen. Das funktioniert bei mir sowieso nicht. Und glaub mir, mit Liv an deiner Seite kann dir gar nichts passieren. Ich weiß, wovon ich rede.«

Womit sie nicht ganz unrecht hatte. Sie und Liv hatten in den vergangenen zwei Jahren, in denen ich auf den Kreuzfahrtschiffen der Reederei Claasen auf den Weltmeeren unterwegs gewesen war, eine ganze Reihe schwerwiegender Probleme meistern müssen. Unter anderem den Unfalltod von Annis Mann Thies und die anschließende Insolvenz unseres Familienhotels. Allerdings konnte man mein Verhältnis zu Liv nicht gerade als innig bezeichnen.

Als ich noch klein war, hatte ich hauptsächlich an Annis Rockzipfel gehangen, während Liv die Höhen und Tiefen der Pubertät durchlebte und mir bei jeder Gelegenheit deutlich zu verstehen gab, dass sie mit einer Achtjährigen so überhaupt nichts anfangen konnte. Später dann, als ich alt genug war, um ihr Interesse wecken zu können, trieb Liv sich schon längst am anderen Ende der Welt herum, schickte ab und zu Postkarten, auf denen irgendwelche Traumstrände zu sehen waren, und schien völlig vergessen zu haben, dass es mich noch gab. Im Grunde genommen kannte ich meine mittlere Schwester überhaupt nicht mehr. Woher sollte ich also wissen, ob ich in den kommenden Monaten auch wirklich auf ihre Unterstützung zählen konnte?

»Okay. Aber wenn ich es mit denen nicht mehr aushalte, steige ich in den nächsten Bus und hau ab nach Kiel. Und wenn ich auf allen vieren die Treppe hoch in meine Wohnung krieche.«

Sie lächelte nachsichtig.

»Ich denke mal, das wird nicht nötig sein.«

Sie schaute auf ihre Uhr und sprang auf.

»Ich muss los. Der Flieger wartet nicht auf mich.«

Sie gab mir einen Kuss auf die Stirn.

»Treib die Physiotherapeuten nicht in den Wahnsinn mit deiner schlechten Laune.«

Sie raffte ihre Sachen zusammen und sah mich ein letztes Mal an.

»Dir wird es in Brodershöved gut gehen, Millie. Ganz bestimmt.«

Ich nickte wenig überzeugt.

Und dann war sie weg, und ich war mit meinen trüben Gedanken wieder allein.

KAPITEL 8

In den folgenden drei Wochen, die ich noch im Krankenhaus verbringen musste, ehe ich auf eine Rehastation verlegt wurde, hatte ich genug Zeit, mir so ziemlich jedes Schreckensszenario auszumalen, das mich erwarten würde, wenn ich wieder in Brodershöved wäre. Was vermutlich die perfekte Ablenkung dafür war, mir über meine weitere berufliche, finanzielle und sonstige Zukunft keine Gedanken machen zu müssen.

Die Physiotherapeuten, die mich in der Reha betreuten, nachdem das meiste Metall aus meinem Bein wieder herausoperiert worden war und ich wieder aufstehen konnte, hielten mich für die anstrengendste Patientin, die sie zu betreuen hatten. Sie schnallten mein Bein in eine Art Plastikschiene, sodass ich aussah wie ein Cyborg, und brachten mir das Laufen wieder bei. Ich hatte ja keine Ahnung gehabt, wie kräftezehrend und kompliziert das Laufen auf Krücken war, und das ließ ich sie auch wissen. Vermutlich schmissen sie gemeinsam mit den Pflegekräften und den Ärzten eine Riesenparty, als ich endlich entlassen wurde.

Liv holte mich mit Jewes altem Jeep ab, auf dem noch die Werbung für Annis Reinigungsdienst »Sauber und sorglos« prangte. Was mich ein wenig verwunderte.

»Finanziell sieht's bei uns immer noch nicht rosig aus«, klärte mich Liv auf, als ich sie darauf ansprach. Ich hatte es mir auf der Rückbank bequem gemacht, um mein Bein in der Schiene ausstrecken zu können. Liv suchte über den Rückspiegel meinen Blick.

»Die Waltouren laufen in der Saison prima, aber den Rest der Zeit müssen wir sehen, wie wir über die Runden kommen. Da können wir auf die Ferienwohnungen nicht verzichten. Außerdem machen wir ja auch den Zimmerservice im Sturmnest.«

Ich nickte wenig interessiert und starrte aus dem Seitenfenster. An mir zog die hochsommerliche Landschaft der Holsteinischen Schweiz vorbei. Die endlos scheinenden Getreidefelder erstreckten sich im sanften Auf und Ab der Hügel bis zum Horizont, nur unterbrochen von kleinen Waldstücken oder Hecken, die sich unter der Sommerhitze zu ducken schienen.

»Ich weiß. Mama hat den Laden wieder übernommen.«

Liv warf mir wieder einen Blick zu, der nichts Gutes verhieß.

»Richtig. Und ich bin mir nicht sicher, ob das eine gute Idee war.«

»Sie hat ihr Leben lang nichts anderes gemacht, als das Sturmnest zu führen. Also wenn sich jemand damit auskennt, dann ja wohl sie.«

Liv atmete einmal tief durch und schwieg bedeutungsvoll. Ganz offensichtlich sah sie das anders.

»Das Sturmnest ist nicht mehr das, was es früher mal war, Millie. Anni und Thies haben daraus ein wirklich tolles und modernes Hotel gemacht. Und ich fürchte, dass unsere Mutter damit etwas überfordert ist. Aber erklär ihr das mal.«

Sie stieß wieder einen langen Seufzer aus. Obwohl ich so gut wie keine Ahnung davon hatte, was in den letzten Jahren mit unserem alten Hotel passiert war, fühlte ich mich verpflichtet, Mama zu verteidigen. Es war unfair von Liv, ihr Unfähigkeit zu unterstellen.

»Ich wusste gar nicht, dass aus dir eine so erfahrene Hotelmanagerin geworden ist, dass du das beurteilen kannst. Früher kanntest du dich nur mit dem Tauchen aus.«

Sie schenkte mir einen verwunderten Blick über die Schulter und runzelte die Stirn. Ich zuckte mit den Achseln und deutete auf die Fahrbahn vor uns. »Pass lieber auf den Verkehr auf. Ein Unfall reicht mir für die nächsten fünfzig Jahre.«

Sie blickte tatsächlich wieder nach vorn.

»Was für Pillen haben sie dir denn im Krankenhaus gegeben?«, fragte sie etwas ungehalten.

»Leider nicht genug. Das Bein tut höllisch weh, und ich bin echt froh, wenn wir endlich da sind.«

Einen Moment herrschte angespanntes Schweigen. Es war noch unerträglicher, als mit meiner Schwester zu streiten.

»Ich finde es ganz schön anmaßend von dir, Mama Unfähigkeit zu unterstellen, obwohl du doch selbst keine Ahnung hast. Und das Sturmnest hat dich eigentlich nie interessiert.«

Sie sah mich kurz im Rückspiegel an.

»Du willst dich unbedingt streiten, was?«

»Ich hab ja nicht damit angefangen.«

»Dann sollten wir das Thema beenden, und du schaust dir einfach in Ruhe an, was ich meine. Danach können wir gerne weiterdiskutieren.«

Ich ließ ein bitteres Lachen hören und biss die Zähne zusammen.

»Was hab ich denn jetzt schon wieder Falsches gesagt?«

Livs Blick suchte über den Rückspiegel den meinen.

»Nichts. Nur das Übliche. Du behandelst mich wie ein Kleinkind, das keine Ahnung hat. Du hast mich ja nie für voll genommen.«

Ich starrte vor mich hin und wartete auf eine Reaktion von Liv. Sie schwieg nachdenklich.

Nach einer Weile, die mir wie eine Ewigkeit vorkam, erklärte sie: »Vermutlich hast du recht, Millie. Und mir tut es leid, dass ich die letzten Jahre so wenig Zeit für dich hatte.«

Ich stöhnte kurz auf. »Kann es sein, dass du mit Anni gesprochen hast?«

Ich richtete mich auf und steckte den Kopf zwischen die Rückenlehnen der Vordersitze.

»Tut mir beide bitte einen Gefallen und sprecht nicht hinter meinem Rücken über mich und meine Befindlichkeiten. Ich bin keine zwölf mehr!«

»Ist ja gut. Musst dich nicht gleich aufregen.«

Ich ließ mich wieder zurückfallen.

»Sobald ich wieder halbwegs laufen kann, bin ich weg. Und bis dahin würde ich es wirklich begrüßen, wenn wir uns über eine Sache im Klaren sind: Ich mische mich nicht in euer Leben ein und ihr euch nicht in meins. Okay?«

Ich wartete darauf, dass sie mir widersprach oder irgendetwas sagte, was unseren Streit weiter anfachte. Doch sie nickte und sagte nur, ohne den Blick von der Fahrbahn zu nehmen: »Okay.«

Die eisige Stille, die darauf folgte, hielt rekordverdächtige dreiundsiebzig Kilometer an, bis wir auf den Kiesweg hoch zum Sturmnest einbogen.

* * *

Unsere Mutter erwartete uns bereits vor dem weit offen stehenden Haupteingang. Liv hatte den Jeep gerade neben einem

Kombi aus Wuppertal geparkt und den Motor abgestellt, als Mama auch schon die Autotür aufriss und uns begrüßte.

»Da seid ihr ja endlich. Warum hat das denn so lange gedauert?«

Liv stieg aus und holte mein Gepäck aus dem Kofferraum, während ich mich bemühte, irgendwie von der Rückbank in eine aufrechte Position zu kommen, ohne mein Bein erneut zu brechen.

Liv reichte mir die beiden Krücken und drückte meiner Mutter einen Umschlag mit Krankenhausunterlagen in die Hand. »Wir haben ewig auf die Abschlussuntersuchung des Arztes und die Entlassungspapiere warten müssen. Falls Millie also schlechte Laune hat, liegt es nicht an mir.«

Ich verzog das Gesicht zu einem ironischen Grinsen und humpelte probehalber mit den Krücken ein paar Schritte auf den Eingang zu. Meine Mutter folgte mir besorgt.

»Mein Gott, Millie, wie dünn du geworden bist. Es wird wirklich Zeit, dass du etwas Ordentliches zu essen bekommst. Und ich bin mir nicht sicher, ob das mit der veganen Ernährung so eine gute Sache ist.«

Ich verdrehte innerlich die Augen und lächelte sie dann zuckersüß an.

»Das ist sogar eine sehr gute Idee. Außerdem ist es prima, wenn ich ein paar Kilo weniger habe. Dann fällt mir das mit den Krücken nämlich nicht so schwer.«

Meine Mutter wollte mich unterhaken und zum Haus geleiten, doch ich schüttelte sie ab.

»Lass bitte! Ich komme schon klar.«

Was zugegebenermaßen etwas übertrieben war. Der Kies rutschte unter den Krücken ständig weg, und es war anstrengender als sonst, die Balance zu halten.

Ich drehte mich um zu Liv, die noch immer am Wagen stand. »Kommst du nicht mit rein, um zu kontrollieren, dass ich es auch wirklich bis ins Haus schaffe?«

Sie schüttelte den Kopf, umarmte meine Mutter kurz, gab ihr einen Kuss auf die Wange und drückte ihr meine Reisetasche in die Hand.

»Ich muss zurück und Sten ablösen.«

Ich blickte fragend von Liv zu meiner Mutter.

»Meint sie unseren Sten? Sten Ohlsen?«

»Genau den.« Liv stieg ins Auto und bevor sie die Fahrertür zuschlug, drehte sie sich noch einmal zu uns um.

»Wenn du ihn siehst, Millie, dann versuch einfach, nett zu ihm zu sein.« Sie grinste breit. »Dem gehört nicht nur der Laden hier, der ist auch ein verdammt guter Babysitter für Wim.«

Noch bevor ich etwas erwidern konnte, hatte Liv die Tür zugeschlagen und im nächsten Moment kam der Motor des Wagens stotternd zum Laufen. Ich sah ihr kopfschüttelnd nach, als sie vom Parkplatz fuhr.

»Na los, Kleines, komm rein. Ich hab schon das Zimmer für dich vorbereitet. Und dann gibt's erst mal Kaffee und Apfelkuchen.«

* * *

Es war ein komisches Gefühl, wieder in meinem Elternhaus zu leben, obwohl es kaum noch Ähnlichkeit mit dem Sturmnest hatte, in dem ich aufgewachsen war. Anni und Thies hatten, kurz nachdem ich in Kiel mein Studium begann, mit dem Umbau angefangen. Ich war eigentlich nur zu Weihnachten und an Mamas Geburtstagen zu Besuch in Brodershöved gewesen. Anni hatte mich meist in einem freien Hotelzimmer untergebracht, und so hatte ich immer das Gefühl gehabt, nicht wirklich daheim zu sein.

Diesmal war es anders. Ich bezog das alte Zimmer meiner Nichte Clara, das meine Mutter mittlerweile zu einem Gästezimmer umfunktioniert hatte und das alle Annehmlichkeiten bot, die man brauchte. Neben dem Bett standen ein kleines Sofa und ein Couchtisch. In dem riesigen Kleiderschrank wirkten meine paar Sachen ziemlich verloren. Ein kleiner Fernseher und mein Laptop aus Kiel standen auf einer Konsole. Durch ein bodentiefes Fenster konnte ich hinaus in den Garten schauen und sogar ohne Hindernisse auf die Terrasse gehen.

Da wir noch mitten in der Hauptsaison waren, wurden unser Garten und die Terrasse pünktlich um acht Uhr morgens von den Gästen bevölkert, die in den Strandkörben oder an den Holztischen unter den Sonnenschirmen ihren Urlaub an der Küste genossen.

Die erste Woche blieb ich fast nur auf meinem Zimmer und verkroch mich ins Bett. Nur zu den Mahlzeiten konnte meine Mutter mich überreden, aufzustehen und ihr an dem großen Esstisch in der Küche Gesellschaft zu leisten.

Sie gab sich wirklich allergrößte Mühe, besorgte Mandelmilch und frische Früchte für mein morgendliches Müsli und probierte sich in veganer Kochkunst. Spät am Abend, wenn sie ihre Aufgaben an der Rezeption erledigt hatte, setzten wir uns gemeinsam vor einen riesigen Flachbildfernseher und sahen uns irgendwelche Spielshows oder langweilige Serien an. Wobei meine Mutter tunlichst darauf achtete, dass wir nicht zufällig beim »Traumschiff« oder einem anderen Film landeten, in denen Kreuzfahrtschiffe eine Rolle spielten. Meinen Hinweis, dass sie das Programm ruhig lassen könne und es mir nichts ausmachte, tat sie mit der Versicherung ab, dass sie diese Filme ohnehin langweilig und trivial fand. Was mich angesichts ihrer Vorliebe für mittelmäßige und völlig durchschaubare Krimis, die in Venedig oder Lissabon spielten, etwas verwunderte.

Sten Ohlsen bekam ich in diesen ersten Tagen nicht ein Mal zu Gesicht. Ab und an hörte ich ihn mit irgendwelchen Gästen auf der Terrasse plaudern oder ich nahm wahr, wie er mit meiner Mutter bei einem Kaffee in der Küche saß und über irgendwelche organisatorischen Dinge im Sturmnest diskutierte. Liv schaute regelmäßig am Morgen vorbei, parkte Wim bei Mama in der Küche und machte sich dann mit Kasia und einer weiteren polnischen Aushilfe daran, die Zimmer des Hotels und den Loungebereich, wo auch das Frühstück serviert wurde, wieder auf Vordermann zu bringen. Nach unserem Streit auf der Herfahrt herrschte eisige Stimmung zwischen uns, die wir mit betont freundlichen und völlig oberflächlichen Bemerkungen zu kaschieren versuchten:

»Gut siehst du heute aus.«

»Danke, du auch.«

»Wim ist schon wieder gewachsen, hab ich das Gefühl.«

»Das Wetter soll morgen umschlagen, aber es bleibt warm.«

Lauter Sätze, die man sagt, wenn man eigentlich nichts sagen will.

Alle zwei Tage kam ein Minibus der Kurklinik in Freistadt und brachte mich zur Physiotherapie. Es war das Highlight des Tages.

Nach einer Woche wurde es mir schließlich zu langweilig und ich wagte nach einer längst überfälligen Dusche einen ersten vorsichtigen Ausflug hinaus in unseren alten Apfelgarten, um mich in einem der Strandkörbe in die Sonne zu setzen.

Ich genoss die kühle Brise, die trotz der Sommerhitze vom Meer aus über die Klippe in den Garten wehte und den Geruch von Seetang und Salz zu uns brachte. Ich schloss die Augen und lauschte dem lauten Kreischen der Möwen, die über unseren Köpfen schwerelos ihre Runden zogen. Zwischen ihren Rufen konnte ich das Geräusch der Brandung ausmachen, die unter uns auf den Kiesstrand traf. Zum ersten Mal, seit ich in

Brodershöved war, fühlte ich mich, als wäre ich doch noch zu Hause angekommen. Es war ein überraschend angenehmes Gefühl.

* * *

»Ich war mir nicht sicher, ob Sie lieber etwas Warmes oder Kaltes trinken möchten. Also hab ich einfach beides gebracht.«

Ich öffnete die Augen und blinzelte in die Sonne. Vor mir im Gegenlicht der hochstehenden Sonne war unvermittelt Sten Ohlsen aufgetaucht. Er hielt ein Tablett in der Hand.

»Herr Ohlsen ...«

Ich richtete mich im Strandkorb auf und nahm Haltung an. »Das wäre nicht nötig gewesen.«

Er zuckte nur mit den Schultern und stellte das Tablett mit den Getränken neben mir auf einem verwitterten Beistelltisch aus Teakholz ab.

»Ich wollte nicht das Risiko eingehen, dass Sie sich wieder in Ihre Höhle verkriechen, wenn Sie Durst bekommen. Wäre doch schade bei dem schönen Wetter.«

»Ich hab mich nicht verkrochen.« Ich sah ihn stirnrunzelnd an und bekam direkt wieder schlechte Laune. »Ich hab mich ausgeruht. Das ist ein Unterschied.«

Er grinste nur schief, streckte sich kurz und hielt sein Gesicht in die Sonne.

»Ich weiß nicht, wie es Ihnen geht, aber ich kann mir keinen schöneren Platz vorstellen, um sich auszuruhen.«

Er sagte es in einem überzeugten Ton, der offenbar tatsächlich von Herzen kam. Ich nahm die Tasse mit dem Kaffee und nippte daran. Für einen einfachen Americano schmeckte er ausgesprochen gut. Jedenfalls weitaus besser als der Filterkaffee, den meine Mutter morgens zum Frühstück machte.

Ich blickte Ohlsen verstohlen von der Seite an, während er es sich in dem Korbsessel neben dem Strandkorb bequem machte. Er trug ein verwaschenes dunkelgraues T-Shirt mit dem Aufdruck einer amerikanischen Universität, die ich nicht kannte. Dazu ein paar abgeschnittene, ausgeblichene Jeans, und statt der Hornbrille hatte er eine Sonnenbrille auf der Nase. Seine hellbraunen Haare verschwanden unter einem Basecap mit der Werbung für Brodershöveds neueste Attraktion – das Walmuseum. Seine braun gebrannten Füße steckten in Flipflops. Seine mehr als legere Freizeitkleidung unterstrich die entspannte Haltung, die er zur Schau stellte. Man hätte ihn jederzeit für einen der Touristen aus Wuppertal oder Berlin halten können, die hier ihren Jahresurlaub verbrachten.

»Der Kaffee ist sehr gut.«

Er grinste zufrieden. »Hat Anni entdeckt. Kommt von einer kleinen Privatrösterei aus Lübeck.«

Ich nickte anerkennend und schwieg. Hauptsächlich deshalb, weil ich nicht wusste, was ich sonst noch sagen sollte, ohne auf das Offensichtliche zu sprechen zu kommen – meinen Unfall und die Tatsache, dass ich seinen Wagen geschrottet hatte.

Er musterte mich kurz von der Seite und deutete dann auf mein Bein, das immer noch in dieser Plastikschiene steckte.

»Wie läuft es mit der Physiotherapie? Ihre Mutter meinte, Sie strengen sich ordentlich an.«

»Meine Mutter übertreibt wie immer. Aber es läuft ganz gut.« Ich versuchte ein unverbindliches Lächeln. »Nächste Woche kommt die Schiene ab und ich kann anfangen, das Bein zu belasten.«

»Sehr gut.« Er lächelte ebenfalls unverbindlich.

Wieder herrschte eine Weile Schweigen. Ich überlegte, den Rückzug anzutreten und mich unter irgendeinem vorgeschobenen Grund auf mein Zimmer zurückzuziehen. Aber das hätte das Unvermeidliche nur hinausgezögert.

»Es … tut mir wirklich leid, was mit Ihrem Wagen passiert ist.«

Er sah mich von der Seite an, aber ich konnte seinen Blick hinter den dunklen Gläsern der Sonnenbrille nicht deuten.

»Ich werde für den Schaden aufkommen.« Ich lächelte ironisch. »Es könnte allerdings sein, dass es etwas länger dauert, bis ich meine Schulden bei Ihnen abbezahlt habe.« Nach einer kleinen Pause fügte ich kleinlaut hinzu: »Vermutlich sehr viel länger.«

Er nahm die Sonnenbrille ab, sodass ich seine braunen Augen sehen konnte.

»Es war wirklich saublöd, dass Sie gar nicht mehr Autofahren dürfen wegen dieser Augengeschichte. Ansonsten hätte meine Versicherung den Schaden übernommen. Aber da waren die unerbittlich.«

»Ich weiß«, gab ich zerknirscht zurück. »Anni hat es mir erzählt.«

Ich wich seinem Blick aus und drehte die Kaffeetasse in meiner Hand, um meine Nervosität zu überspielen. »Ich hab einfach nicht daran gedacht, dass ich das …, dass ich es nicht mehr darf. Das kam alles … ziemlich überraschend für mich.«

Ich merkte, wie er tief durchatmete, und bereitete mich innerlich auf weitere Vorwürfe vor.

»Ja – *when the shit hits the fan*, wie mein alter Matheprof immer sagte. Damit muss man erst mal klarkommen.«

Ich blickte überrascht auf. Es war nicht ganz das, was ich erwartet hatte.

Er setzte das Basecap ab und rieb sich den Nacken. »Ich kann mir gut vorstellen, dass so eine Hiobsbotschaft einen erst mal umhaut. Keine Ahnung, wie ich da reagieren würde.«

»Sie sind … nicht wütend auf mich?«

Ich blickte ihn skeptisch an. Er schien der Erste zu sein, der nachvollziehen konnte, was die Diagnose meiner Erkrankung bei mir ausgelöst hatte.

»Es würde nicht besonders viel bringen, jetzt auf Sie wütend zu sein.«

»Das ist … eine sehr entspannte Sicht auf die Dinge«, erwiderte ich trocken.

Er nickte. »Kann ich nur empfehlen. Sie kennen doch bestimmt die Lösung für jedes Problem, oder?«

Ich schüttelte vage den Kopf. »Nicht wirklich, wenn ich ehrlich bin.«

»*Accept it, change it, leave it.* Akzeptiere es, und wenn das nicht geht, ändere es. Und wenn das auch nicht möglich ist, dann vergiss es einfach. Macht das Leben wesentlich entspannter.«

Ich lachte bitter auf. »Aus welchem Motivationsseminar haben Sie das denn?«

Er sah mich mit einem Grinsen an. »Sie haben recht. Den Spruch habe ich geklaut.«

Er erhob sich, streckte sich entspannt und setzte die Sonnenbrille wieder auf. »Aber das war lange, nachdem ich für mein Leben herausgefunden hatte, dass es der beste Weg ist, um mit Schwierigkeiten umzugehen.«

Er setzte sich das Basecap wieder auf und klopfte mir aufmunternd auf die Schulter.

»Das Tablett können Sie einfach stehen lassen. Ich räume das später ab.«

Er nickte mir kurz zum Abschied zu und schlenderte dann entspannt zurück ins Haus. Ich sah ihm verblüfft hinterher.

»Es war die Katze!«

Ich kann nicht wirklich erklären, warum ich ihm ausgerechnet das hinterherrief. Ich hatte nur das dringende Bedürfnis, mich zu rechtfertigen.

Er blieb stehen und drehte sich zu mir um, wobei er sich die Sonnenbrille auf die Stirn schob, um mich überrascht anzusehen.

»Sie hockte da mitten auf dem Weg. Ist einfach nicht weggelaufen. Hätte ich sie überfahren sollen?«

Er sah mich noch immer überrascht an. Dann grinste er plötzlich breit.

»Sie finden das lustig?« In mir fing es wieder an zu brodeln und ich bereute es umgehend, die Katze überhaupt erwähnt zu haben.

»Nein, ganz im Gegenteil. Um ehrlich zu sein, ich bin froh, dass mein Tesla einer Heldentat zum Opfer gefallen ist. Das macht den Abschied irgendwie leichter.«

Damit wandte er sich wieder um und ging zurück ins Haus. Ich war mir nicht sicher, ob Sten Ohlsen mich gerade auf den Arm genommen hatte, oder ob er es tatsächlich ernst meinte.

KAPITEL 9

»Er hat manchmal eine etwas komische Art von Humor. Aber eigentlich meint er immer das, was er sagt.«

Liv saß an dem großen Esstisch in der Küche und versuchte, Wim eine Banane schmackhaft zu machen. Sie hatte die Arbeit in den Zimmern gerade beendet und gönnte sich noch eine kleine Pause in unserer Küche, bevor sie wieder losmusste, um Hauke und Inken bei der Betreuung ihrer Tourgäste zu helfen. Sie blickte mich fragend an, während Wim die Banane in seiner Hand zerquetschte, um dann den Esstisch damit zu dekorieren.

»Das mit der Katze wusste ich gar nicht.«

Ich zuckte leicht mit den Schultern, während ich an der Spüle Gemüse putzte und klein schnitt.

»Ist mir ehrlich gesagt auch da erst wieder eingefallen.«

Ich war mir nicht sicher, ob sie mir glaubte. Vermutlich hielt sie meine Katzen-Geschichte für eine reine Schutzbehauptung. Der skeptische Blick aus ihren nachdenklichen braunen Augen sprach jedenfalls Bände.

Es waren mehr als zwei Wochen vergangen seit meinem kurzen Gespräch mit Ohlsen im Garten und ich war ihm seitdem nicht mehr begegnet. Meine Mutter hatte mir erzählt, dass er geschäftlich nach Hamburg und von da aus nach China oder

Hongkong oder wohin-auch-immer reisen musste. Das hatte meine Mutter sich nicht so genau merken können. Was hauptsächlich daran lag, dass sie nun allein das Sturmnest und seine Gäste betreuen musste und daher andere Dinge im Kopf hatte. Ich hatte angeboten, ihr zu helfen, so weit es mir mit dem Bein möglich war. An der Rezeption zu sitzen, den Telefondienst zu übernehmen oder die Gäste dabei zu unterstützen, Ausflüge oder Restaurants zu buchen, wäre mir sicherlich möglich gewesen. Doch sie hatte es freundlich lächelnd abgelehnt und den Hinweis, ich sei ja noch nicht so weit und solle mich lieber auf meine Reha konzentrieren, hinterhergeschickt. Ich war mir nicht sicher, ob sie mich wirklich schonen wollte oder ob es ihr nicht einfach zu lästig war, jemanden an der Seite zu haben, der ihr über die Schulter schaute und all die kleinen Missgeschicke und Versäumnisse mitbekam, die ihr in letzter Zeit passierten. Ich tendierte zu Letzterem.

Immerhin konnte ich mich mittlerweile fast normal bewegen, durfte das Bein belasten und brauchte nur noch eine Krücke, um von A nach B zu kommen. Also hatte ich mich entschieden, wenigstens das Kochen zu übernehmen, während meine Mutter durch das Sturmnest wirbelte und jeden mit ihrer nervösen Energie an den Rand des Wahnsinns trieb. Sten Ohlsen musste das Gemüt eines Buddhas haben, anders war es nicht zu erklären, wie er überhaupt mit ihr zusammenarbeiten konnte.

Ich humpelte zum Herd, um in einem großen Topf das Gemüse anzudünsten. Es gab veganes Curry, ein Gericht, das meine Mutter wirklich mochte, obwohl es vegan war. Mit meinen Essensvorlieben konnte sie noch immer nicht wirklich viel anfangen.

»Bleibst du noch zum Essen?«, fragte ich Liv. »Das Curry ist in zwanzig Minuten fertig.«

Sie schüttelte den Kopf. »Keine Zeit. Ich hol mir unten an der Seebrücke ein Fischbrötchen, wenn ich Hunger kriege.«

Ich drehte mich zu ihr um. »Habt ihr viel zu tun?«

Auf ihrem Gesicht erschien ein stolzes Lächeln. »Kann man so sagen. Die Touren sind alle bis zum Herbst ausgebucht. Seit wir letztes Jahr mit dieser Walrettung in den Nachrichten waren, kommen die Leute sogar von den Nordseeinseln rüber, um unsere Wale zu sehen.«

»Und was ist mit dem Tauchen? Fehlt es dir nicht?«

Sie musste nicht lange überlegen. »Natürlich fehlt mir das. Aber solange Wim noch nicht in der Kita ist, müssen wir den Tauchshop auf die nächste Saison verschieben.«

Ich nickte nachdenklich. »Im Babysitten bin ich eine Null, aber wenn du Hilfe im Büro brauchst oder auf den Booten, dann sag Bescheid. Ich würde sehr gerne helfen.«

Sie runzelte überrascht die Stirn. »Ernsthaft?«

»Natürlich. Mir fällt hier langsam die Decke auf den Kopf.«

»Du könntest Mama im Hotel unterstützen.«

Ich lachte ironisch auf. »Brillante Idee, Liv. Warum bin ich da nicht selber draufgekommen?«

Sie sah mich irritiert an, und bevor sie etwas erwidern konnte, fuhr ich auch schon fort: »Sie will meine Hilfe nicht. Sie meint, sie kommt bestens alleine klar und ich soll mich noch *schonen*.«

Ich sah sie mahnend an. »Und nur zu deiner Information: Sollte mir noch einmal jemand sagen, ich soll mich *schonen*, dann verhau ich ihn mit meiner Krücke.«

Liv lachte laut auf, was Wim zu gefallen schien, denn er lachte munter mit und warf die zerquetschten Bananenreste begeistert in meine Richtung.

»Alles klar. Hab verstanden.« Noch immer lachend, hob ich die Bananenreste vom Boden auf und entsorgte sie im Mülleimer unter der Spüle.

Liv sah mich nachdenklich an.

»Du könntest mir bei dem ganzen Bürokram helfen. Komm heute Nachmittag runter an die Seebrücke, dann zeig ich dir, was zu tun ist.«

Ich war überrascht. So einfach hatte ich mir das nicht vorgestellt. »Wirklich?«

»Ja, wirklich. Allerdings ist die Bezahlung mies.«

»Ist schon in Ordnung. Hauptsache, ich seh mal was andres.«

Sie sah mich einen Moment so an, als wollte sie noch etwas sagen oder fragen, überlegte es sich dann aber anders.

»Ich muss los. Bin spät dran.«

Sie schnappte sich Wim, der protestierte, und gab mir zum Abschied einen Kuss auf die Wange.

»Halb fünf an der Seebrücke. Unser Büro ist genau gegenüber von den Sternbachs. Du kannst es nicht verfehlen. Steht groß ›Whale Watching‹ dran.«

Ich blieb einen Moment irritiert zurück. Ich hatte tatsächlich wieder etwas zu tun. Außer Curry kochen. Und das schneller und einfacher, als ich gedacht hatte. Es würde zwar nichts an meiner katastrophalen finanziellen Situation ändern, aber vielleicht würde es mir ja dabei helfen, zu entscheiden, wie es in meinem Leben weitergehen sollte. Schließlich konnte ich nicht ewig bei meiner Mutter wohnen und von ihrem Geld leben, das bei ihr auch nicht gerade in rauen Mengen vorhanden war.

Seit mir Anni im Krankenhaus deutlich gemacht hatte, dass ich in so ziemlich jeder Hinsicht meines Lebens vor einem kompletten Neuanfang stand, hatte ich versucht, das Thema möglichst aus meinen Gedanken zu verbannen. Was mir auch gut gelungen war. Dank der Reha, Netflix und meiner Mutter, die über alles Mögliche mit mir sprach, aber niemals über die wirklich wichtigen Dinge.

Ich hatte mir lieber den neuesten Dorftratsch angehört (die Enkelin vom Bäcker Ohlrogge war wieder schwanger), sie vergeblich davon zu überzeugen versucht, dass »The Crown« eine sehenswerte Serie ist (Prinzessin Diana fand sie schon damals langweilig) und die Vor- und Nachteile von Soja-, Mandel- oder Hafermilch diskutiert.

Themenfelder wie meine berufliche Zukunft,, würde ich jemals einen Job finden, der es mir ermöglichte, von meinem Schuldenberg herunterzukommen, und ob ich wohl wegen des Fahrverbots mit einer Gefängnisstrafe rechnen musste, mieden wir wie der Klabautermann das Huhn. Wobei ich, was das Fahrverbot betraf, eher mit Sozialstunden rechnete als mit Knast.

Nils hielt sich an unsere Übereinkunft und ließ mich in Ruhe. So weit, wie es ihm möglich war. Alle paar Tage schickte er mir eine kurze Nachricht über WhatsApp, erkundigte sich nach dem Fortschritt der Reha und fragte nach, wie es mir in Brodershöved so erging und was meine Familie machte. Seine Nachrichten hatten einen unverbindlichen, freundschaftlichen Ton.

Dass ich unsere Beziehung mehr oder weniger auf Eis gelegt hatte und unsere Hochzeit in den Sternen stand, ließ ihn weder wütend noch verzweifelt oder am Boden zerstört zurück. Und ich war mir nicht sicher, ob ich erleichtert oder frustriert darüber sein sollte. Er reagierte so wie immer. Mit seiner ruhigen, abgeklärten, hanseatischen Art, die man als Spross einer alten Hamburger Kaufmanns- und Reederfamilie vermutlich schon mit der Muttermilch eingeflößt bekam. Ich ertappte mich dabei, wie ich Nils beim Gucken von »The Crown« mit Prinz Charles verglich (obwohl Nils um einiges besser aussah) und mich fragte, ob diese Art Mann überhaupt zu irgendeiner Art leidenschaftlicher Regung fähig war. Andererseits war es genau das gewesen, was mich an Nils angezogen hatte. Mit ihm war alles einfach, es gab keine unnötigen Komplikationen, und wenn wir uns mal über ein Thema nicht einig gewesen waren, wägten wir alle Pros und Kontras so lange ab, bis das Gleichgewicht wiederhergestellt war. Es hatte prima funktioniert. Bis zu meiner Erkrankung. Und während es für Nils nur ein weiteres unverhofftes Ereignis war, das man mit guten Argumenten und sinnvollen Alternativen lösen konnte, hatte sich vor mir ein Abgrund aufgetan. Und Nils hatte es noch nicht einmal bemerkt.

* * *

»Du willst Liv bei den Waltouren helfen? Geht das denn überhaupt schon mit deinem Bein?«

Meine Mutter blickte mich zweifelnd an. Begeisterung sah anders aus.

»Klar geht das schon.«

Sie stocherte in dem Gemüsecurry herum, als ob es sich um irgendeine exotische Speise handelte, deren Zutaten man nicht benennen konnte.

»Ich weiß ja nicht. Immerhin hast du noch diese Schrauben im Bein. Und die Kopfschmerzen sind auch nicht besser geworden.«

Nun, was die Kopfschmerzen betraf, so musste ich zugeben, dass ich sie das eine oder andere Mal nur vorgeschoben hatte, um meine Ruhe zu haben.

»Die sind wirklich viel besser geworden in den letzten Tagen.« Ich lächelte sie mit schlechtem Gewissen an. »Wirklich, das ist alles wieder in Ordnung.«

»Also ich hab kein gutes Gefühl, wenn ich daran denke, dass du mit deinem Bein auf der *Windsbraut* rumhumpelst. Und was ist, wenn du hinfällst? Ich mag mir gar nicht vorstellen, was passiert, wenn sich da irgendwelche Schrauben lösen.«

»Ich gehe mal davon aus, dass dieses Metall in meinem Bein so sicher verschraubt ist, dass da gar nichts passieren kann. Außerdem helfe ich Liv erst mal nur im Büro.«

Wirklich überzeugt war meine Mutter noch nicht.

»Früher hast du die Arbeit im Büro gehasst. Anni musste dich immer mit Apfelkuchen bestechen, wenn du die Belege vom Sturmnest für die Steuer abheften solltest.«

»Das stimmt.« Ich lächelte sie zuversichtlich an. »Allerdings war ich damals auch erst vierzehn und hatte wirklich andere Dinge im Kopf.«

Sie atmete tief durch, was sich wie ein Stoßseufzer anhörte.

»Aber versprich mir, dass du nicht mit rausfährst zu den Waltouren.«

»Okay, versprochen.«

Insgeheim kreuzte ich die Finger meiner rechten Hand hinter dem Rücken und tat es als kleine Notlüge ab. Natürlich würde ich mir eine Fahrt mit der *Windsbraut* nicht entgehen lassen, sobald sich die Gelegenheit ergab. Ich brauchte endlich mal wieder Wasser unterm Kiel.

Meine Mutter schaute auf die Uhr und erschrak.

»O Gott, so spät schon.«

Sie sprang auf und stellte ihren Teller auf die Spüle.

»Kasia ist allein am Empfang, und die neuen Gäste trudeln bald ein.«

»Du hast noch nicht mal in Ruhe aufgegessen«, gab ich zurück.

»Das mache ich mir heute Abend warm, mein Schatz.« Sie gab mir einen flüchtigen Kuss auf die Stirn. »Das war wirklich sehr lecker. Aber wenn ich Kasia mit den Gästen allein lasse, gibt das nur wieder Probleme. Sie tut immer so, als würde sie jedes Wort verstehen, dabei kann sie auf Deutsch gerade mal ›Guten Tag‹ und ›Auf Wiedersehen‹ sagen.«

»Das ist gemein, Mama. Sie gibt sich wirklich Mühe.«

»Das bestreite ich auch nicht. Ohne ihre Hilfe wären wir aufgeschmissen. Aber zwischen dem, was sie glaubt zu verstehen, und dem, was unsere Gäste sagen, besteht nun einmal ein himmelweiter Unterschied.«

Womit sie nicht ganz unrecht hatte. Unsere polnische Saisonkraft war der Meinung, ein herzliches Lächeln sei die beste Art der Kommunikation. Alles andere werde sich schon irgendwie ergeben.

»Wir sehen uns dann heute Abend. Und versuch bitte, dich ausnahmsweise nicht mit Liv zu streiten, ja?«

Damit war sie auch weg und ich blieb allein mit dem Abwasch in der Küche zurück.

KAPITEL 10

Es war sommerlich heiß, als ich an der Seebrücke ankam und mich erschöpft auf einer der Bänke niederließ, die kreisförmig auf dem kleinen Vorplatz standen. Zu Ehren unserer kleinen dänischen Partnergemeinde auf der anderen Seite der Kieler Bucht hatte ihm der Tourismusverband, der die Sanierung unserer kleinen Strandpromenade und der Seebrücke gesponsert hatte, den wohlklingenden Namen Vjelbyhavn-Platz verliehen. Während meiner Schulzeit war ich im Sommer oft in Vjelbyhavn zum Schüleraustausch gewesen. Ich hatte das kleine Fischerdorf, das unserem so ähnlich war, sehr gemocht und mich dort fast nur von Hotdogs und Softeis ernährt.

Obwohl es schon später Nachmittag war, waren die Strandkörbe rechts und links der Seebrücke noch belegt. Man wollte auch noch die allerletzten Sonnenstrahlen nutzen, bevor sie hinter den Hügeln des Hinterlandes verschwanden. Brodershöved gehörte nicht gerade zu den großen Touristenhochburgen an der Küste. Unser Strand war schmal und bestand hauptsächlich aus Kieselsteinen, was bei den meisten Familien mit kleinen Kindern nicht so gut ankam. Sie zogen die großen Strandbäder weiter südlich an der Küste vor, wo breite Sandstrände und kilometerlange Promenaden mit zahlreichen

Restaurants, Bars und Geschäften lockten. Brodershöved hatte eigentlich immer die Ruhe suchenden unter den Touristen angezogen. Diejenigen, die Entschleunigung und einen Naturstrand suchten, die als spannendste Freizeitbeschäftigung Hochseeangeln wollten oder im Frühjahr und Herbst zum Surfen und Kiten kamen, wenn der Wind ordentlich blies.

An unserer Promenade stand gerade mal eine Handvoll kleiner alter Fischerkaten mit Cafés, Eisdielen, Imbissbuden und sogar einem kleinen Souvenirshop. Allerdings waren sie nur zur Hochsaison im Sommer in Betrieb. Daneben gab es noch eine Surf- und Segelschule, die seit Generationen von den Petersens betrieben wurde und bei denen auch ich das Segeln und Surfen gelernt hatte, kaum dass ich laufen konnte.

Direkt daneben befand sich das kleine Reiseunternehmen Sternbach, das es schon eine Ewigkeit in Brodershöved gab. Es bot Schiffsausflüge rüber auf die dänischen Inseln an, organisierte Hochseeangeltrips mit den wenigen übrig gebliebenen einheimischen Fischern oder brachte Urlauber zu Städtetouren nach Kiel, Flensburg oder Kopenhagen, wenn diese etwas Abwechslung brauchten. Mittlerweile war dort auch das Büro der »Whale-Watching-Touren« untergebracht, wie ein Werbebanner über dem Eingang verkündete. Dafür, dass es die neueste und angesagteste Touristenattraktion war, die Brodershöved seit Jahrzehnten zu bieten hatte, kam es sehr bescheiden daher.

Die Tür war verschlossen. Ein kleines Schild mit »Sind gleich wieder zurück« hing daran. Ich überlegte, Liv anzurufen, ließ es dann aber bleiben und setzte mich lieber wie die Touristen in die Sonne. Die knapp anderthalb Kilometer Fußweg, die ich vom Sturmnest zur Seebrücke humpelnd auf einer Krücke hinter mich gebracht hatte, waren mörderisch anstrengend gewesen. Und ich kam mir vor wie eine Marathonläuferin, die kurz vorm Ziel vor Erschöpfung zusammenbricht.

Ich war immer sehr sportlich gewesen, war viel geschwommen und gesurft und selbst auf der *Ophelia* hatte ich jeden Morgen meine fünf Kilometer auf dem Laufdeck absolviert. Doch die Wochen im Krankenhaus hatten ihre Spuren hinterlassen. Meine Kondition war so gut wie nicht mehr vorhanden. Wenn ich tatsächlich Gefallen an dem Job bei Liv fand, würde ich die Strecke jeden Tag zu Fuß gehen, um wieder einigermaßen in Form zu kommen. Ich überlegte kurz, mir ein Eis zu holen, war dann aber zu erschöpft, um aufzustehen, und blickte stattdessen über die im schönsten Indigo glitzernde Ostsee. In einiger Entfernung sah man zwei kleine Kutter direkt hintereinander aus Richtung Petermanns Klippe kommen. Sie fuhren direkt auf die Seebrücke zu und ich vermutete, dass es sich bei dem vorderen Schiff um Jewes *Windsbraut* handelte, auch wenn sie aus der Entfernung noch nicht zu erkennen war.

Bestimmt stand Liv vorn an der Anlegestelle der Seebrücke, um ihn und ihre Tourgäste in Empfang zu nehmen. Ich beschloss, hier auf sie zu warten. Zum einen war ich einfach zu faul, um die hundert Meter bis zum Ende des Anlegers zu humpeln, zum anderen hatte mich beim Anblick der Schiffe das schmerzliche Gefühl gepackt, dass ich niemals mehr am Ruder eines solchen Bootes würde stehen dürfen. Der Gedanke trieb mir plötzlich vor Wehmut Tränen in die Augen, und die Sorge meiner Mutter, ich könnte mir womöglich den Hals an Bord der *Windsbraut* brechen, war unbegründet. Auch nur in die Nähe eines Schiffes zu kommen, erschien mir in diesem Moment als keine gute Idee. Es sei denn, ich hätte in einen hilflosen Weinkrampf ausbrechen wollen.

Ich lehnte mich auf der Bank zurück, schloss die Augen und spürte die letzten Strahlen der langsam hinter den Klippen verschwindenden Sonne auf meinem Gesicht. Zwischen dem Kreischen der Möwen und der Musik aus den Cafés, dem Lachen der Touristen, die davorsaßen, und der sanften Ostseebrise, die meine Haut streichelte, sickerte langsam die Entspannung in meine Seele wie ein Tropfen Milch in Ostfriesentee. Hier war alles so wie immer. So wie es schon in meiner Kindheit gewesen war, als die Sommer an der Küste endlos erschienen und nur aus Segeln, Schwimmen und Eisessen bestanden. Wie glücklich und völlig sorglos mir mein Leben damals vorgekommen war. Warum war ich eigentlich fortgegangen? Warum hatte ich das alles hinter mir gelassen, um einem Traum zu folgen, der ausgeträumt war, noch bevor er Realität werden konnte, und mich nun ratlos zurückließ?

Ich sog die Luft ein, die nach Meer, Sonnencreme und frittiertem Backfisch roch. Ein breites Grinsen trat in mein Gesicht. Sten Ohlsen hatte recht, das musste man ihm lassen: Es gab kaum einen besseren Ort, um sich auszuruhen.

* * *

»Na, das ist ja eine Überraschung.«

Die Stimme kam mir bekannt vor und ich blickte irritiert auf. Nur, weil ich gerade an Sten Ohlsen gedacht hatte, musste er doch nicht plötzlich vor mir stehen.

Er war es tatsächlich und lächelte mich an.

»Mit Ihnen hab ich jetzt gar nicht gerechnet.«

Er hatte das Jackett seines Businessanzugs lässig über eine Schulter geworfen. An der anderen Schulter hing seine Laptoptasche. In einer Hand hielt er seine Lederschuhe, die bestimmt eine Maßanfertigung aus Budapest waren. Die Beine seiner etwas zerknitterten Hose hatte er hochgekrempelt. Seine nackten Füße schienen die Wärme der Sonne zu genießen, die noch in den Pflastersteinen des Platzes gespeichert war.

»Herr Ohlsen …« Ich blinzelte ein paar Mal, um sicherzugehen, dass ich nicht halluzinierte.

»Was dagegen, wenn ich mich zu Ihnen setze?«

Bevor ich etwas erwidern konnte, hatte er es sich schon neben mir auf der Bank bequem gemacht und seine Tasche und die Schuhe abgestellt.

»Und wir sollten wirklich mit diesem seltsamen Siezen aufhören. Das fühlt sich total komisch an.«

Er reichte mir lächelnd die Hand. »Ich bin Sten.«

Automatisch nahm ich sie.

»Millie«, erwiderte ich immer noch irritiert.

Er kniff die Augen zusammen und betrachtete mich aufmerksam.

»Irgendwie scheinst du etwas von der Rolle zu sein. Alles okay bei dir?«

Ich riss mich mühsam zusammen.

»Ja, alles okay. Ich … ich warte eigentlich auf Liv und hab grad an Sie … an dich gedacht … das ist irgendwie schräg.«

»Du hast an mich gedacht?« Das schien ihn zu amüsieren.

Ich schenkte ihm einen mahnenden Blick. »Eigentlich hab ich daran gedacht, was du neulich gesagt hast. Über Brodershöved. Ich hab einfach die Sonne genossen und mich entspannt.«

Er seufzte. »Ach so.«

»Und was machst du hier? Ich dachte, du bist in Hongkong?«

»In Hongkong?«

»Ja, hat mir jedenfalls meine Mutter erzählt.«

Er musste lachen. »Ich war in Guangzhou. Das liegt zwar auch in China, ist aber meilenweit von Hongkong entfernt.«

»Wundert mich nicht.« Ich musste ebenfalls lachen. »Alles, was weiter weg ist als Hamburg, bringt meine Mutter völlig durcheinander. Geografisch ist sie eine Niete.«

Ich musterte ihn verstohlen. Er hatte sicherlich einen ziemlichen Jetlag, nachdem er um die halbe Welt geflogen war. Doch bis auf einen leichten Bartschatten merkte man ihm die Strapazen der Reise kaum an.

»Du siehst aus, als kämst du direkt aus dem Flieger. Wo ist dein Gepäck?«

»Hab ich mit dem Taxi zum Sturmnest geschickt. Ich musste erst mal Strandluft schnuppern.« Nach einer kleinen Pause fügte er hinzu: »Und kurz mal mit Liv sprechen.«

Er drehte sich zum Reisebüro um. »Ist sie nicht da?«

Ich deutete auf die Seebrücke. »Die Touren kommen gerade zurück. Ich denke mal, sie ist vorne beim Anleger.«

Er atmete einmal tief durch und nickte.

»Verstehe. Stört es dich, wenn ich hier mit dir auf sie warte?«

Ich schüttelte den Kopf. »Nur zu.«

Einen Augenblick saßen wir schweigend nebeneinander und genossen die letzten Strahlen der Augustsonne.

»Was willst du eigentlich von Liv?« Meine Frage kam unvermittelt, und er sah mich überrascht an.

»Sorry, geht mich eigentlich gar nichts an.«

»Nein, nein, ist schon okay. Ich wollte was Geschäftliches mit ihr besprechen.«

Ich runzelte die Stirn. »Aha!«

Er setzte sich etwas aufrechter hin, legte einen Arm hinter meinem Rücken auf die Lehne und drehte sich zu mir um. Er wirkte wie ein Schuljunge, der etwas sehr Aufregendes mit seinen Freunden teilen musste.

»Jedes Jahr Ende November findet die CAPTIS statt, Capital Invest and Sustainability, eine kleine, aber ziemlich angesagte Konferenz, zu der ich auch eingeladen bin. Eigentlich war in diesem Jahr Berlin als Veranstaltungsort geplant, doch das Hotel hat abgesagt. Und da hab ich kurzerhand das Sturmnest ins Spiel gebracht.«

Ich sah ihn verdutzt an. »Eine Konferenz? Ist das nicht eine Nummer zu groß für uns?«

»Ganz und gar nicht. Das passt perfekt. Es geht in diesem Jahr um nachhaltigen Tourismus und den Einsatz von

Risikokapital beim Schutz der Meere. Das passt doch perfekt. Ich wollte Liv und Jewe sowieso als junges Start-up-Unternehmen vorstellen, das hier oben erfolgreich neue Wege beschreitet. Die Konferenzteilnehmer können die Touren besuchen und sich quasi vor Ort ein Bild von der ganzen Situation machen. Außerdem ist es ziemlich beeindruckend, wenn man die Wale mit eigenen Augen sieht. Da bekommt man ein ganz anderes Gespür dafür, wie wichtig der Schutz unserer Meere ist.«

Ich nickte nachdenklich. Das hörte sich jedenfalls durchdacht an.

»Wie viele Teilnehmer kommen?«

»Angemeldet sind dreißig. Plus zehn Speaker.«

»Dann wäre das Sturmnest komplett ausgebucht. Und für wie lange?«

»Nur ein Wochenende. Aber es würde so viel Geld einbringen, dass wir uns über die Wintersaison keine Gedanken mehr machen müssten.«

Ich lächelte ihn an. »Da spricht der Geschäftsmann.«

Er zuckte mit den Schultern und setzte sich wieder entspannt hin.

»Na ja, wir müssen halt sehen, wo wir bleiben. Die letzte Wintersaison und das Frühjahr waren eher mau. Da haben wir draufgezahlt.«

Ich schwieg nachdenklich. Liv hatte mir auf unserer Fahrt nach Brodershöved bereits gestanden, dass die finanzielle Situation unserer Familie nicht besonders gut aussah. Und auch das Sturmnest bereitete anscheinend Sorgen. Was mich erstaunte. Immerhin war das Hotel nahezu ausgebucht und die Gäste waren zufrieden. Ich musterte Sten Ohlsen von der Seite. Hatte er sich größere Gewinne vom Betrieb eines Hotels versprochen und bereute seine Investition? Wenn das der Fall war, konnte das für das Sturmnest nichts Gutes bedeuten.

»Sie wollen das Hotel jetzt aber nicht wieder loswerden, oder?«

Er hob erstaunt die Augenbrauen, als er mich ansah.

»Warum sollte ich? Und waren wir nicht beim Du?«

»Ja, waren wir. Und lenk jetzt nicht vom Thema ab. Wenn ein erfolgreicher Investor plötzlich Zweifel an der Rentabilität seines neuen Unternehmens bekommt, schrillen bei mir nämlich sämtliche Alarmglocken.«

Er lachte heiser auf.

»Das findest du komisch?« Ich sah ihn verärgert an.

»Nein, es ist nur verdammt lange her, dass mich jemand so böse angeguckt hat. Da kriegt man richtig Angst.«

Irgendwie hatte ich das Gefühl, nicht besonders ernst genommen zu werden. Ich blickte wieder zur Seebrücke, damit er den Ausdruck in meinen Augen nicht sehen konnte.

»Ich kenne dich nicht besonders gut, Sten Ohlsen, aber meine Familie scheint eine Menge von dir zu halten. Ich für meinen Teil bin da etwas skeptischer.«

Er schwieg einen Augenblick.

»Bist du immer so misstrauisch?«, fragte er nach.

Ich ließ mir Zeit mit der Antwort.

»Ich schulde dir ein Vermögen und das scheint dich nicht sonderlich zu kümmern. Du besitzt ein Hotel und es macht dir nichts aus, dabei draufzuzahlen. Du hockst hier in einem kleinen, langweiligen Ostseekaff, obwohl du dir vermutlich eine Privatinsel in der Karibik leisten könntest. Das ist doch alles viel zu gut, um wahr zu sein. Oder findest du nicht?«

Ich sah ihn offen an, und er runzelte einen Moment die Stirn. Dann nickte er und lächelte sein unwiderstehliches Großer-Junge-Lächeln, das er so perfekt draufhatte.

»Ja. Ich denke, du bist *sehr* misstrauisch.«

»Das beantwortet nicht meine Frage.«

Er atmete tief durch und erklärte in geduldigem Tonfall: »Das mit der Privatinsel ist völlig übertrieben. So viel Kohle habe ich nämlich gar nicht. Und die ganze Sache ist eigentlich nicht so kompliziert, wie es ausschaut, Smilla Larsen.« Er betonte meinen Namen so, wie ich es vorher mit seinem gemacht hatte. »Mir gefällt es hier. Sehr sogar. Und das ist schon alles.«

Ich versuchte, in seinem Gesicht zu ergründen, ob er es wirklich so meinte, wie er es sagte. Seine braunen Augen schauten unschuldig drein. Was auch keine Kunst war. Mit diesen sanften Augen sah selbst der größte Halsabschneider aus wie Bambi.

»Okay.« Ich nickte schließlich. »Ich glaube dir.«

Er machte tatsächlich einen erleichterten Eindruck.

»Fürs Erste«, fügte ich eilig hinzu. »Und die Larsens können richtig ungemütlich werden, wenn man sie über den Tisch ziehen will. Nur so, als Warnung.«

»Alles klar. Dass die Larsen-Frauen etwas anders sind als andere Frauen, ist mir auch schon aufgefallen.«

Ich beschloss, nicht weiter nachzufragen, was genau er damit meinte.

Jewes *Windsbraut* und der andere Kutter hatten längst angelegt und die Tourgäste kamen in kleinen Gruppen über die Seebrücke zur Promenade geschlendert. Dafür, dass sie gerade das Abenteuer ihres Lebens hinter sich gebracht hatten, wirkten sie etwas enttäuscht.

»Die sehen aber nicht sehr zufrieden aus.«

Sten stimmte mir zu. »Das ist komisch. Die kriegen sich sonst kaum ein vor Begeisterung.«

Er stand auf und sah mich auffordernd an.

»Was ist? Wollen wir mal hören, was da los war?«

Das ließ ich mir nicht zweimal sagen.

* * *

»Die Leute werden langsam unzufrieden. Das war jetzt schon die dritte Tour hintereinander, bei der wir keine Wale gesehen haben.«

Jewe stand neben Liv am Anleger, lehnte sich an die Holzbalustrade der Seebrücke und hatte frustriert die Arme vor der Brust verschränkt. Die letzten Gäste hatten die *Windsbraut* verlassen und er sah ihnen nachdenklich hinterher.

»Ist ja nicht so, als würden wir eine Garantie geben. Die wissen doch, dass die Schweinswale unberechenbar sind.«

Inken, der das zweite Tourboot gehörte und die ihre *Seenixe* hinter Jewes Boot festgemacht hatte, trat zu uns.

»Steht alles groß und breit in unserer Tourbeschreibung.«

Sie beugte sich hinunter und streichelte gedankenverloren den riesigen Kopf von Bootsmann, Jewes Hund, der sie schwanzwedelnd begrüßte.

»Wir sind doch kein Zoo, bei dem man die Tiere hinter Glas einsperrt. Nicht wahr, alter Seehund?«

Bootsmann bellte einmal kurz zur Bestätigung.

Sten Ohlsen und ich waren an der Anlegestelle angekommen, als beide Boote fest vertäut und die letzten Gäste von Bord gegangen waren. Liv hatte Wim auf dem Arm, der gedankenverloren an einem Brötchenrest herumkaute.

»Vielleicht ist es den Walen zu warm so nah an der Küste. Bei der Sommerhitze hat sich die See in den letzten Wochen ganz schön aufgeheizt.«

Sie sah vielsagend zu mir. »Die Leute sind begeistert, dass es hier jetzt so warm ist wie auf Mallorca, aber was das für das Meer bedeutet, das wollen sie nicht wissen.«

Jewe nickte nachdenklich und nahm Liv Wim ab, der seine Ärmchen nach ihm ausstreckte und vor Begeisterung kreischte, als eine Möwe sich blitzschnell das Brötchen schnappte, das ihm runtergefallen war.

»Ich rufe nachher mal Hauke an. Vielleicht hat er ja eine Erklärung dafür, warum die Wale sich in dieser Saison kaum noch blicken lassen.«

Sten hatte die Diskussion aufmerksam verfolgt. »Glaubt ihr wirklich, dass es an der Hitze liegt? Letztes Jahr war auch ein Superwetter und die Wale waren da, wie bestellt.«

Er sah Liv mit einem ratlosen Achselzucken an. »Vielleicht ist es ja auch ein ganz normales Verhalten und wir sind einfach nur so daran gewöhnt, dass sie ständig vor unserer Haustür herumspringen.«

Ich hielt mich aus der Diskussion heraus. Zum einen, weil ich absolut keine Ahnung davon hatte, worüber sie sprachen, und zum anderen erkannte ich schlagartig, dass Liv genug eigene Probleme hatte und ich mich nicht an ihren Rockzipfel hängen sollte. Sie schien meine Gedanken zu erraten und lächelte mich aufmunternd an.

»Keine Angst. Bis zum Ende des Sommers sind wir trotzdem super ausgebucht.«

Ich nickte schwach. »Gut zu wissen.«

Inken schien ebenfalls eher der optimistische Typ zu sein. »Außerdem kriegen die Leute auf unseren Touren noch mehr zu sehen als nur die Wale.« Sie sah zu Jewe. »Wir fahren einfach wieder die alten Stellen entlang der Förde ab. Die Pirateninsel und den alten Wikingerhafen. Da gibt's schließlich noch genug zu entdecken.«

Jewe nickte knapp. »Inken hat recht. Wir lassen uns was einfallen. Und warten ab, was Hauke dazu sagt. Der ist schließlich der Meeresbiologe.«

Er gab Liv einen Kuss auf die Wange und legte ihr entspannt einen Arm um die Schultern. »Und bis dahin machen wir einfach weiter. Das machen wir doch immer. Wird schon schiefgehen.«

Jewes und Inkens Optimismus angesichts der Probleme, die vor ihnen lagen, machte mich nervös. In den letzten Wochen hatte ich mich ganz meiner deprimierten Stimmung hingegeben und mir keine Gedanken gemacht, wie ich meine Probleme in Zukunft lösen könnte. Ich war in einen kindlichen Trotz verfallen und hatte drauf bestanden, dass alles wieder so werden sollte wie zuvor. Wohl wissend, dass dies unmöglich war. Jewe, Inken und Liv hatten sich in den letzten Jahren aus dem Nichts und trotz aller Hürden und Hindernisse etwas aufgebaut, das nun in Gefahr war, sollten die Wale ausbleiben. Und statt sich darüber zu beklagen, schmiedeten sie Pläne und dachten schon über Alternativen nach.

Das unangenehme Gefühl der Scham, das mich plötzlich überkam, war überwältigend, und ich trat den Rückzug an.

»Wisst ihr was? Wir vergessen das einfach mit dem Job bei euch.«

Liv schaute mich überrascht an. Ich hoffte, dass mein Lächeln zuversichtlicher aussah, als ich mich fühlte.

»Ganz im Ernst, Liv. Ich suche mir einfach was anderes. Ist kein Problem. Ihr habt jetzt wirklich andere Sorgen. Da musst du dich nicht auch noch um mich kümmern.«

»Das ist doch Blödsinn. Du sollst uns bei den Touren helfen und nicht umgekehrt.«

Ich lächelte sie matt an. »Wir wissen beide, dass das nicht stimmt, Liv.«

Sie tauschte kurze Blicke mit Jewe, die mehr sagten als jedes Wort. Ich versuchte, meine Stimme möglichst gleichmütig klingen zu lassen.

»An Bord bin ich euch mit dem Bein keine Hilfe, und Kundenbetreuung war noch nie meine Stärke, vor allen Dingen, wenn die Kunden unzufrieden sind. Was glaubst du wohl, warum Mama mich nicht an der Rezeption haben will, hm? Wenn du mich ans Telefon lässt, vergraule ich vermutlich noch eure letzten Tourgäste.«

Jewe lächelte mich an. »Wenn du willst, kannst du ganz charmant sein.«

Ich lächelte matt zurück. »Danke, Jewe, aber mein Vorrat an Charme ist augenblicklich sehr beschränkt.«

Ich straffte die Schultern und sah in die Runde besorgter Gesichter.

»Jetzt hört auf, so zu gucken, als wäre ich die größte Katastrophe, die ihr jemals zu sehen bekommen habt. Das ist wirklich peinlich.«

Damit war die Diskussion für mich beendet. Einen Augenblick herrschte betretenes Schweigen. Ich wandte mich ab und wollte schon gehen.

»Wo willst du denn jetzt hin?« Es war Livs Stimme, die mich aufhielt.

»Ich humple mal heim ins Sturmnest«, antwortete ich, ohne mich umzudrehen.

»Warte, Millie. Wir nehmen dich im Auto mit und setzen dich zu Hause ab.«

»Nicht nötig. Ich gehe lieber zu Fuß.«

»Was dagegen, wenn ich dich begleite?«

Sten trat an meine Seite. Ich sah ihn abwehrend an.

»Ja.«

Er hob überrascht die Augenbrauen. »Okay …«

Als ich langsam auf meiner Krücke die Seebrücke entlanghumpelte, konnte ich ihre besorgten Blicke förmlich in meinem Nacken spüren. Es war mir egal. Sollten sie doch über mich denken, was sie wollten. Es wurde Zeit, dass ich mein Leben selbst in die Hand nahm.

KAPITEL 11

»Fangen wir mal mit den grundlegenden Dingen an.«

Ich stand in Petersens Segelschule in einem kleinen Schulungsraum, der kaum größer war als eine Abstellkammer, und zeigte auf ein Schaubild an der Kopfseite des Raums. Die kleinen Fenster der alten Fischerkate waren zur Meerseite weit geöffnet, trotzdem war es stickig heiß. Ich spürte, wie mir der Schweiß den Rücken hinunterlief und garantiert unschöne Flecken auf meinem hellblauen Poloshirt mit dem Logo der Segelschule hinterließ.

»Im Wesentlichen besteht ein Boot aus zwei Teilen. Dem Rumpf und dem Rigg.«

Sechs Augenpaare sahen mich gelangweilt an. Eine Hand schnellte nach oben. Der ältere Herr, zu dem sie gehörte, war ein Frührentner aus Recklinghausen, der schon Wochen vor seiner Anreise nach Brodershöved den Segelkurs für Anfänger bei Petersen gebucht hatte.

»Ja? Dirk?«

»Das kannst du überspringen.«

Er sah entschlossen zu seiner Sitznachbarin.

»Meine Frau und ich wissen, wie ein Boot aussieht. Und da sind wir nicht die Einzigen.« Er blickte sich nach Zustimmung heischend zu den anderen Teilnehmern um.

»Hab ich recht?«

Die vier Segelanfänger des Ferienkurses nickten zaghaft.

Ich versuchte, mir meinen Unmut nicht anmerken zu lassen, und schaffte es tatsächlich, ein Lächeln auf meine Lippen zu zaubern.

»Ich kann verstehen, dass ihr so schnell wie möglich die Theorie hinter euch bringen wollt. Aber die gehört nun einmal dazu.«

»Kann ja sein, dass die dazugehört. Aber jetzt komm mal zu den Sachen, die wir wirklich brauchen.«

Dirk schnaubte, lehnte sich auf dem Klappstuhl zurück, der viel zu klein für seine massige Gestalt war, und verschränkte abwehrend die Arme über seinem riesigen Bauch.

»Bei dem Wetter liege ich nämlich lieber im Strandkorb und muss mir nicht anhören, wie ein Boot aussieht.«

Was das Wetter betraf, musste ich ihm recht geben. Der Sommer hatte noch einmal richtig aufgedreht, seit ich Liv auf der Seebrücke eine Absage erteilt und mich auf die Suche nach einem anderen Job gemacht hatte. Kein Wölkchen am Himmel trübte die heiße Septembersonne und selbst in der Nacht sank das Thermometer kaum unter zwanzig Grad. Alles deutete darauf hin, dass die Ostseeküste einen Jahrhundertsommer erleben würde. Mittlerweile war es der dritte in Folge.

Ich hatte diesen Job erstaunlich schnell gefunden, nachdem ich realisiert hatte, dass die üblichen Aushilfsjobs wie Kellnern, Eis-, Crêpes- und Fischbrötchenverkaufen mit meinem Bein noch nicht infrage kamen. Das Laufen bereitete mir noch immer Probleme, auch wenn ich mittlerweile auf die Krücke verzichten konnte. Allzu lange Stehen war auch keine gute Idee, wenn ich nicht nachts vor Schmerzen aufwachen wollte. Auf gut Glück war ich bei Petersen vorbeigegangen und hatte ihn gefragt, ob er nicht eine Aushilfe in seinem Segel- und Surfshop brauchte. Jemand, der die Boote in Schuss hielt oder die Surfbretter verlieh. Er hatte mich angesehen, als wäre ich eine Erscheinung, und war dann der festen Überzeugung, der Himmel habe mich geschickt. Seine Kurse waren allesamt ausgebucht und er hätte noch etliche, gut bezahlte Einzelstunden geben können, wenn er nicht mit diesem zeitaufwendigen Theorieunterricht seiner Ferienkurse beschäftigt gewesen wäre. Ich kam also wie gerufen.

Seitdem waren ein paar Wochen vergangen und ich hatte mich längst daran gewöhnt, dass meine Schülerinnen und Schüler nicht gerade gebannt an meinen Lippen hingen, wenn ich ihnen das Basiswissen des Segelsports nahebrachte. Die meisten Kursteilnehmer brannten darauf, endlich auf den Schuljollen mit Petersen raus auf die Ostsee zu segeln und sich den Wind um die Nase wehen zu lassen. Ihre Urlaubszeit war schließlich kostbar. Ich konnte sie gut verstehen. Die Ausfahrten mit dem motorisierten Beiboot, bei dem Petersen am Steuer stand und ich über ein Megafon die Segelkommandos an die Kursteilnehmer weitergab, waren um einiges angenehmer als der Zwei-Tage-Intensivkurs in Theorie. Aber da mussten sie durch.

»Ich weiß, dass die Theorie nicht jedermanns Sache ist. Aber wenn ihr irgendwann alleine mit eurem Boot draußen auf See seid, kann euch dieses Wissen helfen, wenn's mal Probleme gibt.«

Dirk schnaufte vernehmlich auf. Ich lächelte erneut in die Runde. »Außerdem braucht ihr sie für die Prüfung nächste Woche. Und je schneller wir hier weiterkommen, desto eher könnt ihr wieder raus an den Strand.«

Damit widmete ich mich wieder dem Schaubild, und die nächsten neunzig Minuten ging es um Klappschwerter und Steckschwerter, Lenzventile und Schäkel, Wanten und Stage.

Ich erklärte die unterschiedlichen Jollentypen und dass man sie schon auf den ersten Blick daran erkannte, wie sie getakelt waren. Ich beschrieb den Aufbau eines Segels, was ein Unterliek und ein Vorliek ist, wie man ein Großsegel am Mast befestigt und wie man dafür sorgt, dass das Achterliek nicht zu flattern beginnt und es zum Strömungsabriss am Segel kommt.

All diese Dinge waren mir bereits seit einer Ewigkeit vertraut. Ich hatte als Teenager in genau diesem Schulungsraum gesessen und dem alten Petersen gelauscht, als er uns in die Geheimnisse der Seefahrt einführte.

In der Praxis konnte ich damals längst segeln, das blieb nicht aus, wenn die Ostsee nur einen Steinwurf entfernt war. Aber wie bei so vielen Dingen im Leben bedeutete die Tatsache, dass man etwas konnte, noch lange nicht, dass man es auch durfte, ganz besonders, wenn man in Deutschland lebte. Da brauchte es schließlich für alles irgendeine Genehmigung, die sich vermutlich ein Verwaltungsangestellter in irgendeinem dunklen Kämmerlein vor lauter Langeweile ausgedacht hatte. Und genau dieser Beamte hatte sich ganz sicherlich auch ausgedacht, dass man bei einer dreiundvierzigprozentigen Farbsehschwäche auch kein Fahrzeug mehr führen durfte, egal ob an Land oder auf dem Wasser. Das Einzige, was mir von der Seefahrt noch geblieben war, war die Theorie. Und die versuchte ich mit der gleichen Leidenschaft an den Mann oder die Frau zu bringen, wie es der alte Petersen damals getan hatte.

Alles in allem lief es erstaunlich gut, auch wenn immer ein Nörgler dabei war, dem man es nicht recht machen konnte. Und bis zum Ende der Hochsaison im Herbst war ich nun drei Tage die Woche beschäftigt, auch wenn die Bezahlung nicht mehr als ein Taschengeld war. Wie es danach weitergehen sollte, würde ich mir noch überlegen.

* * *

Meine Mutter hatte kurz eine besorgte Miene aufgesetzt, als ich ihr von meinem Aushilfsjob erzählte. Sie befürchtete wohl, dass ich wieder gegen irgendeine Verordnung verstieß, wenn ich für Petersen arbeitete. Aber solange ich nicht selbst die Segel setzte und nur die Teilnehmer schulte, war alles in Ordnung.

Sten Ohlsen machte einen etwas enttäuschten Eindruck, als ich ihn an meinem ersten Tag auf dem Weg zur Segelschule vor dem Sturmnest traf.

»Schade. Ich hatte gehofft, du könntest für uns arbeiten.«

Er sagte es, als wäre es das Selbstverständlichste von der Welt. Er half gerade Kasia, die Gemüse-, Obst und Brotkisten aus dem Kofferraum des Mercedes Vito zu hieven, mit dem normalerweise die Hotelgäste vom Bahnhof abgeholt oder dort hingebracht wurden oder mit dem man ihr Gepäck transportierte. Sie waren soeben von der täglichen Einkaufsrunde bei den Hofläden der Region zurück.

Ich versuchte, meine Überraschung zu überspielen, hantierte am Schloss des alten Hollandrads meiner Mutter und schob es dann aus dem Fahrradständer.

»Du weißt ja, Kundenservice ist nicht so mein Ding.«

»Ich dachte da auch eher ans Management. Die Konferenz organisieren, Einkäufe planen, die Kosten im Blick behalten, solche Dinge eher. Außerdem will ein Freund von mir seine Hochzeit bei uns feiern.«

Ich sah ihn zweifelnd an. »Sehe ich so aus, als würde ich davon Ahnung haben, nur weil ich mal verlobt war?« Es war eine rhetorische Frage.

Er lächelte triumphierend. »Vergiss die Verlobung. Aber als Kapitän muss man sich doch auch um den reibungslosen Ablauf an Bord kümmern. Personal finden und führen, Frachtaufträge bearbeiten, sich um diesen ganzen Hafenbehördenkram kümmern.«

Ich sah ihn überrascht an. Er lächelte stolz.

»Ich hab mich mal ein wenig schlaugemacht. Und ich finde, dass die gleichen Qualitäten, die an Bord eines Schiffes gebraucht werden, auch dem Sturmnest guttun würden.«

»Du willst, dass ich das Hotel leite?« Ich konnte mir ein Lachen nicht verkneifen, so absurd kam mir der Vorschlag vor.

Er rieb sich verlegen den Nacken. »Na ja, vielleicht nicht gleich leiten. Aber wir könnten das zusammen angehen. Und wenn es gut läuft … was hältst du davon?«

»Die Frage ist wohl eher, was hält meine Mutter davon? Ich kann mir nicht vorstellen, dass sie sonderlich begeistert sein wird.«

»Warum nicht? Eigentlich hat sie doch schon vor Jahren die Leitung an Anni übergeben. Und nur weil die jetzt nicht mehr da ist, muss sie den Job doch nicht wieder machen.«

»Warum stellst du nicht jemanden ein?«

»Schon ausprobiert. Hat leider nicht ganz so gut funktioniert.«

»Ich fürchte, dann musst du einfach weitersuchen. Du wirst schon irgendjemanden finden. Ich stehe für den Job leider nicht zur Verfügung.«

Ich schwang mich aufs Rad und lächelte ihn zuckersüß an. »Du schaffst das schon.«

Er sah nicht besonders glücklich aus, als ich an ihm vorbei die breite Kiesauffahrt hinunter zur Hauptstraße radelte.

* * *

»Nach der Pause widmen wir uns endlich der Frage, wie man ein Boot am Wind segelt.« Ich lächelte Dirk, den Nörgler, freundlich an. »Ich denke, das wird dir gefallen.«

Er nickte knapp, erhob sich steif aus dem Klappstuhl und ruckelte seine farbenfrohen Bermudashorts unter dem Bauch zurecht. »Ich muss jetzt erst mal was essen.«

»Dann sehen wir uns in einer Stunde hier wieder. Und bitte seid pünktlich.«

Die kleine Gruppe zerstreute sich schnell und ich überlegte, meine Mittagspause draußen auf der Promenade oder der Seebrücke zu verbringen, um ein wenig abzukühlen. Am besten mit einem Eis und netter Gesellschaft.

* * *

»Der ist wirklich für mich?«

Liv sah mich skeptisch an, als ich mit einem großen Becher Erdbeer- und Vanilleeis mit frischen Früchten vor ihr stand.

»Für wen denn sonst?« Ich verdrehte innerlich die Augen angesichts ihrer Skepsis. Als hätte ich ihr noch nie etwas Gutes getan.

Sie war allein im Büro gewesen und hatte etwas angespannt hinter einem Schreibtisch gesessen und den Computermonitor angestarrt, als ich kurz zuvor in dem kleinen Reisebüro erschienen war und sie mit einem Eis überreden wollte, mit mir die Mittagspause zu verbringen.

»Es sei denn, Wim darf schon am Eis nuckeln, dann ist die Hälfte davon natürlich für ihn.«

Ich sah mich kurz suchend um. »Wo steckt er eigentlich?«

»Heute ist Oma-Tag«. Liv stöhnte auf, griff sich den Becher, den ich vor ihr abgestellt hatte, und ließ sich wieder zurück auf den Stuhl sinken. »Er ist bei Jewes Mutter, zusammen mit Jette. Sie wollte zum Eselhof. Da gibt es seit Neuestem auch Alpakas. In die sind sie total verknallt.«

Ich nickte und setzte mich auf einen Stuhl an der Wand des kleinen Reisebüros. Direkt gegenüber vor einem Fenster befand sich ein riesiger Standventilator, der eine kühle Brise vom Meer ins Innere des kleinen Raums brachte. Vielleicht hätte ich mir für den Schulungsraum auch so ein Ding organisieren sollen.

»Kommst du mit auf die Seebrücke? Da ist es nicht so heiß«, sagte ich und begann mein Eis zu löffeln. Es schmeckte noch genauso gut wie in meiner Kindheit, obwohl es hundertprozentig vegan war, wie mir Michele versichert hatte. Er, sein Vater und diverse Onkel und Tanten betrieben die kleine Eisdiele an der Promenade bereits seit einer kleinen Ewigkeit. In den Achtzigern hatten sie sich in Brodershöved niedergelassen und seitdem das kleine Ostseedorf mit den Köstlichkeiten italienischer Eiszubereitung beglückt.

Liv lutschte an einem halb gefrorenen Stück Ananas herum.

»Ich muss eigentlich noch die Abrechnungen machen«, nuschelte sie.

Ich stand auf und sah sie auffordernd an. »Die können auch noch eine halbe Stunde warten. Na los, komm schon.«

Keine zehn Minuten später hockten wir auf der Seebrücke und ließen unsere Beine über die Stegkante baumeln. Hier draußen, fünfzig Meter vom Strand entfernt über dem Wasser, wehte eine kühle Brise, die die Sommerhitze erträglich machte.

»Wie läuft's mit euren Walen? Sind sie wieder aufgetaucht?« Ich kratzte die letzten Reste süßer, dunkler Schokolade aus meinem Becher.

»Ja. Ab und zu tauchen sie wieder an den bekannten Stellen auf. Aber darauf verlassen können wir uns nicht.«

»Das ist blöd. Ich hoffe, eure Tourgäste sind umgänglicher als meine Segelschüler. Die nörgeln meistens nur rum.«

Liv grinste breit. »Ich glaube, das liegt daran, dass die meisten Menschen ein Schultrauma haben. Alles, was nach Klassenraum riecht, löst bei ihnen Panik aus.«

Ich sah sie skeptisch an.

»War bei mir genauso«, fuhr Liv fort und streckte ihr Gesicht der Sonne entgegen. »Wenn ich Tauchkurse geben musste und wir den halben Tag drinnen im Schulungsraum saßen, waren die meisten auch gelangweilt. Die wollten immer sofort loslegen.«

Sie blinzelte in die Sonne und sah mich von der Seite an.

»Macht dir der Job bei Petersen denn Spaß?«

Ich überlegte einen Moment, dann nickte ich.

»Im Grunde schon. Ist schließlich das Einzige, von dem ich überhaupt was verstehe.«

Ich hörte, wie Liv kurz auflachte, und sah sie fragend an.

»Was ist? Was gibt's da zu lachen?«

»Du stapelst ganz schön tief, weißt du das?«

»Was soll das denn jetzt heißen?«

Warum schaffte es Liv immer wieder, mich in kürzester Zeit aus der Reserve zu locken? Darüber musste ich dringend mal nachdenken.

»Du bist die Erste und Einzige in unserer Familie, die ein Hochschuldiplom in der Tasche hat. Du bist Akademikerin.«

Das hörte sich bei ihr an, als wäre es etwas Anstößiges.

»Ja, und?«

»Damit kann man doch bestimmt noch ein paar andere Jobs machen, als schlecht bezahlte Ferienkurse zu geben.«

Ich stöhnte auf und ahnte bereits, worauf sie hinauswollte.

»Na, prima. Der Buschfunk in Brodershöved funktioniert immer noch super.« Ich sah sie mahnend an. »Hast du mit Ohlsen über das Sturmnest gesprochen?«

Sie gab es unumwunden zu und schien überhaupt kein Problem damit zu haben, über meinen Kopf hinweg mit irgendjemandem, der noch nicht einmal zu unserer Familie gehörte, meine berufliche Zukunft zu diskutieren.

»Seine Idee ist gar nicht mal so schlecht. So ein Kreuzfahrtschiff ist nichts anderes als ein auf dem Wasser fahrendes Hotel.« Und mit einem bitteren Unterton fügte sie hinzu: »Nur ungefähr hundertmal so groß und tausendmal umweltschädlicher als das alte Sturmnest.«

»Oh, bitte, komm jetzt nicht mit der alten Klimadiskussion.«

»Warum nicht? Ich hab gesehen, was dieser Kreuzfahrttourismus in den Meeren und an den Korallenbänken anrichtet. Und ganz ehrlich, so richtig habe ich das nie verstanden, dass du da unbedingt mitmachen musst.«

Ich erhob mich und warf meinen Pappbecher in den Müll.

»Dann kannst du ja jetzt ganz beruhigt sein. Das Thema hat sich für mich schließlich erledigt.«

Sie sprang ebenfalls auf und sah mich entschuldigend an.

»Jetzt sei nicht gleich wieder beleidigt, Millie. Mir tut es wirklich leid, was dir passiert ist. Aber vielleicht hat das Ganze ja auch eine gute Seite.«

»Ja, klar. Sicher. So nach dem Motto: ›Wenn dir das Leben Zitronen schenkt, mach Limonade draus‹? Hast du noch mehr Kalendersprüche auf Lager?«

Sie runzelte verärgert die Stirn.

»Warum müssen wir eigentlich immer streiten?«

»Keine Ahnung. Vielleicht, weil wir einfach zu verschieden sind?«

Sie holte einmal tief Luft, um anschließend festzustellen: »Ganz ehrlich, Millie? Ich glaube, wir sind uns einfach zu ähnlich.«

»Glaub, was du willst. Ich muss jetzt zurück in den Unterricht.«

Ohne ein weiteres Wort ging ich zurück zur Promenade. Dann merkte ich, wie Liv mir folgte.

»Jetzt warte mal einen Augenblick.«

Ich blieb stehen und sah sie an.

»Hast du morgen Abend schon was vor?«

Ich schüttelte den Kopf.

Sie lächelte zaghaft. »Gut. Dann komm bei uns vorbei. Wir grillen, machen Lagerfeuer und Jewe holt seine alte Gitarre raus und singt schlechte Shantys.«

Ich runzelte die Stirn. »Stimmt das wirklich? Das mit den Shantys?«

Sie nickte und sah dabei nicht besonders glücklich aus.

»Ja. Leider. Er liebt es. Eins der vielen Dinge, die ich erst nach unserer Hochzeit erfahren habe. Da war es leider schon zu spät.«

Ich musste gegen meinen Willen lachen. Jeder, der Liv und Jewe sah, wusste, dass nicht einmal ein schlecht vorgetragenes Shanty an der Liebe der beiden etwas ändern konnte.

»Na, komm, Millie. Sag Ja. Das wird ein netter Abend. Du kommst mal auf andere Gedanken und ich verspreche dir, dich nicht mit irgendwelchen Kalendersprüchen zu nerven.«

Sie hatte es wirklich drauf. Wie konnte man dazu Nein sagen?

* * *

Als ich am späten Nachmittag den Kurs beendet und die Teilnehmer in ihre wohlverdiente Freiheit entlassen hatte, nahm ich einen kleinen Umweg und radelte den alten Klippenweg zurück zum Sturmnest. Ich wollte noch ein wenig allein sein und mich nicht den Fragen meiner Mutter stellen, die sich fröhlich und etwas gedankenverloren erkundigen würde, wie mein Tag so gewesen war. Ihre mütterliche Aufmerksamkeit vermittelte mir immer das Gefühl, wieder siebzehn und unglücklicherweise in einer Zeitschleife gefangen zu sein.

Ich war immer noch verärgert darüber, dass Liv und Sten Ohlsen hinter meinem Rücken über mich sprachen. Und ich fragte mich, was sie wohl dazu bewogen hatte. Bei Liv fiel mir die Antwort leicht. Sie hatte vermutlich von Anni den Auftrag bekommen, sich um mich zu »kümmern«. Was auch immer das heißen mochte. Auch ihr Interesse, mich stärker in die Leitung unseres einstigen Hotels einbinden zu wollen, war verständlich.

Auch wenn ich es ihr gegenüber nicht zugegeben hätte, so war mir auch aufgefallen, dass unsere Mutter mit dem Job nicht besonders glücklich war.

Es stimmte, sie hatte jahrzehntelang das Sturmnest gemanagt, aber damals war es auch nicht mehr als eine kleine, familiäre Pension gewesen, die regelmäßig von langjährigen Stammgästen besucht wurde. Man kannte sich gut, sah über die eine oder andere Unzulänglichkeit hinweg und erfreute sich einfach an dem herzlichen Umgang miteinander. Nach dem Umbau und der Modernisierung durch Anni und Thies war das Sturmnest im 21. Jahrhundert angekommen und sprach mittlerweile eine ganz andere Klientel an. Und die forderte einen entsprechenden Service und eine gehobene Ausstattung. Anni hatte vor ihrer Abreise nach Vancouver zwar dafür gesorgt, dass die Standards festgelegt und erprobt waren und man sich einfach nur an ihren Managementplan halten musste, doch im Hotelbetrieb lief eben nicht alles nach Plan und oft war ein kreatives Krisenmanagement gefragt. Doch weder meine Mutter noch Sten Ohlsen schienen überhaupt zu bemerken, dass es eine Krise gab, auch wenn sie sich direkt vor ihnen auftat. So lavierten sie sich mehr oder weniger durch den Alltag, und selbst mir fiel nach kurzer Zeit auf, dass Annis vorgegebene Standards immer weiter aufgeweicht worden waren.

Da wurden Gäste vergessen, die am Bahnhof auf ihre Abholung warteten, Zimmer wurden doppelt belegt, weil bei der Reservierung Namen vertauscht wurden. Das Frühstücksbüfett war nicht mehr ganz so abwechslungsreich und die Strandkörbe und Gartenmöbel auf der Terrasse nicht mehr so gepflegt, wie man es bei einem Hotel dieser Preisklasse erwartete. Eigentlich waren es nur Kleinigkeiten, die man ohne größere Probleme in den Griff bekommen konnte.

Sten schien auch nicht gerade ein Meister der Organisation zu sein. Vielleicht war sein mangelnder Durchblick auch nur seinem Hauptjob als Investor geschuldet, der ihn ständig um die halbe Welt führte. Ich stellte es mir jedenfalls sehr zeitaufwendig vor, nach Unternehmen für zukünftige lukrative Geschäfte zu suchen. Da konzentrierte man sich ganz auf Zahlen und Bilanzen. Und nicht auf Menschen. Der Betrieb des Sturmnests musste für ihn nicht mehr als ein Hobby sein. Bedauerlicherweise ein Hobby, das etwas aus dem Ruder zu laufen drohte. Kein Wunder, dass er alles dafür getan hätte, mich zu diesem Job zu überreden.

Allerdings musste ich zugeben, dass sie nicht ganz unrecht damit hatten, die Führung eines Kreuzfahrtschiffes mit der Leitung eines Hotels zu vergleichen. Während meines Studiums hatte ich mich auf Seeverkehrs- und Hafenwirtschaft spezialisiert und zahlreiche Seminare im Bereich des Seetourismus, der Logistik und der Wirtschaftswissenschaften absolvieren müssen. Ich hatte eine gute Vorstellung davon, wie ein gut funktionierendes Hotel zu laufen hat. Das gehörte tatsächlich zum Basiswissen, wenn man als Kapitänin ein Kreuzfahrtschiff führen wollte. Dass mich dieses Wissen einmal dafür qualifizieren sollte, unser altes Sturmnest zu managen, damit hatte ich allerdings nicht gerechnet. Warum machte ich mir überhaupt Gedanken über die ganze Sache? Es gehörte ja nicht einmal mehr meiner Familie. Im Grunde genommen ging mich das Ganze gar nichts an, und genau das würde ich Sten Ohlsen und Liv bei nächster Gelegenheit auch klar machen.

* * *

Sten stand hinter der Rezeption und blätterte in irgendeiner Zeitschrift, als ich durch den kleinen Empfangsbereich des Hotels zur Einliegerwohnung wollte. Er blickte auf, legte eilig die Zeitschrift beiseite und begrüßte mich erfreut mit einem Lächeln.

»Hey, gut, dass du da bist. Du wirst sehnlichst erwartet.«

Ja, kann ich mir denken. Vermutlich hast du schon wieder mit Liv gesprochen. Welche Taktik habt ihr euch denn jetzt überlegt? Stattdessen sagte ich: »Tut mir leid, mein Bein tut höllisch weh. Ich muss mich dringend mal hinlegen.«

Er kam um die Rezeption herum und auf sein Gesicht trat ein besorgter Ausdruck.

»Brauchst du irgendetwas? Eis für kalte Umschläge? Schmerztabletten?«

»Nee, schon in Ordnung. Ich brauche einfach nur ein bisschen Ruhe.«

Ich hatte schon die Hand auf der Klinke zur Wohnung, als er sagte: »Im Garten wartet jemand auf dich.«

Ich drehte mich überrascht um.

Sten zuckte etwas ratlos mit den Schultern und meinte: »Ich kann ihn natürlich auch wieder wegschicken und behaupten, du wärst noch nicht da.«

»Ich bin mit niemandem verabredet.«

»Nun«, erklärte er trocken, »ich hab mir schon gedacht, dass das ein Überraschungsbesuch ist.«

Ich versuchte, durch die weit geöffnete Schiebetür der Frühstückslounge einen Blick in den Garten zu erhaschen.

»Kenn ich den?«

»Davon gehe ich aus.« Er sah mich vielsagend an. »Ihr seid schließlich verlobt.« Dann fügte er etwas unsicher hinzu: »Oder … nicht mehr verlobt?«

Ich starrte ihn an. Mit Nils Claasen hatte ich nicht gerechnet.

KAPITEL 12

Nils saß entspannt in einem Strandkorb, der der Meerseite zugewandt war, und nippte gedankenverloren an seinem Glas, in dem sich aller Wahrscheinlichkeit nach Apfelsaft befand. Er trank nie Alkohol, wenn er fuhr. Da war er konsequent. Im Gegensatz zu mir.

Er hatte mir keine Nachricht oder Mail geschickt, um sein Kommen anzukündigen. Das wusste ich deshalb so genau, weil ich extra auf dem Handy gecheckt hatte, ob ich vielleicht etwas übersehen hatte, und war erleichtert gewesen, dass dies nicht der Fall war. Vermutlich wollte er mich wirklich überraschen. Oder überrumpeln, damit ich unser Treffen nicht vorher absagen konnte.

In den Monaten, in denen ich in Brodershöved gewesen war, hatten wir uns weder gesehen noch gesprochen, nur Nachrichten geschickt. Und wäre es nach mir gegangen, dann wäre dies auch noch eine ganze Weile so geblieben.

Als ich den Garten betrat und ihn dort sitzen sah, war ich versucht, wieder ins Haus zu flüchten. Was vermutlich auch der Fall gewesen wäre, wenn Nils nicht in diesem Moment den Kopf gedreht und direkt in meine Richtung geblickt hätte.

»Millie!«

Er sprang auf und kam mir entgegen. Seine große, schlaksige Gestalt mit den langen Armen und Beinen, seine hellen, von Sonne und Meer ausgebleichten Haare, die markante Linie seines Kinns, die seine unverwechselbare hanseatische Noblesse unterstrich – alles an ihm war wie immer. Auch die selbstverständliche Geste, mit der er seine Hand auf meine Hüfte legte und mir einen Kuss auf die Wange hauchte, war mir nur allzu vertraut.

»Warum hast du nicht angerufen?«, schwindelte ich, ohne ihn anzusehen. »Dann hätte ich dich nicht so lange warten lassen.«

In Wahrheit hätte ich alles versucht, ihn von einem Besuch abzuhalten, notfalls mit Gewalt.

»Das hat sich … ganz spontan ergeben.«

Er lächelte dieses etwas unbeholfene Lächeln eines Menschen, der selten log und es doch gerade tat.

»Ich war … in der Nähe.«

Um uns beiden die Peinlichkeit zu ersparen, ging ich nicht näher darauf ein. Er hätte sich sowieso nur in fadenscheinige Erklärungen geflüchtet, die alles nur noch schlimmer gemacht hätten. Nils war ein unglaublich miserabler Lügner.

Ich deutete auf das Hotel. »Hast du Hunger? Ich könnte uns in der Küche schnell etwas zu essen machen.«

Er schüttelte den Kopf. »Vielleicht später.«

Er nahm meine Hand, ohne dass ich es verhindern konnte, und zog mich mit zum Strandkorb.

»Ich möchte erst mal wissen, wie es dir geht. Ist mit dem Bein alles wieder in Ordnung?« Ein kurzer prüfender Blick. »Man merkt dir kaum noch was an beim Gehen.«

»Ja, danke. Ich hatte wirklich gute Physiotherapeuten.«

Statt mich zu ihm in den Strandkorb zu setzen, nahm ich lieber in dem Gartenstuhl aus Teakholz Platz, der in sicherer

Entfernung danebenstand. Er bemerkte es mit einem leichten Stirnrunzeln, kommentierte es aber nicht weiter.

»Ich habe gehört, dass du wieder arbeitest. In einer Segelschule.«

Er war erstaunlich gut informiert. Ich musste wirklich dringend ein ernstes Wort mit Sten Ohlsen wechseln. Der entpuppte sich als wahre Plaudertasche.

»Na ja, es ist mehr ein Aushilfsjob als eine richtige Arbeit. Ich habe den Theorie-Unterricht für meinen alten Segellehrer übernommen.«

Er nickte eine Spur zu begeistert. »Nein, nein. Ich finde es gut, dass du wieder nach vorne blickst. Dass du etwas tust, was dir Spaß macht, was deine Leidenschaft ist. Das ist genau der richtige Weg, um mit der ganzen Sache umzugehen.«

Er sah mich irgendwie erleichtert an, und für einen kurzen Moment erwartete ich, dass er mir aufmunternd auf die Schulter klopfte.

»Es ist schön zu sehen, dass es dir gut geht.« Nach einer kleinen Pause fügte er hinzu: »Ich meine, nach allem, was passiert ist.«

Ich sah ihn misstrauisch an. »Wie gesagt, es ist nicht mehr als ein Aushilfsjob. Aber es macht Spaß und ich kann wieder raus aufs Meer.«

»Das ist gut, Millie, wirklich gut.«

Für einen Moment herrschte betretenes Schweigen. Anscheinend hatten wir uns außer oberflächlichem Small Talk nicht mehr viel zu sagen.

»Und? Wie geht's dir? Solltest du nicht längst auf der Brücke der *Ophelia* stehen?«

»Ja. Stimmt.« Er lächelte wieder dieses zaghafte Lächeln und irgendetwas sagte mir, dass das schlechte Gewissen, das er an den Tag legte, nicht allein der Tatsache geschuldet war, dass er unangemeldet hier aufgetaucht war.

»Es ist in Ordnung, Nils. Es macht mir nichts aus. Ich weiß, wie sehr du dir diesen Posten gewünscht hast.«

Es war die Position des Zweiten nautischen Wachoffiziers an Bord des Kreuzfahrtschiffes und es hätte eigentlich mein Job werden sollen.

Nils schaffte es nicht, mich anzusehen, und spielte mit dem halb leeren Glas Apfelsaft, um seine Nervosität zu überspielen. »Die *Ophelia* liegt gerade vor Kopenhagen. Ich habe mir ein paar Tage freigenommen, weil ich dich unbedingt sehen wollte.«

Ich lächelte ironisch. »Verstehe. Obwohl mir bislang nicht bewusst war, dass Kopenhagen ganz in der Nähe von Brodershöved liegt.«

Er wurde tatsächlich etwas rot, weil ich ihn bei seiner Lüge ertappt hatte.

»Na ja, wie auch immer. Es ist jedenfalls schön, dass du da bist.« Das stimmte tatsächlich. Nach dem ersten Schock, ihn so unvermutet im Garten unseres Sturmnests zu sehen, gewöhnte ich mich an seine Gesellschaft. Und es war auch gar nicht so schlimm, wie ich befürchtet hatte.

»Willst du bis morgen bleiben? Ist kein Problem. Die Einliegerwohnung ist riesengroß, und meine Mutter hat sicher nichts dagegen, wenn du bei uns übernachtest.«

»Millie, ich …«, kam es zögernd von Nils.

»Oder ich frage Sten, ob im Sturmnest noch ein Zimmer frei ist, falls dir das lieber ist«, schlug ich vor.

»Millie … ich denke nicht, dass ich über Nacht bleibe.«

»Nein?«

Er schüttelte den Kopf.

Ich sah ihn prüfend an. »Nils?«

Er blickte auf.

»Warum bist du hier?«

Ich sah, wie sich sein Brustkorb in einem langen Atemzug hob, so, als bereite er sich auf einen Sprung ins eiskalte Wasser vor.

»Weil ich dir was erzählen muss, Millie.« Er hatte wieder diesen leicht gequälten Ausdruck in den Augen. »Oder besser gesagt, weil ich dir etwas erklären will.«

Es ist komisch, dass etwas, das man klar und deutlich ausspricht, einen trotzdem überraschen kann, auch wenn es schon seit langer Zeit offensichtlich ist.

Ich hätte Nils vor Erleichterung um den Hals fallen müssen, als er da todunglücklich im Garten vor mir saß und beteuerte, wie sehr er es bedauerte, dass unsere Beziehung auf diese Art und Weise ein Ende fand. Immerhin hatte ich in den letzten Wochen nicht den Mut gefunden, den völlig unsicheren Status unserer Verlobung mit ihm zu klären, obwohl alles in mir danach schrie, einen Schlussstrich zu ziehen. Ich liebte ihn nicht mehr, vielleicht, wenn ich ganz ehrlich war, hatte ich ihn nie so geliebt, wie er es eigentlich verdiente.

Dass es ihm damit ähnlich ging, damit hatte ich allerdings nicht gerechnet.

* * *

»Ernsthaft? Seine alte Oberstufenliebe?«

Sten Ohlsen sah mich verwundert an.

Ich nickte. »Ernsthaft. Klara van Kroge.«

Stens Augenbrauen wanderten ungläubig noch ein Stück höher.

»Jetzt guck nicht so. Das ist wirklich ihr Name. Sie hat sich gerade von ihrem Mann getrennt und ist mit ihrer Schwester auf der *Ophelia,* um mal auf andere Gedanken zu kommen. Hat super funktioniert.«

»Und da laufen die sich nach fünfzehn Jahren wieder über den Weg? Und fangen sofort was miteinander an? Komm schon, das gibt's doch nur in amerikanischen Liebeskomödien.«

»Yepp.« Ich nahm einen großen Schluck aus meinem Weinglas. »Und im wahren Leben.«

Ich blickte von Sten Ohlsens Terrasse, die zu der kleinen Dachgeschosswohnung über dem Sturmnest gehörte, auf die Ostsee hinaus.

»Dabei hatte er sich damals von ihr getrennt, weil sie so geklammert hat.«

Ich sah Sten über den Rand meines Weinglases hinweg an, bevor ich den nächsten großen Schluck nahm.

»Die wollte gleich nach dem Abi die Hochzeit bekannt geben. Da hat er die Notbremse gezogen und ist für ein Jahr zum *work 'n' travel* nach Neuseeland geflohen. Hat er mir jedenfalls erzählt, als *wir* noch zusammen waren.«

Sten sah mich nachdenklich an, als ich zur Weinflasche griff, um mir nachzuschenken. Manchmal musste es einfach Alkohol sein.

»Bist du wütend auf ihn?«

Seine Frage klang interessiert.

»Nein! Natürlich nicht!«

»Verstehe.« Er nickte vielsagend. »Dann gibt es sicherlich einen ganz anderen Grund dafür, dass ich dich im Vorratsraum dabei erwischt habe, wie du unser Weinlager plündern wolltest.«

Er schickte ein breites Grinsen hinterher, das mich dazu veranlasste, auf keinen Fall ein schlechtes Gewissen zu bekommen, weil ich mich ungefragt an seinem Alkoholvorrat bedient hatte.

»Bei meiner Mutter im Kühlschrank war nur Wodka.« Ich schenkte ihm ebenfalls ein Lächeln. »Das harte Zeug ist nichts für mich.«

»Der kommt übrigens auch aus Neuseeland.« Er hob die Weinflasche, um mir das Etikett zu zeigen. »Ein ganz passabler Sauvignon, wie ich finde. Du hast einen guten Geschmack.«

Ich prostete ihm zu. »Dann passt es ja. Auf Nils Claasen und seine neue Liebe.«

Wir nippten beide an unseren Gläsern.

Er räusperte sich kurz.

»Das hört sich ein bisschen bitter an, wenn ich dir das sagen darf.«

»Bitter? Nein. Aber irgendwie finde ich es erstaunlich, dass er keine zwei Monate nach unserer Verlobung …«

»Eurer geplatzten Verlobung«, unterbrach mich Sten besserwisserisch.

»Wie auch immer«, fuhr ich unbeeindruckt fort. »Dass er zwei Monate danach schon wieder eine Neue hat.«

»Eigentlich ist es ja die Alte.« Das Kichern, das er seinen Worten hinterherschickte, klang etwas albern. Was daran liegen konnte, dass wir bereits bei der zweiten Flasche des neuseeländischen Sauvignons angekommen waren. Der Wein war wirklich süffig, passte perfekt zu diesem warmen Septemberabend, schmeckte nach exotischen Früchten und hatte eine feine Säure.

»Das war gemein.« Ich sah ihn tadelnd an.

»Stimmt.« Er senkte reumütig den Blick. »Sorry.«

Wir schwiegen einen Augenblick und starrten einträchtig auf die Ostsee, die im hellen Mondlicht unter dem klaren Sternenhimmel schimmerte. Am Horizont waren die Positionslichter eines großen Schiffes zu erkennen, bestimmt eine der Fähren, die von Kiel rüber nach Schweden fuhren, oder ein Frachter auf dem Weg ins Baltikum. Wehmut überkam mich, wie jedes Mal, wenn ich eins der großen Schiffe sah.

»Wenn ich ehrlich bin, bin ich froh, dass er mir die Entscheidung abgenommen hat.« Ich starrte weiter aufs Meer. »Ich hab mich die letzten Wochen immer davor gedrückt, mit ihm zu sprechen. Über uns zu sprechen und wie es mit uns weitergehen soll.«

Ich war mir nicht sicher, ob Sten mir überhaupt zugehört hatte, denn er schwieg eine ganze Weile. Schließlich hörte ich ihn tief durchatmen.

»Du gehst unangenehmen Dingen lieber aus dem Weg, stimmt's?«

»Nein, eigentlich nicht.« Ich wand mich in dem Loungesessel. »Aber manchmal sage ich dann Sachen, die ich besser nicht sagen sollte.«

Er schwieg.

»Ich mag Nils«, fuhr ich nach einer kurzen Pause fort, »er ist ein netter Kerl. Und ich …«

Ich suchte nach einer Erklärung für mein Verhalten, das mir selbst völlig irrational vorkam, und gab es schließlich auf, eine Antwort zu finden.

»Keine Ahnung. Wahrscheinlich wollte ich ihn nicht verletzen.«

Ich sah fragend zu Sten.

»Ergibt das irgendeinen Sinn?«

Er dachte einen Moment darüber nach und nickte.

»Ja. Allerdings würde ich davon ausgehen, dass die Basis eurer Beziehung nicht gerade die große, leidenschaftliche Liebe gewesen ist. Von der Romantik ganz zu schweigen.«

Ich musste laut lachen. Seine trockene, humorvolle Art, die Dinge auf den Punkt zu bringen, begann mir zu gefallen.

»Da spricht der Experte. Dreimal verlobt. Einmal verheiratet. Da sammelt man Erfahrungen.« Ich setzte eine beeindruckte Miene auf. »Vermutlich besitzt du auch noch Anteile an einem wahnsinnig erfolgreichen Datingportal, das dich so unermesslich reich und erfahren gemacht hat.«

Er schüttelte den Kopf. »Die Liebe ist ein unsicheres Geschäft. Da lasse ich lieber die Finger von.«

Ich nippte an meinem Wein und beobachtete ihn über den Rand des Glases hinweg.

»Unsicheres Geschäft? Interessante Sicht auf die Dinge. Beurteilst du alles nach geschäftlichen Gesichtspunkten?«

Er zog die Stirn kraus und nahm eine abwehrende Haltung ein.

»Falls du mir wieder unterstellen willst, ich hab Böses mit dem Sturmnest im Sinn, dann muss ich entschieden protestieren.«

Ich konnte ihn beruhigen. An das Sturmnest hatte ich dabei nicht gedacht.

»Warum ist jemand wie du allein?«

Er verschluckte sich fast an seinem Wein. Ich reichte ihm eine Serviette und sah ihn beruhigend an. »Das ist keine Fangfrage. Ich meine, selbst so irre Typen wie Bill Gates oder Elon Musk oder Jeff Bezos sind verheiratet und haben Kinder. Warum nicht auch du?«

»Ja, warum eigentlich nicht?« Er atmete tief durch und sagte dann: »Mal abgesehen davon, dass ich geschmeichelt bin, mit Bill Gates oder Elon Musk in einen Topf geworfen zu werden, bin ich nicht annähernd so reich wie diese Typen.« Er sah mich mit diesem unschuldigen Grinsen an, dem man kaum widerstehen konnte.

Ich durchschaute sein Manöver.

»Schwacher Versuch. Du lenkst ab.«

Ich nahm die Flasche, um den Rest des Weins auf die Gläser zu verteilen.

Es schien ihn zu amüsieren. »Falls du glaubst, der Alkohol lockert meine Zunge, vergiss es. Ich vertrage eine ganze Menge.«

»Komm schon.« Ich schaute ihn unbeeindruckt an. »Ich habe dir gerade einen tiefen Einblick in mein Liebesleben gegeben und du kneifst?«

Das konnte er nicht auf sich sitzen lassen.

»Okay. Vermutlich liegt es daran, dass ich immer die Falschen treffe.«

»Ganz schön billig, die Schuld deiner Ex-Frau in die Schuhe zu schieben. Oder Ex-Verlobten.«

»Nein. So war das nicht gemeint.« Er nahm einen auffällig großen Schluck von seinem Wein. »Eigentlich bin ich gern allein. Beziehungen setzen mich unter Druck.« Er sah mich triumphierend an. »Mir geht's da wie deinem Nils.«

»Meinem Nils?«

»Ja. Der ist auch lieber nach Neuseeland geflüchtet, als seiner Jugendliebe das Jawort zu geben.«

»Er war neunzehn! Bisschen früh, um zu heiraten.« Ich sah ihn tadelnd an. »Der Vergleich hinkt. Du bist doppelt so alt.«

»Das war jetzt auch gemein. Ich bin siebenunddreißig. Und mit dem Alter hat das nichts zu tun.« Er schüttelte energisch den Kopf. »Entweder man kann das oder man kann es nicht.«

»Heiraten?«, fragte ich, nur um sicherzugehen.

»Ja. Heiraten. Beziehungen. Familie. Und so weiter.«

Ich dachte einen Moment darüber nach.

»Das hört sich an, als brauchte man dafür ein Diplom.«

Er nickte entschieden. »Die Hälfte der Menschheit wäre glücklicher, wenn dem so wäre.«

Das klang überraschend desillusioniert.

»Nun, eins steht fest.« Ich atmete tief durch und spürte, wie er interessiert den Blick hob. »An dir ist auch kein großer Romantiker verloren gegangen.«

Sein Lächeln war milde. »Dann wären wir schon zu zweit.«

»Richtig. Allerdings gibt's da eine Sache, die mich irritiert.«

Er legte die Stirn in Falten, als er mich aufmerksam musterte.

»Und die wäre?«

»Wenn dir das alles zu viel ist, warum bist du dann ausgerechnet bei uns gelandet?«

»Wie meinst du das?«

Ich trank den Rest des Weins, bevor ich antwortete: »Meine Mutter und Liv behandeln dich, als wärst du ein lange verschollenes Familienmitglied. Und soweit ich das bei Anni mitbekommen habe, hält sie dich für eine Art Seelenverwandten. Das ist ganz schön viel Familie für jemanden, der keine Familie mag.« Ich sah ihn offen an. »Komisch, oder?«

Er schwieg einen Moment, so, als müsste er sich die nächsten Worte ganz genau überlegen.

»Du hast recht. Das ist komisch. Muss ich wirklich mal drüber nachdenken.«

Ich wollte mein Glas erneut auffüllen, doch die Flasche war leer. Im Kühlschrank befand sich noch Nachschub, den wir aus dem Weinlager mit hochgebracht hatten.

Als ich mich erhob, begann sich alles um mich herum zu drehen. »Hoppala …«

Ich spürte, wie Sten aufsprang, um mich festzuhalten. Für einen Moment lagen wir uns in den Armen und ich konnte seinen warmen Körper durch das T-Shirt auf meiner Haut spüren.

Ich blickte ihn an und unsere Gesichter waren nur Zentimeter voneinander entfernt. Es wäre ein Leichtes gewesen, seine Lippen mit den meinen zu berühren.

Was bei näherer Betrachtung völlig idiotisch war.

Ich wollte nichts von Sten Ohlsen.

Rein gar nichts.

Dann war der Moment vorbei und Sten schob mich etwas von sich weg.

»Ich glaube, wir sollten den Abend an dieser Stelle beenden. Das war mehr Wein, als wir beide vertragen.«

Womit er nicht ganz unrecht hatte. Ich fühlte mich ziemlich betrunken.

»Yepp. Guter Plan.« Ich nickte entschieden.

Er legte mir den Arm um die Taille und führte mich durch die Dachgeschosswohnung.

»Ich komme mit runter. Wenn du jetzt betrunken die Treppe runterfällst, wirst du deinen schlechten Ruf nie wieder los.«

Auch damit lag er nicht falsch. Aber wenigstens würde ich diesmal keine Luxuskarre schrotten. Ich begann, unkontrolliert zu kichern.

»Weißt du was?«

Er schüttelte den Kopf. »Nö.«

»Mein schlechter Ruf fängt an, mir zu gefallen.«

Er sah mich irritiert an. Was dazu führte, dass wir einen Moment abgelenkt waren und die letzten Stufen laut polternd hinunterstolperten. Im letzten Moment hielten wir uns am Treppengeländer fest, um nicht auf dem Boden zu landen.

»Schschsch …«

Sten legte den Zeigefinger auf die Lippen und lachte unterdrückt, als wir uns wieder aufrappelten.

»Wir wecken das ganze Haus.«

Ich hob lässig eine Hand. »Keine Sorge, Mama schläft tief und fest.« Ich musste wieder kichern. »Ich glaube, das hab ich vor zehn Jahren zum letzten Mal gesagt. Als ich heimlich 'nen Typen mit nach Hause brachte.«

Wir standen vor der Tür zur Einliegerwohnung. Ich holte tief Luft und sah Sten an.

»Danke fürs Heimbringen. Du bist ein echter Gentleman.«

»Gern geschehen. Und ich hab zu danken. Für den netten Abend. Das war sehr … erhellend.«

Er nickte mir knapp zu und wollte wieder hoch in seine Wohnung. Ich hatte meine Tür schon einen Spaltbreit geöffnet, als er auf der Treppe stehen blieb.

»Millie?« Seine Stimme war kaum mehr als ein Flüstern.

Ich sah ihn an. »Ja?«

»Ich mag ihn auch.«

Ich musste ihn irritiert angeschaut haben, denn nach einem Moment fügte er hinzu: »Deinen schlechten Ruf, meine ich. Bei dir weiß man immer, woran man ist. Das gibt es nicht so oft.«

Bevor ich etwas erwidern konnte, hob er die Hand zum Gruß und sprang mit großen Schritten, zwei Stufen auf einmal nehmend die Treppe hoch. Ich sah ihm amüsiert hinterher, schüttelte kurz den Kopf und schloss dann hinter mir die Tür.

KAPITEL 13

Der neuseeländische Wein, den wir getrunken hatten, musste tatsächlich zur gehobenen Preisklasse gehört haben, denn als ich am nächsten Morgen aufwachte, war ich nach einer ausgiebigen Dusche erstaunlich fit. Und fast ohne Kopfschmerzen. Meine Mutter saß bereits am Küchentisch und empfing mich mit einer Tasse Kaffee und frischen Brötchen. Es brachte gewisse Vorteile mit sich, wieder daheim zu wohnen, stellte ich mit dem Anflug eines schlechten Gewissens fest.

»Morgen, Mama.« Ich hauchte ihr einen Kuss auf die Schläfe und setzte mich an den gedeckten Tisch. Sie blickte kurz von ihrer Lektüre auf und schenkte mir ein Lächeln. Sie las immer noch wie jeden Morgen, seit ich denken kann, ausgiebig den Regionalteil der Ostseezeitung.

»Morgen, mein Schatz, gut geschlafen?«

Ich nickte und goss mir Kaffee ein.

»Ich muss gleich los. Petersen will mit den Anfängern heute Nachmittag auf den Booten raus.«

Sie nickte etwas geistesabwesend und steckte ihre Nase wieder in die Zeitung, während ich mir ein Brötchen schmierte. Ich wartete darauf, dass sie einen Kommentar zu meinem gestrigen Besuch bei Ohlsen machte, aber sie hatte es wohl gar nicht mitbekommen.

»Nils war übrigens gestern da. Ich soll dich grüßen.«

»Hmm … lieben Gruß zurück.« Sie blickte nicht auf, und ich war mir sicher, dass sie mir gar nicht richtig zugehört hatte. Ich hatte das Brötchen bereits mit der selbst gemachten Apfelmarmelade bestrichen, die niemand so gut hinbekam wie meine Mutter, als sie erstaunt innehielt.

»Wer war gestern da?«

»Nils. Mein Verlobter, du erinnerst dich?«

»Natürlich weiß ich, wer Nils ist«, gab sie empört zurück und legte die Zeitung beiseite. »Und? Wie war's? Was hat er gesagt?«

»Eigentlich nicht viel. Aber es war ein gutes Gespräch. Er ist jetzt übrigens mein Ex-Verlobter, Mama.«

»Oh, nein …« Sie griff mitleidig nach meiner Hand. »Das tut mir so leid für euch, Kleines. Er war so ein netter Mensch.«

»Du kennst ihn doch kaum.« Ich lächelte sie schief an. »Aber du hast recht. Er *ist* immer noch ein netter Kerl. Und jetzt wieder mit seiner Ex-Freundin zusammen.«

»O Gott!« Sie sah mich erschrocken an.

»Sie wollen so schnell wie möglich heiraten. Was sicherlich ganz praktisch ist. Immerhin ist die Hochzeit für September von der Familie durchgeplant. Nur eben mit einer anderen Braut.«

»Das ist schrecklich!« Auf ihrem Gesicht spiegelte sich eine Mischung aus Entsetzen und Ratlosigkeit. »Wie kannst du nur so ruhig bleiben?«

Ich ließ mir mit der Antwort Zeit. Schließlich trank ich noch einen Schluck Kaffee und beschloss, ihr lieber die Kurzversion meiner Gründe darzulegen. Alles andere hätte nur zu endlosen Diskussionen geführt.

»Weißt du, Mama, Nils und ich sind uns einig, dass unsere Beziehung nicht das war, was wir beide uns davon erhofft hatten. Das hilft ungemein, um ruhig zu bleiben.«

Sie schüttelte nur verständnislos den Kopf.

»Also, ehrlich, Millie, manchmal gebt ihr mir Rätsel auf. Ihr und eure Beziehungen.«

Sie betonte das letzte Wort, als wäre es etwas Mysteriöses, und faltete die Zeitung säuberlich zusammen.

»*Nicht das, was wir uns erhofft hatten.*« Es schien sie tatsächlich ratlos zu machen. »Als würdest du dir einen Mercedes zur Probefahrt ausleihen.«

Ich konnte mir ein Grinsen nicht verkneifen. Bei näherer Betrachtung hatte Nils durchaus Ähnlichkeit mit einem Mercedes: Solide. Gehobene Ausstattung. Absolut zuverlässig.

Meine Mutter sinnierte weiter: »Vielleicht liegt es ja an diesen ganzen Dating-Apps und Algorithmen, dass ihr glaubt, die Liebe ließe sich planen. Und dann macht ihr euch auf die Suche und probiert aus, sucht weiter und probiert und könnt euch nicht festlegen. Denn vielleicht verpasst ihr ja etwas oder jemanden. Und auf einmal ist es zu spät und ihr habt euer halbes Leben damit vertrödelt, den einen perfekten Partner zu finden, den es nicht gibt. Wie soll man denn da glücklich werden?«

Ich starrte sie an und war für einen Moment sprachlos. Sie hob abwehrend die Hand.

»Ich weiß, ich weiß, mein Schatz. Ich sollte mich da nicht einmischen. Es ist schließlich dein Leben. Aber das musste mal gesagt werden.«

»Ja. Das … glaub ich auch.«

Sie stieß einen langen, melodramatischen Seufzer aus. »Vielleicht ist es aber auch genetisch bedingt, dass ihr es euch mit der Liebe so schwer macht.«

»Genetisch?« Das wurde ja immer besser.

»Ja. Weil dein Vater und ich …, weil wir es auch nicht geschafft haben, miteinander glücklich zu werden.«

»Nun«, ich schluckte den letzten Bissen des Brötchens hinunter, »ich glaube, da kann ich dich beruhigen. Das ist ganz bestimmt nicht der Grund.«

Sie sah mich schuldbewusst an. »Bist du dir da sicher?«

»Absolut sicher, Mama.« Ich tätschelte beruhigend ihre Hand. »Mein Liebesleben hat absolut nichts mit deinem Liebesleben zu tun. Da bin ich mir hundertprozentig sicher.«

»Wirklich?«

»Wirklich.«

»Dann bin ich beruhigt.« Sie schien tatsächlich erleichtert. »Obwohl ich immer noch nicht verstehe, warum das mit dir und Nils nicht geklappt hat. Immerhin wart ihr schon verlobt. Da überlegt man sich doch vorher, ob das miteinander klappt.«

Sie hatte nicht ganz unrecht und vermutlich lag genau da das Problem.

»Ich kann dir versichern, Mama, falls mich noch einmal jemand bittet, seine Frau zu werden, werde ich ihm erst nach gründlicher und reiflicher Überlegung eine Antwort geben.« Nach einer kurzen Pause fügte ich hinzu. »Und vorher keinen Cava trinken.«

* * *

Als ich mich kurze Zeit später auf das alte Hollandrad schwang und den schmalen Klippenweg hinunter zur Promenade fuhr, war meine Laune ausgesprochen gut. Vielleicht lag es an diesem herrlichen Sommertag, der mit einer sanften Brise, blauem Himmel, dem Kreischen der Möwen und strahlendem Sonnenschein daherkam, als hätte ihn das schleswig-holsteinische Touristenbüro extra für eine Werbebroschüre bestellt. Natürlich konnte es auch daran liegen, dass sich mit Nils' unverhofftem Besuch etwas von mir verabschiedet hatte, was seit Wochen wie eine dunkle Wolke auf meiner Seele gelegen hatte. Ich war wieder frei, musste niemandem mehr Rechenschaft darüber ablegen (und sei es auch nur in Gedanken), warum ich dieses oder jenes sagte oder eben nicht. Und ich musste mir keine Sorgen mehr darüber machen, ob ich jemandem das Herz brechen würde. Ich war nicht mehr für Nils' Seelenfrieden verantwortlich. Die Tatsache, dass er mit jemand, der tatsächlich Klara van Kroge hieß (allein der Name war der Brüller), doch noch das große Glück gefunden hatte, half ebenfalls dabei, kein schlechtes Gewissen mehr zu haben.

Während ich über den Sandweg schlingerte, kamen mir die Worte meiner Mutter in den Sinn, und ich fragte mich, ob sich mein Vater wohl auch so gefühlt hatte, als er seine kleine Familie verließ, um irgendwo ein neues Leben anzufangen. Unwillkürlich musste ich lachen. Vielleicht hatte meine Mutter doch nicht so unrecht und es war tatsächlich genetisch bedingt. Was bei genauer Betrachtung natürlich Unsinn war. Mal ganz davon abgesehen, dass ich mir überhaupt kein Urteil darüber bilden konnte, ob ich eine gewisse Beziehungsunfähigkeit von meinem Vater geerbt haben konnte oder nicht. Im Grunde erinnerte ich mich kaum an ihn. Ganz im Gegensatz zu Anni und Liv, die schon älter waren, als mein Vater uns verließ. Ich hatte eine glückliche Kindheit und ihn eigentlich nie vermisst. Auch war ich ziemlich schnell zu der Überzeugung gelangt, dass es bei uns wesentlich besser lief als in den Familien meiner meisten Schulfreundinnen. Da hing der Haussegen regelmäßig schief, weil deren Eltern sich schon lange nichts Liebevolles mehr zu sagen hatten und man die Spannungen zwischen ihnen spüren konnte wie das elektrische Knistern in der Luft bei einem heraufziehenden Gewitter. Auf jeden Fall hatte es mich gelehrt, dass man nicht unbedingt einen Mann an seiner Seite brauchte, um das Leben zu meistern. Meine Mutter hatte es auch ohne einen bestens hinbekommen. Und ich beschloss, in absehbarer Zeit nicht wieder in die Falle zu tappen und mich zu schnell zu binden. Da würde ich es so halten wie Sten Ohlsen. Und bei diesem Gedanken musste ich aus irgendwelchen unerklärlichen Gründen wieder lachen.

* * *

Der Tag verlief genauso harmonisch, wie er begonnen hatte. Und das hätte mich bereits misstrauisch werden lassen sollen. Selbst Dirk, der Frührentner aus Recklinghausen, nörgelte nicht am Unterricht herum, folgte interessiert meinen Ausführungen zur Segeltheorie und schrieb eifrig mit, als ich die verschiedenen Kurse zum Wind erklärte. Nach der Mittagspause hatten wir ideale Wetterbedingungen, um mit den Anfängern die ersten Segelmanöver zu üben. Zur Begeisterung aller ging es hinunter an den kleinen Anleger der Segelschule, wo die Jollen bereits auf uns warteten.

Naturgemäß verlief die erste praktische Segelstunde chaotisch, und nur ein junges Mädchen aus der Gruppe schaffte es, mit ihrem Boot nahezu unfallfrei abzulegen. Der Teenager, der kaum ein Wort sagte und mich während des Unterrichts nicht ansah, hatte Talent. Ich würde ihr in den kommenden Stunden mehr Aufmerksamkeit schenken. Alle anderen gingen baden, was zur allgemeinen Erheiterung beitrug.

Am späten Nachmittag waren wir alle nass, erschöpft, aber glücklich. Ich ging hinüber zu Livs Büro, nachdem ich mich von Petersen und meinen Schülern verabschiedet hatte.

Liv saß hinter ihrem Schreibtisch, einen Stapel Unterlagen vor sich und Wim auf dem Schoß.

»Gut, dass du kommst.«

Sie sprang auf und drückte mir ungefragt meinen Neffen in den Arm, der missbilligend das kleine Gesicht verzog.

»Kannst du mal kurz auf ihn aufpassen. Ich muss die neuen Buchungen ins System eintragen, bevor ich hier völlig im Chaos versinke.«

Wim sah mich skeptisch an, und ich war für einen Moment überrumpelt. Ich hatte Liv eigentlich nur fragen wollen, was ich am Abend zum Grillen mitbringen sollte. Vom Babysitting hielt ich nicht gerade viel.

Liv sah kurz auf und grinste breit.

»Keine Angst, er beißt nicht.«

Ich schenkte meinem Neffen einen ähnlich skeptischen Blick wie er mir.

»Das hoffe ich doch sehr.«

Ohne aufzublicken, fuhr Liv fort: »Geht doch kurz runter zum Strand. Er liebt es, im flachen Wasser zu planschen.«

Ich schüttelte energisch den Kopf. »Auf keinen Fall. Ich bleibe in deiner Nähe.«

»Feigling.«

Lieber ein Feigling, als sich von einem Kleinkind terrorisieren zu lassen.

»Ich kann ihm ein Eis spendieren«, sagte ich stattdessen. »Ein Joghurteis. Das hört sich fast gesund an.«

»Okay. Aber nur eine kleine Kugel. Und sorg dafür, dass er es nicht in die Finger bekommt. Die Flecken kriegst du nie wieder raus.«

* * *

Eine halbe Stunde später schlummerte Wim mit eisverschmiertem Gesicht friedlich im Kinderwagen neben Livs Schreibtisch. Währenddessen rubbelte ich mit einem Papierhandtuch die klebrigen dunklen Stellen meines Poloshirts, was alles nur noch schlimmer machte.

»Wenn mir der alte Petersen das Shirt in Rechnung stellt, darfst du es bezahlen.«

»Selbst schuld«, kam es unbeeindruckt von Liv. »Mit Joghurteis wäre das nicht passiert.«

»Das gab's aber leider nicht mehr.«

»Und dann musste es unbedingt Schoko sein? Dunkle Schoko?«

»Dein Sohn hat eben Geschmack«, gab ich lapidar zurück.

»Der hat keinen Geschmack, der weiß nur, dass er bei mir damit nicht durchgekommen wäre.« Sie sah von ihrer Arbeit auf und schenkte mir ein Lächeln. »Da gibt's nur Dinge, die keine Spuren hinterlassen, die nicht so aussehen, als hätte jemand auf dem Klo …«

»Stopp!« Ich unterbrach sie energisch. »Sprich es bloß nicht aus!«

Sie zuckte gleichmütig mit den Schultern und konzentrierte sich wieder auf den Computer. »Cleverer Bursche. Hat er von mir.«

Ich sah ein letztes Mal an mir hinunter und kam zu der Erkenntnis, dass sich das hellblaue Shirt mit dem Logo der Segelschule wohl nicht mehr retten lassen würde.

»Wann soll ich denn heute Abend bei euch sein?«

»So gegen sieben. Und kannst du noch etwas zu trinken mitbringen?« Sie tippte weiter auf der Tastatur des Computers herum.

»Das wäre meine nächste Frage gewesen. Bier oder Wein?«

Liv blickte kurz auf. »Gern auch was ohne Alkohol. Und Jewe hat ein paar von diesen veganen Burgern für dich besorgt.«

»Prima. Dann bis später.«

Ich war schon fast draußen, als Liv noch etwas einfiel.

»Warte mal, Millie. Kannst du Sten wegen der Uhrzeit Bescheid sagen? Oder kommt doch einfach zusammen zu uns.«

Ich muss wohl etwas überrascht ausgesehen haben, denn sie fragte: »Du hast doch kein Problem mit Sten? Jewe hat ihn eingeladen. Oder bist du wegen der Hotelsache noch sauer auf ihn?«

Ich schüttelte den Kopf. »Überhaupt kein Problem.«

Liv runzelte die Stirn. »Du siehst aber so aus. Und das soll doch ein netter Abend werden.«

»Wird er auch. Und keine Sorge, was Sten betrifft. So langsam fang ich an, ihn zu mögen.«

»Aha.« Wirklich überzeugt schien Liv nicht zu sein. »Dann ist ja gut.«

An der Tür drehte ich mich noch einmal um und grinste meine große Schwester an.

»Für ihn arbeiten werde ich aber trotzdem nie.«

Bevor Liv noch etwas erwidern konnte, war ich auch schon draußen und musste lachen, als ich mir ihr empörtes Gesicht vorstellte, mit dem sie mir jetzt bestimmt hinterherschaute.

KAPITEL 14

»Wisst ihr eigentlich, dass sich der Absatz für Fleischersatz-produkte in den letzten Jahren mehr als verdreifacht hat? Das ist ein ungemein dynamischer Markt.«

Sten Ohlsen biss beherzt in den riesigen Hamburger, den er sich mit einer Akribie belegt hatte, die mich ehrfürchtig staunen ließ.

Er kaute zufrieden und blickte zu Jewe, der noch am Grill stand. »Schmeckt super.«

Ich hatte mir ebenfalls einen Hamburger gemacht und konnte sein Urteil nur bestätigen.

»Mal abgesehen davon, ob's profitabel ist oder nicht, der Burger ist wirklich gut.«

Bootsmann, Jewes Hund, schien der gleichen Meinung zu sein, denn er saß neben mir und ließ mich und den Fleischklops nicht aus den Augen. Der Ärmste ahnte sicherlich nicht, dass dieser hauptsächlich aus Erbsen und Rote-Bete-Saft bestand.

Wir waren vor knapp einer Stunde mit den Fahrrädern bei Liv und Jewe angekommen und saßen nun in dem großen Garten, der zu Jewes Elternhaus gehörte. Es war eine dieser typi-schen alten Fischerkaten, mit moosbedecktem Reetdach und einer kleinen Eingangstür, an der man sich den Kopf stieß, wenn man

154

nicht aufpasste. Seit Jewes Mutter vor einem Jahr ausgezogen war und nun in einer kleinen Wohnung gleich neben der Dorfkirche von Brodershöved lebte, hatten meine Schwester und Jewe angefangen, das Haus zu renovieren. Besonders weit waren sie noch nicht gekommen. Man musste höllisch aufpassen, um beim Hineingehen nicht über Farbeimer, roh gezimmerte Holzbalken und meterlange Kupferrohre für die neue Heizung zu stolpern. Doch auch im halb fertigen Zustand verströmte ihr Zuhause eine Behaglichkeit, die die meisten modernen Häuser vermissen ließen.

Liv kam aus der Küche zu uns auf die Terrasse, in der einen Hand eine Flasche Bier, in der anderen ein Tablett mit Fischen, die sie schon gewürzt und auf einen Holzspieß gesteckt hatte.

»Fangfrische Makrelen. Hat Inken direkt vom Kutter mitgebracht.«

»Gibt's mittlerweile eigentlich auch Fischersatzprodukte?« Inken erschien mit einer Schüssel Kartoffelsalat in der einen und einem Baguette in der anderen Hand hinter Liv und sah fragend zu Sten.

»Klar«, nuschelte Sten und kaute mit Hingabe an seinem Burger. »Fischstäbchen aus Soja, Thunfisch aus Karotten und sogar Kaviar aus Algen.«

»Hmm … klingt lecker.« Inken verzog wenig begeistert das Gesicht. »Wenn's so viel kostet wie echter Kaviar, bin ich sofort dabei.«

Sten schüttelte den Kopf. »Ist spottbillig. Die Schweden haben das schon seit Jahren im Supermarktregal.«

»Wundert mich nicht.« Inken setzte sich zu uns an den Tisch und öffnete mit einem *Plopp* ihre Bierflasche. »Die glauben ja auch, dass vergorener Fisch, der stinkt, als würde eine tote Möwe verwesen, eine Delikatesse ist.«

»Uhhh, könnten wir bitte das Thema wechseln?« Liv verzog das Gesicht. »Die Bilder krieg ich sonst nicht mehr aus dem Kopf.«

Jewe kam mit einer neuen Ladung Burger und ein paar Würstchen zu uns an den Tisch.

»Nachschub. Die Würstchen sind echt, der Fisch dauert aber noch 'ne Weile.«

Er beugte sich hinunter zu Liv und gab ihr einen Kuss. »Soll ich mal nach Wim sehen?«

Liv schüttelte den Kopf und deutete auf das Babyfon, das sie neben sich abgestellt hatte. »Er schläft tief und fest. Und ich hoffe, das bleibt so für die nächsten Stunden.«

Was für Jewe das Signal war, sich endlich entspannt hinzusetzen und die langen Beine von sich zu strecken. Bootsmann legte den Kopf auf seinen Schoß und sah ihn so herzerweichend an, dass meinem Schwager gar nichts anderes übrig blieb, als ihm ein Stück von der Bratwurst zu überlassen.

»Du siehst müde aus, mein Freund.« Sten wischte sich mit einer Serviette etwas Ketchup von den Lippen. »Nicht, dass ich besonders viel Erfahrung damit hätte, aber Babys sind der Schlafkiller Nummer eins. Ist statistisch bewiesen.«

Sten Ohlsen hatte für alles im Leben Zahlen parat. Was auf eine gewisse, etwas schräge Art beeindruckend war, wie ich fand.

»Wim ist daran völlig unschuldig«, erklärte Liv mit einem vielsagenden Blick. »Jewe hat die halbe Nacht mit Hauke geskypet.«

Ich blickte neugierig auf. »Was erzählt er denn so? Geht's Anni und den Kindern gut?«

Jewe nickte. »Alles in bester Ordnung. Clara und Jule waren den halben Sommer irgendwo in den Rockies im Sommercamp. Und Anni ist froh, wenn die Hauptsaison vorbei ist und es im Hotel etwas ruhiger wird.«

Sten blickte interessiert auf. »Hast du ihn mal nach den Walen gefragt?«

»Genau deswegen haben wir gesprochen.«

Mein Schwager sah nicht besonders glücklich aus, was mich etwas beunruhigte.

»Hat Hauke denn eine Erklärung dafür, warum sie sich kaum noch blicken lassen?«

Mittlerweile hatte es sich im Dorf herumgesprochen, dass die Schweinswale, für die Brodershöved in den letzten Jahren berühmt geworden war, sich rarmachten. Selbst bei Petersen in der Segelschule kursierten die unterschiedlichsten Gerüchte.

»Ich hab gehört, das soll an dem neuen Windpark liegen, den die Dänen drüben vor den Inseln bauen.«

Sten verzog etwas das Gesicht und war da anderer Meinung. »Ist irgendwie gerade angesagt. Als wären alternative Energien plötzlich an allem schuld.«

Jewe stand kurz auf, um den Fisch über dem Feuer zu wenden.

»Ganz ausschließen würde Hauke es nicht. Allein die Lärmbelästigung beim Rammen der Fundamente unter Wasser könnte die Wale vertreiben.«

»Aber die kommen doch wieder, wenn die mit den Arbeiten fertig sind?« Ich sah fragend in die Runde. Immerhin bildeten die Waltouren die wirtschaftliche Grundlage für die kleine Familie meiner Schwester. Davon abgesehen, hatte der Tourismus in Brodershöved dank der Berichterstattung über die Schweinswale in den letzten Jahren einen Aufschwung erlebt. Und da die meisten Brodershöveder mittlerweile vom Tourismus lebten, war das eine gute Entwicklung. Nicht auszudenken, wenn das plötzlich vorbei gewesen wäre.

Inken stieß einen langen Seufzer aus. »Tja, wer kann das schon sagen? Aber wenn ihr mich fragt, dieser Windpark kann es nicht alleine sein.«

Drei Augenpaare blickten gespannt zu ihr.

»Ich hab erst neulich mit ein paar von den Fischern aus Neustadt gesprochen«, erklärte Inken mit verschwörerischem Unterton, »und die sind überzeugt, dass die Fischtrawler drüben aus Rügen verantwortlich dafür sind. Weil die mit ihren Schleppnetzen alles an Hering wegfangen. Die haben viel zu hohe Fangquoten. Das geht da nicht mit rechten Dingen zu.«

Sten schien das nicht zu überzeugen. »Ich weiß nicht. Da schiebt doch nur wieder einer dem anderen die Verantwortung zu.«

»Vermutlich ist es eine Mischung aus allem. Überfischung, Klimawandel, das ganze Plastik in den Meeren. Die vielen Touristen, die jetzt zu uns kommen.« Liv schüttelte den Kopf. »Und wir sind auch nicht ganz unschuldig daran.«

»Weil ihr eure Walbeobachtungstouren anbietet und endlich davon leben könnt?« Ich sah sie ungläubig an. »Komm schon, Liv, man kann sich das Leben auch selbst schwer machen.«

Sie schenkte mir einen wenig schmeichelhaften Blick.

»Schon klar. Für jemanden, dessen Lebenstraum bis vor Kurzem noch darin bestand, die Touristen gleich zu Tausenden über die Meere zu schippern, ist der Gedanke ziemlich abwegig.«

Und da war es wieder. Dieses unangenehme Gefühl, mich vor meiner großen Schwester für alles, was ich tat, für alles, was ich war, rechtfertigen zu müssen.

»Du bist ...«, ich wollte ihren Vorwurf mit einer Gehässigkeit kontern, doch Sten Ohlsen kam mir zuvor und unterbrach mich einfach.

»Ich glaube, Millie hat recht.« Er sah ruhig von Liv zu mir und lächelte. »Eure Touren dienen ja nicht nur dazu, die Leute zu unterhalten und noch eine unsinnige Touristenattraktion mehr anzubieten. Ihr sensibilisiert eure Gäste für den Meeresschutz. Davon abgesehen, ist das Ausbleiben der Wale ein ganz neues Phänomen. Eure Touren laufen schon seit Jahren und haben bislang keine Probleme gemacht. Es muss andere Ursachen haben. Was war denn Haukes Einschätzung?«

Er sah fragend zu Jewe und hatte damit sehr geschickt den sich anbahnenden Streit zwischen meiner Schwester und mir abgewendet.

»Er sieht es so wie du. Es ist noch zu früh, um Ursachen zu erkennen und abzustellen. Seine Kollegen vom Meeresforschungsinstitut in Kiel müssen es genauer untersuchen, und das kann eine ganze Weile dauern. Vielleicht sogar Jahre.«

»Tja, und in der Zwischenzeit müssen wir sehen, wo wir bleiben.« Inken prostete uns zu. »Auf die alte Wikingersiedlung und die Pirateninsel. Da können wir immer hin, und unsere Gäste stehen auch drauf.«

Sten hob ebenfalls sein Glas. »Und auf die Wale und darauf, dass Hauke und seine Kollegen herausfinden, was Sache ist.«

Den restlichen Abend widmeten wir uns lieber etwas weniger aufreibenden Themen. Ich schilderte Nils' Überraschungsbesuch und was unsere Mutter heute Morgen dazu gesagt hatte. Liv bekam einen solchen Lachanfall, dass ich mir ernsthafte Sorgen um ihre Gesundheit machte.

»Genetisch bedingt?«, stieß sie schließlich aus, als sie wieder einigermaßen Luft bekam. »Das ist wirklich gut. Muss ich mir merken.«

»Zieh sie bitte nicht damit auf, Liv«, bat ich sie. »Mama hatte ein furchtbar schlechtes Gewissen deswegen. Mir hat sie richtig leidgetan.«

Sie winkte ab. »Keine Sorge, mach ich nicht. Aber lustig ist es schon.«

»Andererseits«, es war Inken, die zur Überraschung aller Bedenken anmeldete, »werden wir alle von unseren Eltern geprägt, ob wir nun wollen oder nicht.«

»Das ist aber nicht genetisch«, verbesserte Sten in seiner unnachahmlichen besserwisserischen Art, »sondern hat was mit Konditionierung in der Kindheit zu tun.«

»Ein beliebtes Argument all derer, die nicht zugeben wollen, dass sie einfach keinen Bock auf feste Beziehungen haben«, warf ich ein.

Drei Augenpaare richteten sich auf mich. Ich zuckte mit den Schultern.

»Was denn? Stimmt doch. Was meine gescheiterte Beziehung mit Nils betrifft, ist es jedenfalls so. Und ich gebe es auch unumwunden zu.«

Sten nickte anerkennend. »Was durchaus löblich ist.«

»Hmm …« Jewe gab einen Ton von sich, der an das Brummen eines zufrieden in der Sonne dösenden Seehundes erinnerte.

Wir sahen ihn neugierig an, und ich fragte mich, ob da noch etwas kommen würde.

»Eigentlich ist es doch viel einfacher, als wir denken.« Jewe beugte sich vor und stützte die Ellbogen auf dem Tisch ab.

Ich lächelte ihn an. »Falls du das Geheimnis immerwährenden Glücks gefunden hast, Jewe, dann kann ich dir jetzt schon eins sagen: Du bist ein reicher Mann.«

»Na ja, Glück ist immer Ansichtssache. Aber wenn du den einen Menschen gefunden hast, den du mehr liebst als alles andere, dann wirst du immer einen Weg finden, um mit ihm glücklich zu werden. Selbst wenn es mal hart kommt.«

Für einen Moment herrschte nachdenkliches Schweigen. Ich beobachtete Liv, wie sie ihre Hand auf Jewes Oberschenkel legte und ihn sanft berührte. In dem Moment wusste ich, dass Jewe recht hatte. Er und Liv liebten sich und das schon, seit sie Teenager gewesen waren. Die beiden verband etwas Besonderes, was nicht vielen Menschen in ihrem Leben vergönnt ist. Sie hatten diesen einen Menschen gefunden, von dem Jewe gesprochen hatte. Und auch wenn sie Jahre gebraucht hatten, um sich wiederzufinden: Die Liebe, die zwischen ihnen loderte wie ein wärmendes Lagerfeuer am Strand, war niemals erloschen.

* * *

160

Es war schon lange dunkel, als wir anfingen, den Tisch abzuräumen. Es war spät geworden und die meisten von uns würden eine kurze Nacht haben. Besonders die jungen Eltern. Als ich neben Liv in der Küche stand und ihr das Geschirr für die Spülmaschine reichte, lächelte sie mich mit einem Gesichtsausdruck an, den ich nur sehr selten von ihr zu sehen bekam. Meine große Schwester hatte tatsächlich ein schlechtes Gewissen.

»Tut mir leid, was ich vorhin über deinen Job gesagt habe, Millie.«

Ich runzelte die Stirn. Eine Entschuldigung bekam ich noch seltener von ihr zu hören.

»Das war völlig daneben und unfair.«

»Was soll's.« Ich vermied es, sie anzusehen. »Hat sich schließlich sowieso erledigt.«

Sie griff nach meiner Hand. »Millie?«

Ich hielt inne und sah sie an.

»Ich mein's ernst. Mir tut es wirklich leid. Nicht nur das, was ich vorhin gesagt habe. Es tut mir leid, dass du nicht mehr zur See fahren kannst, dass du all das, was du dir gewünscht hast, jetzt nicht mehr machen kannst. Ich habe keine Ahnung, wie sich das anfühlt, aber es muss schlimm für dich sein. Und ich Dösbaddel hab es nicht ernst genommen.«

Ich muss sie so entgeistert angeschaut haben, dass sie nach einem Moment meine Hand wieder losließ und zu stammeln anfing. »Na ja … ich … also … das … das … wollte ich … nur mal sagen.«

Wir arbeiteten schweigend wieder nebeneinander und stapelten die letzten Schüsseln und Teller in die Maschine. Als alles eingeräumt und aufgeräumt war, standen wir uns befangen gegenüber. Mit dem plötzlichen Gefühlsausbruch meiner Schwester kam ich noch viel weniger klar, als mit ihren üblichen Provokationen.

»Ich schau mal nach, ob Sten aufbruchbereit ist.«

Mit einer Geste deutete ich hinaus in den Garten, wo die anderen noch beim schwachen Schein eines Lagerfeuers saßen.

Kurze Zeit später standen wir neben unseren Fahrrädern vor dem Haus und lagen uns in den Armen, um uns zu verabschieden.

»Danke für den schönen Abend, Leute.«

Inken schwang sich auf ihr Rad, und ich sah, wie das Licht ihres Rückstrahlers langsam in der Dunkelheit verschwand.

Ich hatte Jewe einen Kuss auf die Wange gedrückt und nahm dann Liv in den Arm.

»Inken hat recht, das war ein schöner Abend.«

Ich drückte sie und hielt sie einen Moment länger fest, als es nötig gewesen wäre.

»Danke. Und nicht nur für den Abend.«

Sie sah mich einen Moment überrascht an, als wir uns wieder losließen. Dann kehrte das Lächeln auf ihre Lippen zurück.

»Nehmen wir die Straße oder den alten Klippenweg zurück?«

Es war Sten, der den kleinen, innigen Moment zwischen mir und meiner Schwester unterbrach.

Ich zuckte mit den Schultern.

»Klippenweg.«

Sten nickte. »Wäre auch mein Vorschlag gewesen.«

Er deutete auf den Mond, der hoch am Himmel stand.

»Es ist fast Vollmond, da ist es taghell.«

Und dann radelten wir auch schon los. Ich schaute mich noch einmal um und sah Liv und Jewe, wie sie Arm in Arm vor ihrer kleinen Fischerkate standen, uns hinterherwinkten. Und ich fragte mich, ob ich wohl auch irgendwann einmal so glücklich und zufrieden sein würde wie die beiden.

* * *

Wir fuhren schweigend nebeneinanderher, und als der kleine Sandweg für zwei Räder zu eng wurde, blieb Sten hinter mir. Ich konnte sein leichtes Keuchen hören. Selbst mit seinem geländegängigen, superstylishen Designer-Rad war es anstrengend, über den Sand zu fahren. Mamas altes Hollandrad hatte zwar nur drei Gänge, dafür aber breite Reifen und holperte zuverlässig und fast mühelos über den Sandweg.

Die Luft war klar. Vom Meer zu unserer rechten Seite her kam eine kühle Brise, die die Hitze des Sommertages von den ausgetrockneten Feldern hier oben an die Klippe wehte. Der Mond stand hoch am Himmel und zauberte silbrige Fäden auf die dunkle Oberfläche der Ostsee. Ab und zu war der Ruf eines Käuzchens zu hören, das in den Hecken zwischen den abgeernteten Feldern darauf wartete, dass sich eine Maus aus ihrem Versteck traute. Unter uns traf die Brandung im ewigen Rhythmus auf den Strand und die Kiesel erzeugten ein angenehmes Rauschen, als sie von den Wellen getroffen wurden und sich aneinanderrieben.

Als wir den alten Aussichtspunkt erreichten, an dem vor Jahren eine kleine Holzbank zur Erinnerung an eine längst verstorbene Bewunderin dieses Blicks aufgestellt worden war, hielt ich an und ließ das Rad einfach auf den Boden fallen.

Ich drehte mich zu Sten um, der überrascht angehalten hatte.

»Lust auf eine kleine Pause?«

Er musste nicht lange überlegen, um mir zuzustimmen. »Klar, warum nicht.«

Ich setzte mich auf die Bank und beobachtete Sten amüsiert. Sein Luxusrad war wohl zu kostbar, um es einfach auf den Boden zu legen, also lehnte er es an die Rückenlehne der Holzbank und setzte sich dann erst zu mir.

Ich sog die Aromen des Meeres, die nach Salz und Algen schmeckten, ein.

»Perfekt, oder?«

Ich sah ihn nicht an, doch ich wusste, dass er mit einem ähnlich entspannten Gesichtsausdruck wie ich aufs Meer schaute.

»Besser geht's nicht«, stimmte er mir zu.

»Danke, dass du vorhin verhindert hast, dass Liv und ich uns an die Gurgel gingen.«

Ich hörte, wie er tief durchatmete. Als er nach einem Moment noch immer nichts sagte, schenkte ich ihm einen Seitenblick.

»Ganz im Ernst, wenn du nicht dazwischengegangen wärst, wäre es vermutlich ein sehr kurzer Abend geworden. Wäre nicht das erste Mal gewesen. Liv und ich können ziemlich böse streiten.«

Er drehte den Kopf, um mich anzusehen.

»Dann bin ich froh, dass ich es verhindert habe. Es war nämlich ein wirklich schöner Abend.« Und er fügte mit einem Lächeln, das alles bedeuten konnte, hinzu: »Die Abende mit dir werden immer besser.«

Ich war mir nicht sicher, ob er es ernst meinte oder ob er nur etwas Nettes, etwas Unverbindliches sagen wollte.

»Es freut mich, zu deiner Belustigung beizutragen«, sagte ich übertrieben höflich. Und ich war mir nicht sicher, weshalb ich es tat. Weil ich nicht weiter darüber nachdenken wollte, ob das nur ein nett gemeinter Scherz von ihm gewesen war oder ob vielleicht doch mehr dahintersteckte.

»Hmm …«, kam es nach einem Moment von ihm.

»Was … *hmm*?« Ich blickte ihn stirnrunzelnd an.

»Liegt es daran, dass du generell nicht so gerne Komplimente hörst, oder eher daran, dass du mir grundsätzlich misstraust?«

Er hatte einen Ton in der Stimme, der tatsächlich verletzt klang.

Ich schüttelte den Kopf. »Ich misstraue dir doch nicht.«

»Okay. Dann magst du keine Komplimente.«

»Natürlich mag ich Komplimente.«

»Jetzt wird's kompliziert.«

»Das ist überhaupt nicht kompliziert.«

Wir sahen uns einen Moment schweigend an, und jeder schien darauf zu warten, dass der andere etwas sagte und unsere Diskussion weiter ins Absurde abglitt. Fast gleichzeitig brachen wir in Gelächter aus. Und insgeheim musste ich zugeben, dass ein Streit mit Sten Ohlsen, mochte er auch noch so lächerlich sein, Spaß machte. Sehr viel Spaß sogar. Als wir uns wieder beruhigt hatten, sah er mich mit diesem Lächeln an, das mich verunsicherte, weil ich es nicht deuten konnte.

»Zumindest sind wir uns einig, dass es ein schöner Abend war.«

»Ein sehr schöner Abend.« Ich nickte entschlossen.

»Das sollten wir öfter machen.«

»Sehr viel öfter.«

Und dann beugte ich mich vor und meine Lippen berührten seine Lippen, die etwas rauchig schmeckten. Er zuckte einen winzigen Moment zurück, überrumpelt von dem, was da plötzlich passierte. Doch dann spürte ich, wie er den Kuss erwiderte, wie eine Hand sich sanft auf meinen Hinterkopf legte, um mich näher an ihn heranzuziehen, während er mit der anderen Hand seine lächerliche Brille abnahm und sie einfach fallen ließ.

Es war ein vorsichtiger, langsamer Kuss, der sich steigerte, intensiver wurde, bis ich an nichts anderes mehr denken konnte als daran, Sten für alle Ewigkeit zu küssen. Bis ich nicht mehr überlegte, warum ich dies tat, was es zu bedeuten hatte und warum Sten Ohlsen etwas in mir berührte, von dem ich noch nicht einmal geahnt hatte, dass es da war.

Er war derjenige, der sich schließlich zurückzog und mich mit einem Ausdruck ansah, der all seine Verwunderung über das, was passiert war, spiegelte. Jetzt, ohne seine Brille, fiel mir auf, wie lang seine dunklen Wimpern waren und wie sie den sanften Ausdruck seiner braunen Augen verstärkten.

»Das … kam jetzt … etwas überraschend.«

Seine Stimme war kaum mehr als ein Flüstern.

»Ich … keine Ahnung, was …« Ich senkte den Blick und hatte für einen kurzen Moment das Gefühl, vor Scham im Boden versinken zu wollen.

»Millie?«

Ich schaute ihn unsicher an. Wir waren in den letzten Wochen so etwas wie Freunde geworden. Freunde, die sich die meiste Zeit über irgendetwas völlig Belangloses streiten konnten. Was uns auf eine etwas schräge, komische Art Spaß zu bereiten schien. Mehr war es nicht gewesen. Und mehr würde es auch nicht werden.

Bevor ich noch irgendetwas sagen konnte, beugte er sich vor und küsste mich erneut.

KAPITEL 15

Wir ließen die Fahrräder achtlos vor dem Sturmnest auf den Boden fallen und hasteten die Treppe hinauf in die kleine Dachgeschosswohnung, schlossen ungeduldig die Tür hinter uns, während wir uns küssten und ich ihm das T-Shirt über den Kopf zog. Ich stieß gegen das große Sofa und fegte einen Stapel Bücher von einem kleinen Sideboard, als wir in Richtung Schlafzimmer stolperten und uns dabei nicht schnell genug ausziehen konnten.

Er hob mich hoch und ich schlang meine nackten Beine um seine Hüften, während meine Lippen sein Gesicht küssten, den Hals, die Ohren, und meine Hände sich in sein weiches braunes Haar gruben. Das Begehren, ihn ganz und gar zu spüren, wurde immer drängender. Ich spürte, wie wir rücklings auf die weichen, kühlen Laken des großen Boxspringbettes fielen, wie seine Hände über meine nackte Haut glitten, nach oben wanderten, während seine Lippen eine prickelnde Spur an meinem Hals hinterließen. Mein Körper wölbte sich ihm entgegen, ein einziger hilfloser Ausdruck meiner Begierde. Ich wusste, dass es ihm genauso erging. Ich rollte herum, sodass ich auf ihm zu liegen kam, küsste ihn, nahm ihn schließlich ganz in mir auf. Und dann hörte ich auf zu denken.

Es wurde langsam hell. Wir lagen erschöpft und eng umschlungen im Bett. Ein zufriedenes Lächeln umspielte Stens Lippen.

»Das war …«

Ich verschloss seine Lippen mit einem Kuss.

»Schsch …«

Als ich ihm in die Augen sah, erkannte ich einen Ausdruck, den ich noch nie vorher bei ihm bemerkt hatte. Wir musterten einander stumm, forschend, staunend, so, als wäre der jeweils andere der erste Mensch, den wir zu Gesicht bekamen. Er nahm meine Hand, hob sie an seine Lippen und hauchte einen Kuss auf meine Finger. Ich legte ein Bein über seins, spürte die warme, nackte Haut an meiner. Und so blieben wir liegen, dicht beieinander, meine Hand in seiner, und alles, was es hätte zu sagen, zu erklären gegeben, war völlig unwichtig.

Irgendwann muss ich wieder eingeschlafen sein, denn als ich das nächste Mal den Blick hob, schien die Morgensonne in den Raum und zauberte goldfarbene Lichtreflexe an die Decke. Sten lag noch immer neben mir, etwas aufrechter nun, den Kopf in eine Hand gestützt, und lächelte mich an.

»Guten Morgen!«

Ich blinzelte und streckte mich wohlig.

»Ein wunderbarer Morgen.«

»Hast du Hunger?«

Ich seufzte. Der Gedanke an frischen Kaffee und Ohlrogges Brötchen belebte meinen trägen Geist.

»Hmm … großen Hunger.«

Sten gab mir einen Kuss auf die Nasenspitze und stand auf.

»Rühr dich nicht vom Fleck. Ich bin gleich wieder da.«

Einen Augenblick später hörte ich ihn in der Küche hantieren, als er die Espressomaschine befüllte und mit dem Geschirr klapperte. Intensiver Kaffeeduft wehte durch die Wohnung und kurz darauf erschien Sten mit einem Tablett wieder am Bett.

Er hatte sich nicht die Mühe gemacht, sich etwas anzuziehen. Nachdem er das Tablett mit dem Frühstück zwischen uns abgestellt hatte, kroch er wieder zu mir unter die Bettdecke.

»Die Brötchen habe ich aus der Küche stibitzt.«

Er reichte mir eine Tasse mit dem frischen Kaffee. Ich richtete mich auf und stützte meinen Rücken mit dem Kissen ab, wobei ich es vermied, allzu große Bewegungen zu machen, um das Tablett nicht umzukippen. Ich nippte am Kaffee und sah Sten über den Rand der Tasse hinweg lächelnd an.

»Etwa so? Ich hoffe, du hast Kasia nicht zu Tode erschreckt.«

»Keine Angst. Sie hat gerade das Frühstücksbüfett vorbereitet. Und für alle Fälle hatte ich ein Handtuch dabei.«

»Sehr beruhigend.« Ich grinste ihn an. »Nackte Männer im Hotel fallen unter sexuelle Belästigung. Erst recht, wenn es sich dabei um den Eigentümer handelt. Der Brodershöveder Tourismusverband versteht da keinen Spaß.«

»Gut zu wissen.« Er trank lächelnd einen Schluck Kaffee. »Ich werde versuchen, solche Vorkommnisse in Zukunft zu vermeiden. Allerdings müsstest du dann auf die frischen Brötchen verzichten.«

»Das wäre natürlich blöd.«

Für einen kurzen Moment sahen wir uns unsicher an. Ohne dass einer von uns es beabsichtigt hatte, waren wir bei einer Frage angelangt, die in der Nacht völlig bedeutungslos gewesen war, aber nun wie ein rosa Elefant im Raum stand. Wie würde es jetzt weitergehen?

Sten nahm ein Brötchen, brach es auseinander, gab einen Klecks Butter darauf und tauchte das weiche Innere mitsamt der Butter in die kleine Schale mit Apfelmarmelade. Sein Plauderton war eine Spur zu gelassen, um seine Unsicherheit verbergen zu können.

»Vielleicht packe ich einen kleinen Notvorrat in den Gefrierschrank. Die sind in zehn Minuten aufgebacken.«

169

Bevor er sich das Brötchen in den Mund schieben konnte, griff ich nach seiner Hand und biss ein Stück von dem Brötchen ab, ohne ihn aus den Augen zu lassen.

»Das wäre eine ganz hervorragende Idee.«

Er kommentierte es mit einem so breiten Grinsen, dass ich mich ermutigt fühlte, noch einen Schritt weiter zu gehen.

»Und überhaupt – ein Frühstück im Bett ist immer eine ganz hervorragende Idee.«

»Auch das ist gut zu wissen.« Er bestrich das Brötchen erneut mit Butter und Marmelade und hielt es mir hin. »Mir fehlt da etwas die Erfahrung. Die Krümel im Bett haben mich immer ein wenig abgeschreckt.«

»Die Krümel?«

Er nickte völlig ernst, als wäre es eins der großen Probleme der Menschheit, wie etwa der Klimawandel, das Artensterben oder der Kampf gegen die Plastikflut.

»Krümel. Die piksen doch bestimmt, wenn man wieder drinliegt.«

»Verstehe.« Ich grinste breit, nahm das Tablett hoch, um es auf dem Boden abzustellen. Er beobachtete mich mit hochgezogenen Augenbrauen.

Ich drückte ihn wieder zurück in die Kissen. »Am besten finden wir sofort mal heraus, ob diese Theorie stimmt, Herr Ohlsen.«

Er hob den Kopf, um mich zu küssen, und murmelte etwas, das klang wie »Ich bin für jedes Experiment offen«.

Unser Kuss wurde intensiver, leidenschaftlicher und eine Möglichkeit erhob sich.

Ganz hinten in meinem Kopf nahm ich vage das Klopfen an der Wohnungstür wahr. Ich weiß nicht, ob Sten es auch gehört hatte. Vermutlich nicht, denn seine Lippen fuhren von meinem Mund den Hals hinunter, liebkosten die kleine Kuhle über meinem Brustbein, um dann weiter nach unten zu wandern und …

»Sten? Sten, bist du da?«

Das war ganz eindeutig die Stimme meiner Mutter.

»Sten? Du hast Besuch …«

Wir fuhren hoch und drehten uns zur Tür, in der im nächsten Moment tatsächlich meine Mutter erschien und wie erstarrt stehen blieb.

»Oh …«

»Mama!« Ich sah sie geschockt an.

»Millie!« Ihr Blick war ebenfalls mehr als überrascht.

»Guten Morgen, Antje.« Sten lächelte entspannt.

»Ich … ähm … das … ich wollte nicht stören …«

Meine Mutter versuchte, sich zu sammeln. Ihr Blick flackerte nervös von mir zu Sten und wieder zu mir.

»Das ist … ähm … wir kommen dann später wieder.«

Sie wollte schnellstmöglich die Flucht ergreifen, als hinter ihr eine weitere Gestalt auftauchte, einen neugierigen Blick ins Schlafzimmer warf und dabei fragte: »Haben wir ihn geweckt?«

Ich hörte, wie Sten neben mir scharf die Luft einsog.

Ich sah die junge Frau an, die nun neben meiner Mutter stand und mit einer Lässigkeit auf die beiden nackten Gestalten vor sich im Bett blickte, die mich unter normalen Umständen beeindruckt hätte.

»Hi, Sten. Sorry, dass wir stören.«

Instinktiv zog ich mir die Bettdecke bis unters Kinn.

»Stella!«, keuchte Sten.

Er starrte die junge Frau entsetzt an, und in diesem Moment erinnerte ich mich, wann und wo ich diesen Namen schon einmal gehört hatte. Es war die Stella, die Sten bei unserer ersten Begegnung in ein so unangenehmes Telefongespräch verwickelt hatte, dass ich mir ungefragt seinen Wagen ausgeliehen und geschrottet hatte.

Mein Blick wanderte wieder zu ihr, und ich muss zugeben, dass ich mir unter Stens Ex-Freundin etwas ganz anderes vorgestellt hatte. Unter den kurzen rotblonden Locken, die ihr in die Stirn fielen, schauten zwei ernste braune Augen hervor, die Stens sehr ähnlich waren. Sie war schlank, fast mager, und die langen Beine erinnerten an ein Fohlen, das unbekümmert über Wiesen sprang. Auf jeden Fall war sie jung, verdammt jung. Ja fast noch ein Teenager.

Sten versuchte mühsam, die Fassung wiederzugewinnen. »Was … was machst du denn hier?«

Statt zu antworten, scannte mich die junge Frau mit einem Blick, der so abgeklärt war, dass ich zu frösteln begann.

»Ich seh schon, ist grad blöd.« Sie zuckte mit den Schultern.

»Ja … ähm … nein … ich …« Sten raufte sich die Haare und warf mir einen hilflosen Blick zu. »Wartet doch einfach im Wohnzimmer. Wir … wir kommen gleich.«

»Okay.« Sie nickte knapp und verschwand dann zusammen mit meiner Mutter, der die ganze Sache wohl noch immer wahnsinnig peinlich war.

Sten ließ sich mit einem Stöhnen zurück in die Kissen fallen.

»Mist!«

Für einen Moment wusste ich nicht, was ich tun sollte. Schließlich schwang ich mich aus dem Bett und begann meine Sachen zusammenzusuchen und mich hastig anzuziehen.

»Ich denke, ich lasse euch mal allein. Ihr habt bestimmt einiges zu klären.«

»Nein. Millie, warte.«

Ich hatte schon mein T-Shirt über den Kopf gezogen, als Sten aus dem Bett sprang und dann in seine Jeans schlüpfte.

»Bitte, Millie. Du musst nicht gehen.«

Ich hörte mich auflachen. Und es klang bitter.

»Nee, lass mal. Ist nicht so mein Ding.«

Sein Blick war ehrlich irritiert.

»Was ist nicht dein Ding?«

Ich holte tief Luft und streifte meine Chucks über.

»Was immer du mit ihr zu klären hast, Sten, klär es einfach. Aber bitte halt mich da raus.«

»Ja, klar, natürlich.« Er sah immer noch verwirrt aus.

»Und ganz ehrlich. Wie alt ist die Kleine eigentlich?« Diese Bemerkung konnte ich mir einfach nicht verkneifen.

»Hä?« Er schien keine Ahnung zu haben, warum ich so sauer reagierte. »Siebzehn. Wieso?«

»Siebzehn?!« Meine Stimme hatte einen schrillen Unterton. »Sag mal, hast du sie noch alle?«

»Ich versteh nicht ganz …«

»Du findest das wirklich normal?« Ich widerstand nur mühsam dem Wunsch, ihm eine zu knallen. »Ich glaube, mir wird schlecht!«

»Ich weiß wirklich nicht, was jetzt das Problem ist.« Er raufte sich wieder völlig überfordert die Haare. »Ich meine, ich hab nicht damit gerechnet, dass Stella plötzlich vor meiner Tür steht. Aber so ungewöhnlich ist das jetzt auch wieder nicht.«

Er lachte unbeholfen auf, was ich nicht besonders passend fand.

»Weißt du, meine Nichte ist immer für eine Überraschung gut, und …«

Ich starrte ihn an. »Deine Nichte?«

»Ja, meine Nichte. Was hast du denn gedacht?«

Ich beschloss umgehend, es ihm lieber nicht zu verraten.

KAPITEL 16

Die unverhoffte Familienzusammenführung brachte Sten völlig aus dem Konzept. Was mich überraschte, denn bisher hatte ich ihn als jemand kennengelernt, der mit den Widrigkeiten des Lebens einigermaßen souverän umgehen konnte. Allerdings war der Verlust eines Luxusautos auch nicht wirklich mit dem Spontanbesuch der nahen Verwandtschaft zu vergleichen. Rein emotional gesehen.

Ich beobachtete ihn, wie er mir gegenüber barfuß in Jeans und zerknittertem T-Shirt auf der Kante des Wohnzimmersofas saß, die Hände zwischen den Knien, und fast panisch seine Nichte musterte.

»Das ist … schön, dass du mich mal besuchen kommst. Warum hast du nicht vorher angerufen?«

Stella saß in dem bequemen Sechzigerjahre-Sessel zwischen den beiden Sofas und dem Couchtisch und strahlte noch immer diese Abgeklärtheit aus, die mich vorher schon beeindruckt hatte. Sie musterte ihren Onkel einen Augenblick stumm, und selbst jemand mit mehr Menschenkenntnis, als ich sie besaß, hätte nicht sagen können, was hinter diesen nachdenklichen braunen Augen vor sich ging.

»Möchtest du eine ehrliche Antwort?«

Sten runzelte die Stirn. »Sicher.«

»Du hättest bestimmt einen Grund gefunden, warum es grad nicht gepasst hätte.«

Es klang nicht vorwurfsvoll, eher nüchtern, als ob sie etwas sehr Offensichtliches feststellte. Dabei warf sie mir einen Blick zu, und ohne, dass sie es aussprechen musste, war allen Anwesenden klar, wen sie mit »Grund« meinte.

Meine Mutter, die neben mir ebenfalls angespannt auf der Couch hockte und einen ähnlich unbeholfenen Eindruck machte wie Sten, räusperte sich vernehmlich. Nur für den Fall, dass man vergessen haben könnte, wer auch noch da war.

»Ich schaue dann mal unten, was die beiden anderen machen.«

Ohne eine Antwort abzuwarten, stand sie auf.

Stens Verwirrung steigerte sich, falls das überhaupt noch möglich war.

»Die anderen?«

»Miko und Momo hab ich mitgebracht.« Stella ließ sich von Sten nicht aus der Ruhe bringen. »Ich konnte sie nicht allein lassen.«

So, wie es aussah, war Stens Familie größer, als ich bislang geahnt hatte.

Er fuhr sich mit der Hand fahrig über die Stirn und überlegte fieberhaft. »Ja sicher, natürlich nicht. Wie alt sind die beiden jetzt eigentlich?«

Es war nicht ganz klar, ob es Sten wirklich interessierte oder ob er die Frage nur stellte, um überhaupt irgendetwas zu sagen.

»Sechs und neun.«

»Ach, so groß schon?«

Meine Mutter meldete sich wieder zu Wort.

»Kasia hat unten Frühstück gemacht. Wenn ihr auch Hunger habt …?«

Ich sprang auf. »Gute Idee.«

175

Sten warf mir einen hilflosen Blick zu. Er schien eine Heidenangst davor zu haben, mit seiner Nichte allein zu bleiben. Ich war kurz versucht, mich zu ihm hinunterzubeugen, meine Hand an seine Wange zu legen und ihm mit einem Kuss zu versichern, dass schon alles gut werden würde, dass er sich (warum auch immer) keine Sorgen machen musste. Stattdessen nickte ich Stella freundlich zu und sagte: »Besprecht doch einfach alles in Ruhe. Wir sehen uns später.«

Damit schob ich meine Mutter in Richtung Tür.

Kurz bevor wir die Wohnung verließen, hörte ich Sten noch unsicher fragen, was denn mit Jessi sei. Ich vermutete, dass es die Mutter der Kinder war. Stellas Antwort bekam ich nicht mehr mit.

Wir waren die Treppe schon fast unten, als meine Mutter abrupt stehen blieb und sich zu mir herumdrehte.

»Also Sten und du …?«

»Ja?«

»Also ihr seid …?«

»Wir sind was?«

Sie kniff verärgert die Augen zusammen. »Millie!«

»Mama!«

»Jetzt lass dir doch nicht alles aus der Nase ziehen!«

Ich stieß einen Seufzer aus. Mir war klar, dass meine Mutter nicht eher Ruhe gab, bis sie ein Mindestmaß an Informationen bekam, die erklären würden, warum sie mich im Bett von Sten Ohlsen angetroffen hatte. Nackt, wohlbemerkt.

»Ganz ehrlich, Mama, da gibt es nicht besonders viel zu erzählen. Sten und ich mögen uns. Und wir haben die Nacht miteinander verbracht. Das ist auch schon alles.«

»Aha.« Sie sah mich an, als wartete sie auf weitere Details.

Ich schob mich an ihr vorbei die Treppe hinunter.

»Und nein, Mama, ich habe nicht vor, in absehbarer Zeit eine neue Verlobung bekannt zu geben. Sten übrigens auch nicht. Nur falls du das fragen wolltest.«

176

Damit war das Thema für mich erledigt. Ich hoffte inständig, meine Mutter würde sich damit zufriedengeben.

* * *

Als wir die große Küche der Einliegerwohnung betraten, wurden wir von einer hitzigen Diskussion empfangen, die sich darum drehte, wer als Nächster den soeben fertigen Pfannkuchen bekommen sollte, den Kasia in einer Pfanne zum Tisch balancierte.

»Du hast schon zwei gehabt. Ich erst einen.«

Das kleine Mädchen mit wuscheligem schwarzem Lockenkopf, riesigen braunen Augen, einem wunderschönen Teint, der an Karamell erinnerte und einer großen Zahnlücke, wo die oberen Schneidezähne fehlten, war den Tränen nahe.

»Aber dafür war deiner größer.«

Der Junge, der nach Größe und Statur der Ältere der beiden sein musste, zeigte sich unnachgiebig. Er hatte ähnlich widerspenstige Haare wie seine kleine Schwester, allerdings in Honigblond, und unzählige Sommersprossen zeichneten ein lustiges Muster auf seine Nase und Wangen.

Kasia versuchte, die beiden Streithähne zu beruhigen. Da sie allerdings nur Polnisch sprach, trug es nicht wirklich zur Entspannung der Situation bei.

Das kleine Mädchen hatte Tränen in den Augen, und das war in der Tat ein herzzerreißender Anblick. Selbst für mich, die kleinen Kindern unter normalen Umständen nicht besonders viel abgewinnen konnte.

»Das … erzähl ich …«, die Stimme des Mädchens war tränenerstickt und sie versuchte, den Schluckauf, der mit ihrem Weinen einherging, in den Griff zu bekommen, »alles … Stella!«

»Ach, Kinder, was ist denn hier los?«

Meine Mutter reagierte so, als wäre es völlig normal, dass zwei wildfremde Kinder in unserer Küche saßen, um Pfannkuchen stritten und Kasia auf Trab hielten.

»Das geht doch ganz einfach.«

Sie nahm Kasia die Pfanne aus der Hand, schnitt kurzerhand den Pfannkuchen in zwei Hälften und verteilte sie auf die Teller.

»Seht ihr, so bekommt jeder was und es gibt keinen Grund zu weinen, meine Süße.«

Sie strich dem Mädchen über die Locken und drückte ihm einen Kuss auf die Stirn, was unmittelbar dazu führte, dass es sich beruhigte.

»Krieg ich denn noch einen eigenen?«

Der Junge sah meine Mutter mit großen Augen an, die im Gegensatz zu seiner Schwester blau und von einem so unschuldigen Ausdruck waren, dass selbst ich bis ans Ende der Welt gefahren wäre, um dem Kleinen einen Pfannkuchen zu besorgen.

»Natürlich kriegst du den, Miko. Gib mir nur einen Moment Zeit.«

Mama ging wieder an den Herd und löste Kasia an der Pfannkuchenfront ab. Mit einem polnischen Wortschwall, den keiner verstand, verabschiedete sich unsere Aushilfe, nicht ohne vorher den beiden Kleinen eine Umarmung und ein herzliches Lächeln zu schenken.

Während der ganzen Zeit hatte niemand von mir Notiz genommen, also räusperte ich mich kurz.

»Hi, ich bin Millie.« Ich hob die Hand zum Gruß. »Ich wohne auch hier.«

Die beiden sahen mich kurz an und riefen fröhlich: »Hi, Millie.«

Dann waren die Pfannkuchen wesentlich interessanter als ich, und sie begannen, große Marmeladenkleckse darauf zu verteilen.

Ich trat zu meiner Mutter an den Herd, die bereits den Teig für einen weiteren Pfannkuchen ins heiße Öl gegeben hatte.

»Wann sind die drei eigentlich angekommen, Mama?«, fragte ich leise.

Sie sah mich gar nicht an und arbeitete konzentriert mit einem Lächeln weiter.

»Ach, schon vor einer Stunde. Sie haben den ersten Bus aus Neustadt genommen, die Ärmsten. Die haben die halbe Nacht am Bahnhof warten müssen. Kein Wunder, dass sie jetzt völlig ausgehungert sind.«

»Stella hat uns Butterbrote gemacht. Für die Fahrt.«

Das war der kleine Junge, der anscheinend mehr mitbekam, als ich dachte, und uns nun erklärend ansah.

»Stella macht immer Butterbrote.«

»Pfannkuchen sind viiiiel besser.« Das war das kleine Mädchen, das uns mit marmeladeverschmiertem Mund und einem seligen Ausdruck in den braunen Kulleraugen ansah.

Meine Mutter schmolz förmlich dahin. »Das freut mich aber, meine Kleine. Dann kriegt ihr so viele Pfannkuchen, wie ihr essen könnt.«

Was umgehend mit einem lautstarken Jubelgeschrei quittiert wurde.

So, wie es aussah, war ich hier überflüssig.

»Ich gehe dann mal kurz duschen und mich umziehen. Oder brauchst du meine Hilfe?«

Meine Mutter schüttelte entschieden den Kopf. »Nein, nein, geh nur, wir kommen prima zurecht, oder was meint ihr?«

Sie sah wieder mit diesem glücklichen Blick zu den Kindern, die begeistert nickten. Was hauptsächlich daran lag, dass sie den Mund voller Pfannkuchen hatten, was ein erneutes Jubelgeschrei verhinderte.

* * *

Ich betrat mein Zimmer und schloss hinter mir die Tür. Die letzten vierundzwanzig Stunden waren … nun ja, herausfordernd gewesen. Mit einem Seufzer ließ ich mich rücklings aufs Bett fallen und starrte die weiß lasierte Holzdecke über mir an. Ich hatte nicht gelogen, als ich meiner Mutter erklärte, dass bis auf eine gemeinsam verbrachte Nacht zwischen Sten Ohlsen und mir nichts weiter war. Aus irgendeinem Grund, der sich mir noch nicht wirklich erschlossen hatte, waren wir im Bett gelandet und trotz des völlig unklaren Status unserer Beziehung war es der beste Sex gewesen, an den ich mich erinnern konnte.

Bevor Nils und ich ein Paar wurden, hatte ich ein ziemlich unkompliziertes Verhältnis zu Sex gehabt. Wenn die Chemie stimmte, konnte man schließlich eine wunderbare Zeit miteinander verbringen, ohne dass sich daraus gleich irgendwelche Verpflichtungen ergaben. Ich hatte meine Erfahrungen gemacht und dabei eine Menge Spaß gehabt. Als die Beziehung zu Nils einen Punkt erreichte, den meine Mutter als *ernsthaft* beschreiben würde, war es für mich selbstverständlich gewesen, auf irgendwelche Abenteuer zu verzichten. Ich hatte nichts vermisst. Bis zum gestrigen Abend.

Ich stöhnte laut auf, schnappte mir ein Kissen und vergrub mein Gesicht darin. Ich wollte nichts von Sten Ohlsen. Rein gar nichts. Und alles, was nun folgte, würde mein Leben nur wieder unnötig verkomplizieren. Was hatte ich mir nur dabei gedacht? Eine Antwort wollte mir auch nach längerem Nachdenken nicht einfallen.

* * *

Ich weiß nicht, wie lange ich unter der Dusche gestanden hatte, aber ich hatte mir Zeit gelassen. Als ich dann später mit feuchtem Haar und in frischen Shorts und T-Shirt in der Küche erschien, war das Frühstück beendet und meine Mutter saß zufrieden mit den Kindern am Tisch und trank eine Tasse Kaffee.

Sten und Stella hatten anscheinend ebenfalls alles geklärt, was es zu klären gab, denn sie saßen mit den anderen am Esstisch. Stella hatte ihre kleine Schwester auf dem Schoß, die sich müde an sie kuschelte und kaum die Augen offen halten konnte.

»Hi, Millie.« Der kleine Junge begrüßte mich mit einem strahlenden Lächeln, das so herzlich war, dass ich sofort ein schlechtes Gewissen bekam, weil ich mir seinen Namen nicht gemerkt hatte.

»Wir haben dir Pfannkuchen übrig gelassen.«

»Das ist sehr lieb. Danke. Vielleicht später.«

Ich tauschte kurze Blicke mit Sten, der neben dem Jungen saß und noch immer einen angespannten Eindruck machte.

»Komm, setz dich zu uns.« Meine Mutter deutete auf den Platz neben sich. »Es gibt ganz wunderbare Neuigkeiten.«

Ich war mir nicht ganz sicher, ob ich sie hören wollte. Allerdings schien Antje Larsen angesichts der Situation regelrecht aufzublühen.

»Stella, Miko und Momo bleiben für ein paar Tage bei uns zu Besuch.«

Mir gelang es, ein Lächeln auf meine Lippen zu zaubern.

»Toll.« Ich sah in die drei Kindergesichter. »Jedenfalls habt ihr euch das beste Wetter ausgesucht, das man haben kann, wenn man hier oben bei uns am Meer ist. Ihr werdet eine Menge Spaß haben.«

»Oma Antje sagt, du zeigst mir, wie man segelt. Das wollte ich schon immer können.« Der Junge sah mich bewundernd an. »Und du bist richtig gut darin, sagt sie.«

Oma Antje? Das ging ja schnell.

Meine Mutter muss mir meine Verwunderung angesehen haben. »Die Wohnung oben ist ja viel zu klein, deshalb bleiben die drei erst mal bei uns«, klärte sie mich ungefragt auf. »Miko und Momo schlafen in Jules altem Zimmer und für Stella mach ich das Gästebett in Annis Arbeitszimmer fertig.«

»Ja, prima!« Ich wusste nicht, was ich sonst sagen sollte, so sehr war ich von ihrem Enthusiasmus überrumpelt.

Sten ergriff das Wort: »Wenn dir das zu viel wird, Antje, dann finden wir aber auch eine andere Lösung. Ich …«

»Unsinn«, unterbrach sie ihn, »ich freue mich, dass sie da sind. Das Sturmnest ist doch ausgebucht. Da ist das für alle die beste Lösung.«

»Gibt es hier wirklich Wale? Richtige Wale?«

Momos müde Stimme lenkte das Gespräch unvermittelt in eine andere Richtung. Sie sah mich mit ihren großen dunklen Augen an und ich konnte nicht anders, als zu lächeln.

»Ja, die gibt's hier.«

»Zeigst du sie mir?«

»Klar mache ich das, wann immer du willst. Sag einfach Bescheid.«

»Danke! Ich war nämlich noch nie am Meer.« Sie konnte ein Gähnen kaum unterdrücken und das war für meine Mutter das Startsignal, die praktische Seite unserer Gastfreundschaft in Angriff zu nehmen.

»Hilfst du mir mit den Zimmern, Millie?«

Sie wartete meine Antwort erst gar nicht ab und wandte sich den anderen zu. »Und in der Zwischenzeit geht ihr runter an den Strand und sagt der Ostsee Hallo. Die freut sich nämlich immer über so lieben Besuch.«

»Ich helfe euch.« Das war Stella, die Momo von ihrem Schoß hob und aufstand. Sie sah mich an und in diesem Moment wusste ich, dass sie mich durchschaute und hinter meinem Lächeln längst erkannt hatte, dass ich alles andere als begeistert über ihren Besuch war. Ich spürte augenblicklich, wie mir die Schamesröte ins Gesicht stieg, und wich ihrem ruhigen Blick aus.

»Das musst du nicht, wirklich nicht. Geht ihr runter an den Strand und entspannt euch ein bisschen. In einer Stunde ist alles fertig, stimmt's, Mama?«

Ich blickte Hilfe suchend zu meiner Mutter, die eifrig nickte. Stella musterte mich noch einen Moment, dann nahm sie Momo an die Hand.

»Okay.«

Sten stand hastig auf und sagte: »Wartet, ich zeige euch den Weg die Steilküste runter.«

Als er den Kindern nach draußen folgte, tauschten wir lange, stumme Blicke, die alles bedeuten konnten.

* * *

Während ich meiner Mutter dabei half, ein weiteres Kinderbett in Jules ehemaliges Zimmer zu stellen, um anschließend die Betten zu beziehen, erfuhr ich die Hintergründe unseres Überraschungsbesuchs. Meine Mutter war natürlich schon bestens im Bilde.

Jessi war tatsächlich die Mutter der drei Kinder, und Stella war das Ergebnis einer kurzen, aber leidenschaftlichen Ehe zwischen Jessi und Erik Ohlsen, Stens älterem Bruder. Was Sten zu Stellas Onkel gemacht hatte. Stellas jüngere Geschwister hatten unterschiedliche Väter (wie man unschwer erkennen konnte), die sich, ähnlich wie Stellas Vater, einfach aus dem Staub gemacht hatten. So musste sich Jessi als alleinerziehende Mutter durchs Leben kämpfen. Was ihr wiederum bei meiner Mutter sofort und uneingeschränkt Sympathiepunkte einbrachte. Vor zwei Tagen hatte Jessi dann gesundheitliche Probleme bekommen (um welche genau es sich handelte, wusste meine Mutter nicht) und war ins Krankenhaus eingeliefert worden. Um mit ihren beiden Geschwistern nicht allein in Hamburg zu bleiben, hatte Stella daher den Entschluss gefasst, die Zeit bis zur Rückkehr der Mutter beim einzigen Verwandten, also ihrem Onkel, zu verbringen und war mehr oder weniger spontan nach Brodershöved aufgebrochen. Meine Mutter hielt das für eine sehr kluge Entscheidung. Im Spätsommer gab es schließlich keinen besseren Ort als die Ostsee. Für einen Moment schoss mir die Frage durch den Kopf, wann eigentlich die Sommerferien zu Ende sein würden. Zumindest Stella und Miko (ich würde den Namen bestimmt nicht wieder vergessen) waren doch sicherlich im schulpflichtigen Alter. Bevor ich weiter darüber nachdenken konnte, redete meine Mutter auch schon weiter und versicherte mir, dass es ein ganz wunderbares Gefühl sei, wieder Kinder im Haus zu haben. Und mir wurde klar, woher ihre Begeisterung für unseren Überraschungsbesuch kam.

»Du vermisst Anni und die Zwillinge, stimmt's?«

Sie schüttelte resolut die Kopfkissen auf und tat so, als würde es ihr nichts ausmachen. »Ach, weißt du, Millie, die haben doch drüben in Kanada jetzt ein so wunderbares Leben, da freut es mich einfach nur, wie glücklich sie sind.«

Was sicherlich stimmte, allerdings nur die halbe Wahrheit war.

»Warum fliegst du sie nicht mal besuchen, wenn die Saison vorbei ist?«

Sie sah mich einen Augenblick nachdenklich an. »Ja, vielleicht mache ich das mal.«

Dann schaute sie sich zufrieden im Kinderzimmer um.

»Ich denke, Momo und Miko werden sich hier wohlfühlen.«

Dann klatschte sie in die Hände. »So. Und jetzt kümmern wir uns um Stellas Zimmer.«

* * *

Ich wartete nicht ab, bis Sten und die Kinder wieder vom Strand zurückkehrten. Mit dem Hinweis, schon längst bei Petersen in der Segelschule sein zu müssen, schwang ich mich aufs Rad und überließ meine Mutter ihrem weiteren Nestbau, der sie sehr glücklich zu machen schien.

Der alte Petersen begrüßte mich einigermaßen erstaunt, denn der Tag war unterrichtsfrei und es gab eigentlich nichts für mich zu tun. Also erklärte ich mein plötzliches Auftauchen damit, die Segeljollen für die nächste praktische Unterrichtseinheit auf dem Wasser überprüfen zu wollen. Petersen ließ mich gewähren, vermutlich war er erleichtert, nicht selbst das Chaos an Bord der Jollen beseitigen zu müssen, das unsere Schüler am Tag zuvor hinterlassen hatten.

Es tat gut, für die nächsten Stunden mit dem Entwirren der Leinen beschäftigt zu sein und die Segel wieder ordentlich zu reffen. Es verhinderte sehr effektiv, dass meine Synapsen bei der Frage heiß liefen, was sich gestern zwischen Sten und mir ergeben hatte und wohin das Ganze führen sollte. Manchmal war es einfach am besten, die Dinge laufen zu lassen und zu hoffen, dass sie sich von alleine klärten.

Liv schien da ganz anderer Meinung zu sein, was man unschwer daran erkennen konnte, dass sie Jewes Jeep direkt vor der Anlegestelle parkte, aus dem Wagen sprang und mit steifen Schritten auf mich zukam.

»Du kannst da nicht parken, Liv. Halteverbot.«

Ich pustete mir eine schweißnasse Strähne aus der Stirn und versuchte, innerlich bis drei zu zählen. Liv erweckte den Eindruck, als wäre sie auf Streit aus.

»Sag mal, stimmt das, was Mama mir gerade erzählt hat?«

Liv war wie jeden Morgen im Sturmnest gewesen und hatte den Zimmerservice erledigt. Meine Mutter hatte die Gelegenheit offenbar genutzt, um sie umgehend auf den neuesten Stand zu bringen, was mein Liebesleben betraf. Die alte Plaudertasche.

»Keine Ahnung.« Ich zuckte mit den Schultern und kümmerte mich weiter um ein Vorsegel. »Was hat sie denn erzählt?«

Liv blieb vor mir auf dem Steg stehen, die Arme vor der Brust verschränkt.

»Was soll das, Millie? Was denkst du dir dabei?«

Ich sah sie nicht an und arbeitete verbissen weiter, während ich krampfhaft versuchte, Ruhe zu bewahren.

»Im Augenblick denke ich nur, dass ich meinen Schülern das Reffen der Segel noch mal erklären muss. Die scheinen das noch nicht ansatzweise kapiert zu haben.«

»Millie!«

Ich blickte auf. »Was?«

»Was soll das mit Sten und dir?«

»Ich denke nicht, dass ich dir irgendeine Erklärung schuldig bin.«

»Oh, doch, meine Liebe, das bist du. Sten ist nämlich ein wirklich guter Freund von mir und es stört mich gewaltig, wenn jemand ihn verarscht.«

»Okay. Also schön. Dann pass mal gut auf.« Ich ließ das Vorsegel Vorsegel sein und sah meine Schwester sauer an. Da sie auf dem Steg stand und ich noch im Boot war, musste ich zu ihr aufblicken. Ich fühlte mich augenblicklich unterlegen, was mich nur noch wütender machte.

»Erstens ist das ganz allein meine Sache. Zweitens ist Sten Ohlsen ein erwachsener Mann, der bestimmt keinen Babysitter braucht. Das Gleiche gilt übrigens auch für mich. Und drittens habe ich ihn sicherlich nicht zu irgendetwas gezwungen, was er nicht auch tun wollte.«

Ich kletterte aus dem Boot, um mit Liv auf Augenhöhe zu sein. Ihr Mund war ein schmaler Strich, während sie mich ansah. Sie war wirklich sauer.

»Ich hab mit Sten eine Nacht verbracht. Das war's. Keine großen Liebesschwüre, keine Verpflichtungen, nichts. Nur

Sex. Das sehen wir beide so. Also, worüber regst du dich jetzt eigentlich so auf? Bist du tatsächlich so verklemmt, dass dich der Gedanke an einen One-Night-Stand völlig aus der Fassung bringt?«

Liv musterte mich stumm, und ich konnte nicht wirklich erraten, was in ihr vorging. So standen wir uns einen langen Moment gegenüber und das verunsicherte mich mehr als jeder Vorwurf, den sie mir hätte machen können.

Liv nickte schließlich und ließ mich dabei nicht aus den Augen.

»Okay.«

Ohne ein weiteres Wort wandte sie sich um und wollte gehen. Ich schaute ihr verwirrt hinterher.

»Okay? Das ist jetzt alles, was du dazu zu sagen hast? Wow!«

Sie drehte sich mit einem kurzen Zögern wieder zu mir um. Aus ihren Augen sprach eine gewisse Mordlust.

»Was willst du von mir hören, Millie? Dass ich im Augenblick glaube, dass du der verantwortungsloseste Mensch bist, den ich kenne? Dass du jemand bist, den die Gefühle anderer einen feuchten Dreck interessieren, und der nur sich und seine Probleme und seine Wünsche kennt?«

Ich starrte sie an und musste trocken schlucken.

»Wie alt bist du eigentlich, Millie? Siebzehn? Werd endlich erwachsen!«

Damit ging sie schnellen Schrittes zurück zum Jeep, stieg ein, wendete und fuhr davon. Ohne mich noch eines Blickes zu würdigen.

Ich starrte ihr lange hinterher.

* * *

Es war bereits spät am Abend und die untergehende Sonne zauberte ein märchenhaftes Farbenspiel in Orange, Violett und

Taubengrau an den Himmel über der glitzernden Ostsee, als ich zurück zum Sturmnest radelte. Oben vom alten Klippenweg aus sah ich, wie jemand unten am Strand ein Lagerfeuer vorbereitete, und beim Näherkommen erkannte ich meine Mutter, die gemeinsam mit den Kindern Picknickkörbe und Decken an den Strand brachte. Unwillkürlich musste ich lächeln. Das erste Lagerfeuer unten am Strand, wenn der Winter vorbei war, die Tage wieder wärmer wurden und wir Stockbrot und Würstchen über dem offenen Feuer grillten, war in meiner Kindheit immer das Highlight des Jahres gewesen. Vermutlich wollte meine Mutter den Kindern, die noch nie am Meer gewesen waren (eigentlich erstaunlich, wenn man in Hamburg lebte), eine unvergessliche Freude bereiten.

Einen Moment war ich versucht, ihnen Gesellschaft zu leisten. Doch der Streit mit Liv, genauer gesagt das, was sie mir wütend an den Kopf geworfen hatte, nagte an mir. Ich war doch nicht verantwortungslos und egoistisch, nur, weil ich die Nacht mit einem Mann verbracht hatte, ohne gleich eine feste Beziehung eingehen zu wollen. Mal abgesehen davon, dass Sten und ich überhaupt keine Gelegenheit gehabt hatten, das zu klären. Und überhaupt – der Mann war einmal verheiratet und dreimal verlobt gewesen, ohne dass daraus die große, immerwährende Liebe und eine ganze Schar entzückender Kinder geworden waren. Was für mich den Schluss nahelegte, dass Sten Ohlsen nicht gerade der Typ Mann war, der nur mit einer Frau ins Bett ging, wenn kurz darauf die Hochzeitsglocken läuteten. Ganz im Gegenteil. Der ließ garantiert nichts anbrennen und hatte vermutlich schon mehr Frauen im Bett gehabt, als ich zählen konnte. Was fiel Liv ein, mir deswegen Vorwürfe zu machen, verdammt noch mal! Je länger ich darüber nachdachte, desto wütender machte es mich, und als ich endlich im Sturmnest ankam, wollte ich am liebsten gleich wieder umkehren, um Liv einen Besuch abzustatten und ihr gehörig die Meinung zu geigen.

Stattdessen lief ich Sten in die Arme. Wortwörtlich.

* * *

»Oh, tut mir leid.«

Ich hatte ihn voll mit der Tür erwischt, die ich schwungvoll aufstieß, als ich das Hotel betrat. Die Ladung Hotdog-Brötchen und Ketchup- und Senftuben, die er im Arm balancierte, landete im hohen Bogen auf den Fliesen des Empfangs. Er hielt sich vor Schmerz die Stirn, wo die Tür ihn erwischt hatte.

»Autsch!«

Ich machte mich daran, alles wieder aufzusammeln, um es dann in die Küche zu bringen.

»Sorry, das wollte ich nicht. Tut's sehr weh?«

Ich sah mitleidig zu ihm auf. Er versuchte ein Lächeln, was ihm ziemlich misslang.

»Nee, geht schon wieder«, log er halbherzig, »nichts passiert.«

Mit den Sachen im Arm deutete ich mit dem Kopf in Richtung Hotelküche. »Ich besorge dir lieber mal Eis. Die Beule muss gekühlt werden.«

Er nickte mit schmerzverzerrtem Gesicht. »Gute Idee.«

Ich legte alles eilig auf dem Tresen ab und suchte im Eisfach nach den Kühlpads, die meine Mutter dort immer aufbewahrte, falls einer unserer Gäste welche brauchte. Sten war mir in die Küche gefolgt.

»Ich war eigentlich auf dem Weg zum Strand. Antje hat vorgeschlagen, ein Lagerfeuer zu machen und so. Für die Kinder.«

Ich wickelte das Kühlpad in ein frisches Trockentuch und reichte es ihm. »Hab ich mir schon gedacht.«

Er lehnte sich an den Küchentresen und kühlte sich die Stirn.

»Aahhh«, kam ein verhaltenes Stöhnen, »schon viel besser.«

Einen Moment standen wir uns unsicher gegenüber. Meine Wut auf Liv hatte sich in Luft aufgelöst und ich sah Sten mit schlechtem Gewissen an.

»Ich hab wirklich nicht gesehen, dass da jemand hinter der Tür war.«

»Du hattest es wohl eilig.« Er lächelte matt. »Das hatte ordentlich Wumms.«

Wir schauten uns nur an, schweigend, unfähig das auszusprechen, was uns wirklich bewegte.

»Willst du mit runter an den Strand kommen?«

Ich schüttelte den Kopf.

Er sah mich nachdenklich an. »Okay …«

»Es ist … ich bin ziemlich müde, Sten. Das war irgendwie ein … anstrengender Tag.«

»Verstehe.«

»Und … nicht, dass du mich falsch verstehst. Die Kinder sind süß … also die Kleinen … Stella natürlich auch … Also sie ist nicht süß, aber nett.«

Er wich meinem Blick aus und befühlte vorsichtig die Beule.

Ich plapperte einfach weiter. Immer noch besser, als die Stille der nicht ausgesprochenen Dinge zwischen uns zu ertragen.

»Schade, dass du sie nicht schon früher mal eingeladen hast. Der Sommer ist ja fast vorbei und sie müssen bestimmt bald wieder in die Schule.«

»Ja, du hast recht. Schade eigentlich. Aber … es ist etwas kompliziert …«

Ich wartete auf eine weitere Erklärung, die aber nicht kam. Und dann sagte ich etwas, was ich weder durchdacht hatte, noch war es meine Absicht gewesen: »Ich gehe zurück nach Kiel.«

Er blickte auf und in seinen Augen lag wieder dieses fast kindliche Erstaunen, das mich jedes Mal berührte.

»Du verlässt Brodershöved?«

Ich nickte. »Es wird langsam Zeit. Ich bin schon viel zu lange hier. Meinem Bein geht's gut. Ich bin jetzt gesund und muss wieder mein eigenes Leben führen.«

»Und was hast du in Kiel vor?«

Ich zuckte mit den Schultern und spielte nervös mit den Brötchen auf der Küchenablage, um nicht in diese sanften braunen Augen zu sehen, die alles nur noch schwerer machten.

»Ich werde mir irgendeinen Job suchen. Petersen hat mich da auf eine Idee gebracht. In Kiel gibt's eine Menge Segelschulen, da könnte ich weiter unterrichten.«

»Klingt ... vernünftig.«

Er atmete hörbar durch. Und auf einmal war es, als hätte sich zwischen uns eine unsichtbare Mauer aufgebaut, die wir nicht mehr überwinden konnten.

»Ich muss wieder runter an den Strand. Die anderen warten bestimmt schon mit dem Essen.« Er legte das Kühlpad in die Spüle und sammelte mit ruhigen, überlegten Bewegungen die Brötchen sowie die Ketchup- und Senftuben ein.

»Sehen wir uns noch, bevor du abreist?«

Er sah mich nicht an, als er es fragte.

»Sicher sehen wir uns noch.«

»Gut.« Sein Lächeln wirkte aufgesetzt. »Dann ... bis dann.«

Und damit war er weg.

Ich blieb allein in der Küche zurück und fragte mich, was um alles in der Welt ich gerade getan hatte.

KAPITEL 17

Mein Entschluss, nach Kiel zurückzugehen, war genauso spontan wie unüberlegt gewesen. Eine sofortige Rückkehr scheiterte nämlich zunächst einmal daran, dass ich nicht bedacht hatte, dort keine Wohnung mehr zu haben. Die hatte Anni an eine sympathische Medizinstudentin aus Wiesbaden untervermietet, die noch mindestens bis zum Beginn des Wintersemesters ihr Pflegepraktikum an der Uniklinik absolvierte und die ich nicht einfach aus der Wohnung werfen konnte, ohne mich dafür in Grund und Boden zu schämen.

In Kiel hatte ich einige Bekannte, mit denen ich studiert und die eine oder andere Party geschmissen hatte. Wirkliche Freunde, die mir vorübergehend eine Bleibe angeboten hätten, waren jedoch nicht darunter. Also ging ich die WG-Annoncen im Internet durch und lernte sehr schnell, dass die Kosten für ein einfaches WG-Zimmer so astronomisch hoch waren, dass ich es mir ohne einen halbwegs vernünftig bezahlten Job nicht leisten konnte. Einen Job jedoch konnte ich nur finden, wenn ich ein Dach über dem Kopf hatte. Es war zum Verrücktwerden. Blieb nur noch, meine Mutter um kurzfristige finanzielle Unterstützung zu bitten, was allerdings auch nicht infrage kam. Sie hatte mir die letzten Monate schon genug geholfen. Ich wäre mir wirklich egoistisch und verantwortungslos vorgekommen, wie Liv es mir vorgeworfen hatte. Diesen Triumph wollte ich meiner Schwester auf keinen Fall gönnen.

Ich brauchte einen Plan B und das möglichst schnell.

* * *

Während ich mir also noch Gedanken darüber machte, wie ich so schnell wie möglich Brodershöved hinter mir lassen konnte, nahmen mich Miko und Momo gleich am nächsten Tag in Beschlag, ohne dass ich es verhindern konnte. Die beiden waren höflich und zurückhaltend, hielten ihr Zimmer in Ordnung, wie ich es noch nie bei Kindern erlebt hatte, und stellten nie irgendwelche Forderungen. Was eine unglaublich gute Taktik war, um alle Wünsche erfüllt zu bekommen. Sie waren einfach entzückend, sodass einem gar nichts anderes übrig blieb, als ihnen die bestmögliche Zeit zu schenken, die sich ein Kind am Meer nur vorstellen konnte.

Also holte ich die *Bandit*, Claras alte Jolle, aus dem Schuppen und machte sie wieder segeltauglich, um mein Versprechen einzuhalten und Miko das Segeln zu erklären. Die Kinder würden vermutlich nicht lange genug bleiben, um es ihnen richtig beizubringen, aber die ersten Grundlagen konnte ich durchaus vermitteln.

Momo wich ihrem großen Bruder nicht von der Seite und begleitete uns auf Schritt und Tritt. Und als wir alle drei die *Bandit* auf der Slipkarre runter an den Strand schoben, half sie begeistert mit.

Als die kleine Jolle im Wasser lag und ich sie gesichert hatte, half ich den beiden, die Schwimmwesten anzuziehen.

»Ich kann schon ganz toll schwimmen. Ich hab das Schwimmabzeichen in Bronze.«

Miko sah mich stolz an, während ich die Gurte der Weste festzog. Ich versuchte, mich zu erinnern, welche Schwimmabzeichen ich als Kind errungen hatte, aber mir fiel nur das Seepferdchen ein, und da musste ich in Momos Alter gewesen sein.

»Ich kann auch schon schwimmen, richtig gut sogar. Stella hat es mir beigebracht«, versicherte mir Momo begeistert. »Das Abzeichen kann ich aber noch nicht machen. Das kostet nämlich Geld. Und davon haben wir grad nicht so viel.«

Nun, das Problem kam mir bekannt vor. Allerdings fand ich es ziemlich unfair, dass ein Kind in ihrem Alter sich schon darüber Gedanken machen musste. Vor allen Dingen, wenn sie einen Onkel hatte, der sicherlich mehr Geld besaß, als er in einem Leben ausgeben konnte.

»Weißt du was, Momo, solche Abzeichen sind schon toll. Aber noch toller ist es, etwas richtig, richtig gut zu können. Und wenn man das geschafft hat, dann braucht man eigentlich keine Abzeichen mehr.«

Miko sah mich an und kniff dabei die Augen zusammen, weil die Sonne ihn blendete. »Stella sagt das auch immer.«

Ich sah ihn überrascht an. »Tatsächlich?«

Er nickte eifrig. »Stella ist echt klug. Deshalb muss sie jetzt auch nicht mehr zur Schule gehen und kann Geld verdienen ...«

Momo stupste ihren Bruder in die Seite und unterbrach ihn. »Das sollen wir doch nicht verraten, Miko.«

Der Junge sah erschrocken zu seiner kleinen Schwester und presste die Lippen zusammen. »Oh ... tut mir leid.«

Verlegen senkte er den Blick.

Ich wollte ihn nicht weiter in Bedrängnis bringen und wechselte das Thema. Allerdings schien mir die Situation der Kinder daheim in Hamburg ernster zu sein, als sie es meiner Mutter berichtet hatten.

»Okay, ihr kleinen Landratten, dann lasst uns mal in See stechen. Aber bevor wir an Bord gehen, gibt's noch ein paar Regeln.«

Ich stellte sie, wie es sich für einen Kapitän gehörte, in Reih und Glied vor der *Bandit* auf.

»Also, die wichtigste Regel ist: An Bord wird gemacht, was der Käpt'n sagt. Und der Käpt'n bin ich, verstanden?«

»Aye, aye, Käpt'n.« Sie schienen Spaß an dem Spiel zu haben.

»Sehr gut. Das sind Leichtmatrosen, wie ich sie liebe.«

Ich zwinkerte ihnen aufmunternd zu.

»Wer von euch ist denn überhaupt schon mal auf einem Boot gewesen?«

Sie sahen sich etwas unsicher an und schüttelten die Köpfe.

»Okay, dann ist das also eure Jungfernfahrt.« Ich tat so, als würde mir das schwer zu denken geben. »Hmm … das ist natürlich was ganz Besonderes.«

»Ehrlich?«

Sie schienen mir nicht ganz zu glauben.

»Aber natürlich ist das was Besonderes. Also, wenn ich das gewusst hätte … aber jetzt ist es zu spät. Dann müssen wir das eben später feiern.«

»Es gibt eine Feier?«

Ich nickte entschlossen.

»Eine richtig große. Mit Pfannkuchen und Eiscreme und … einer Torte«, improvisierte ich, ohne eine Ahnung davon zu haben, wo ich die um alles in der Welt herbekommen sollte. »Nur für euch.«

Sie konnten ihr Glück kaum fassen. Ich tat so, als gäbe es da noch ein weiteres kleines Problem.

»Vorausgesetzt natürlich, ihr beiden macht keinen Blödsinn. Falls ihr über Bord geht, muss ich die Torte natürlich ganz alleine essen.«

Sie protestierten lautstark und versprachen hoch und heilig, superdupergut aufzupassen und ganz, ganz, ganz bestimmt nicht über Bord zu gehen. Ich lachte zufrieden. Wie bei vielen Dingen im Leben half die richtige Motivation aller Beteiligten ungemein, das zu bekommen, was man wollte.

* * *

Ich half den beiden an Bord der *Bandit* und bat sie, sich vorn auf den Boden zu hocken, während ich das kleine Segelboot weiter ins tiefere Wasser zog und mich dann ebenfalls an Bord hievte. Dann machte ich die Segel klar, und plötzlich nahm die kleine Jolle Fahrt auf. Die Kinder begannen zu jubeln und ihre kindliche Begeisterung war berührend. Sie strahlten übers ganze Gesicht, die Haare vom Wind zerzaust, und quietschten bei jedem Spritzer Gischt, der zu uns ins Boot wehte.

Ich nahm Kurs auf die kleine Halbinsel nördlich der Klippen. Wir fuhren am Sturmnest vorbei, das hoch über uns aufragte. Im Garten und auf den Balkonen waren einige Gäste beim Sonnenbaden zu sehen, die heiter zurückwinkten, als Momo und Miko sie euphorisch begrüßten und wild mit den Armen ruderten.

Es war ein perfekter Segeltag. Die Ostsee lag ruhig und klar vor uns. Kein Wölkchen trübte den strahlend blauen Septemberhimmel und der Wind blies mit der genau richtigen Stärke, um uns mit der *Bandit* sanft über die Wellen gleiten zu lassen. Es war lange her, dass ich als Skipper auf einer kleinen Jolle gesegelt war und dieses ursprüngliche, intensive, wunderbare Gefühl genossen hatte, das einen überkam, wenn man sich ganz den Elementen hingab. An Bord eines großen Kreuzfahrtschiffes wie der *Ophelia* bekam man davon nicht mehr viel mit. Es sei denn, man geriet in eine Schlechtwetterfront, was eher selten vorkam. Die Reederei nahm es lieber in Kauf, dass das Schiff einen großen Umweg fuhr, als die Passagiere durch hohen Seegang von ihren Vergnügungen an Bord abzuhalten. Wer mochte schon gerne ein Fünf-Gänge-Menü genießen, wenn meterhohe Wellen die Hälfte der Passagiere mit Seekrankheit in ihre Kabinen verbannten.

Die Spitze der Halbinsel kam in Sicht und ich änderte leicht den Kurs, um näher ans Ufer zu kommen. Es war ein Vogelschutzgebiet und durfte nicht betreten werden. Nur die Vogelkundler der Uni Kiel lebten im Frühling und Spätherbst ein paar Wochen in einer kleinen Hütte auf der Insel, um die Bestände zu zählen, das Brutverhalten zu studieren und die Jungvögel zu beringen. Vielleicht hatten wir Glück und das Seeadlerpärchen, das dort beheimatet war, würde sich blicken lassen.

»Wow! Momo, schau mal, eine richtige Insel!«

Miko deutete auf das kleine idyllische Eiland vor uns.

»Leben da auch Menschen?«

»Nein, Miko. Da gibt's nur Vögel. Aber früher mal, da war das ein Versteck für Piraten.«

Die beiden sahen mich mit großen Augen an.

»Echt? Piraten? Die gab's hier?«

»Na klar, gab's die hier.«

Die beiden waren schwer beeindruckt.

»Ist aber schon ganz, ganz lange her. Und eigentlich ist es auch keine richtige Insel. Auf der anderen Seite gibt es nämlich einen kleinen Damm und über den kann man auf die Insel gelangen.«

»Sind denn die Wale auch hier?«

Momo sah mich voller Vorfreude an. Ich hatte gehofft, dass wir mit etwas Glück ein paar von unseren kleinen Schweinswalen zu sehen bekämen. Die Gewässer rund um die Insel waren fischreich und normalerweise begaben sich die Wale am späten Nachmittag gerne auf die Suche nach einem Heringsschwarm,

197

an dem man sich satt essen konnte. Doch leider musste ich die Kinder enttäuschen. Wie schon Liv und Hauke bei ihren Waltouren festgestellt hatten, machten sich unsere Wale rar.

»Tut mir leid, Momo. Aber die scheinen sich heute nicht blicken zu lassen.«

»Das ist aber schade.« Sie schaute enttäuscht drein.

»Ist ja auch unsere erste Tour. Beim nächsten Mal haben wir bestimmt mehr Glück.« Ich versuchte, sie aufzumuntern. »Und morgen früh besuchen wir das Walmuseum. Da könnt ihr eine Menge über die Wale lernen.«

»Es gibt hier ein richtiges Museum über Wale?«

»Na klar.« Ich deutete die Küste hinunter, in die Richtung, aus der wir gekommen waren. »Da hinten am großen Leuchtturm. Da ist das Museum. Wir schnappen uns morgen früh gleich die Fahrräder und radeln hin. Was haltet ihr davon?«

Die Begeisterung war groß und es war schön, zu sehen, dass man den beiden selbst mit Kleinigkeiten schon große Freude bereiten konnte. Der Alltag in Hamburg bot ihnen wohl nicht gerade viel Abwechslung.

Aus den Augenwinkeln nahm ich eine Bewegung am Himmel wahr. Ich dankte augenblicklich Neptun oder demjenigen Gott, der dafür verantwortlich war, uns doch noch eine kleine Sensation zu schenken.

Hoch oben am Himmel schwebte majestätisch einer der Seeadler, die auf der Insel brüteten, und zog auf der Suche nach Beute elegant seine Kreise über dem Wasser.

»Momo! Miko! Seht mal! Da oben! Ein Adler!«

Die beiden starrten mit offenen Mündern in den Himmel. »Wow!«

In diesem Augenblick hatte der Adler seine Beute erspäht und stürzte sich ins Wasser, um sich den Bruchteil einer Sekunde später wieder in die Lüfte zu erheben, zwischen den Krallen nun einen zappelnden Fisch.

Mit wenigen Schwüngen flog er in die Baumkrone einer vom Wind zerzausten Buche und begann seinen Fang zu verspeisen.

»Das war ja cool!« Miko schaute mich mit seinen großen blauen Augen an. »Hast du gesehen, wie schnell der war?«

»Der arme Fisch.« Momo sah das etwas kritischer.

Ich musste lächeln. »Weißt du, Momo, das war bestimmt ein ganz alter Fisch, der schon ein tolles Leben hatte und ganz viel gesehen und erlebt hat. Und jetzt hilft er dem Adler, zu überleben und seine Jungen großzuziehen. Die brauchen auch etwas zu essen, so wie ihr, damit sie groß und stark werden.«

Momo dachte einen Moment darüber nach, und die Art und Weise, wie sie die Augen konzentriert zusammenkniff, um über das ewige Rätsel des Kreislaufs des Lebens nachzudenken, war berührend.

Wir hatten die Spitze der Halbinsel erreicht und ich fuhr eine Wende, um an der Küste entlang zurückzusegeln. Es war schon spät, und ich hoffte, wir würden es noch rechtzeitig zurück ins Sturmnest schaffen, damit ich die versprochene Torte bei Ohlrogge besorgen konnte.

Als wir uns dem Strand näherten, von dem wir aufgebrochen waren, wartete Stella bereits auf uns. Sie hockte auf einem der Findlinge in der Sonne, und als ich die *Bandit* auf den Kies setzte und ins Wasser sprang, um sie an Land zu ziehen, half sie mir unaufgefordert. Dabei wurde sie von ihren Geschwistern sofort und ausführlich über das soeben bestandene Abenteuer informiert.

»Ihr habt einen richtigen Adler gesehen?«

»Ja, ganz, ganz weit oben in der Luft und dann ist er im Sturzflug ins Wasser.« Miko ahmte mit den Armen wild den Flug des Adlers nach. »Und dann – *bämm* – ist er wieder nach oben. Und hatte einen Fisch.«

Stella blickte kurz zu mir, wohl um sich zu vergewissern, ob Miko nicht übertrieb.

»Und wir haben gesehen, wo die Piraten sich versteckt haben.«

Momo kletterte aus dem Boot und sah ihre große Schwester begeistert an. »Eine richtige Pirateninsel.«

»In Brodershöved gab's Piraten? Das glaub ich nicht.« Stella konnte sich ein Lachen nicht verkneifen.

»Doch, das stimmt«, protestierte die Kleine und sah zu mir. »Das stimmt doch, Millie, oder?«

»Natürlich!«

Triumphierend sah Momo ihre Schwester an. »Siehst du, echte Piraten. Und die haben die Schiffe ausgeraubt, wenn die auf Grund gelaufen sind. Und dann haben sie sich auf der Insel versteckt. Da konnte niemand sie finden.«

Das war tatsächlich die Kurzversion meiner Schilderung über die nicht gerade rühmlichen Taten meiner Vorfahren, die mit falschen Leuchtfeuern am Strand hilflose Handelsreisende in die Falle gelockt hatten. Wer auch immer behauptete, Pirat sei ein ehrbarer Beruf, lag meiner Einschätzung nach meilenweit daneben.

Wir hatten die *Bandit* wieder auf den Strand gesetzt und ich sicherte die Segel.

»Wenn ihr wollt, machen wir morgen wieder eine Tour.«

Ich sah zu Stella. »Du kannst gerne mitkommen. Und Sten auch, wenn er will.«

Insgeheim hoffte ich, dass dies nicht passierte. Ich machte lieber einen großen Bogen um Sten Ohlsen. Nur für den Fall, dass ich meine Gefühle nicht richtig im Griff hatte. So, wie es aussah, war die Gefahr allerdings gering.

»Ich denke mal, das wird nicht klappen.«

Stella schenkte mir ein schiefes Lächeln.

»Ich glaube, im Hotel gibt's Stress.«

KAPITEL 18

Meine Mutter stand vor dem Empfangstresen und hatte vor Anspannung eine Hand auf die Brust gelegt, um ihren Atem besser zu kontrollieren. Sten stand hinter dem Counter und telefonierte. So, wie es aussah, war er in keinem besseren Zustand als meine Mutter.

»Was heißt, da kann man nichts machen?« Seine Stimme bebte vor unterdrückter Wut. »Natürlich kann man da was machen. Ich hab Ihnen doch gesagt, ich zahle auch das Doppelte für den Einsatz.«

Er raufte sich verzweifelt die Haare, während er auf Antwort wartete. Doch mit der war er alles andere als zufrieden.

»Hören Sie, ich zahle Ihnen, was auch immer Sie wollen, Verstehen Sie? Nennen Sie mir einfach eine Zahl!«

Er runzelte die Stirn. »Hallo? … Hallo?«

Er sah mit fassungslosem Blick zu meiner Mutter. »Aufgelegt! Die hat einfach aufgelegt.«

Es kam wohl nicht so oft vor, dass man Sten Ohlsen eine Abfuhr erteilte.

»So eine verdammte Sch…!«

»Sten!« Meine Mutter hatte uns entdeckt und unterbrach ihn mahnend. »Die Kinder sind wieder da.«

Sten hielt mitten in seinem Fluch inne und sah uns an. In seinem Blick lag blanke Panik.

Ich begrüßte meine Mutter mit einer kurzen Umarmung.

»Hallo, Mama. Was ist los?«

Sie wich meinem Blick aus und flüchtete zu Sten hinter den Counter.

»Wir haben da ein kleines Problem.«

Sten lachte bitter auf, sagte aber nichts weiter dazu und starrte auf den Computerbildschirm.

»Da muss es doch noch jemand anders geben«, murmelte er und scrollte mit der Maus den Bildschirm hinunter.

Ich tauschte einen irritierten Blick mit Stella, die scheinbar mehr wusste als ich. Meine Neugier war auf alle Fälle geweckt.

»Wie sieht denn das *kleine* Problem genau aus?«

»Kasia ist krank«, antwortete meine Mutter knapp.

»Aha.« Das schien jetzt kein großes Problem zu sein. Liv würde sicherlich Kasias Arbeit im Hotel übernehmen und zur Not konnte ich auch einspringen und morgens das Frühstücksbüfett aufbauen.

»Und ihre Familie leider auch«, fuhr meine Mutter fort. »Magen-Darm-Grippe. Die haben sich wohl alle gegenseitig angesteckt.«

So was kam vor. Warum das allerdings eine solche Katastrophe sein sollte, war mir ein Rätsel.

»Das tut mir leid für Kasia. Wann kommt sie denn wieder?«

Sten blickte kurz auf. »Nächste Woche. Aber dann ist es leider zu spät.«

Ich runzelte die Stirn. »Kann mir vielleicht mal jemand kurz erklären, was hier eigentlich los ist.«

Meine Mutter tauschte Blicke mit Sten, der alles andere als erfreut dreinschaute. Und dieser kurze Blick brachte sie so aus der Fassung, dass sie augenblicklich zu schluchzen anfing, ihr

202

Gesicht in den Händen verbarg und an mir vorbei nach draußen stürmte.

»Mama?«

Ich sah ihr perplex hinterher.

Dann baute ich mich vorwurfsvoll vor Sten auf. »Was hast du mit ihr gemacht? Die ist ja völlig von der Rolle! So hab ich sie das letzte Mal erlebt, als Anni mit den Zwillingen nach Vancouver abgehauen ist!«

Sten rieb sich überfordert die Stirn. »Ich hab gar nichts gemacht. Und genau genommen liegt genau darin das Problem.«

Ich verstand noch immer kein Wort.

»Erinnerst du dich an die Hochzeit, von der ich dir erzählt habe?« Er sah mich fragend an und ganz hinten in meinem Kopf begann eine kleine Alarmglocke zu läuten.

»Ja …«

»Ich hab deine Mutter gebeten, sich um alles zu kümmern, weil ich doch ständig unterwegs bin. Und sie hat letztes Jahr das Jubiläum perfekt organisiert. Und …«, er atmete tief durch, »und sie hat's vergessen. Schlicht und einfach vergessen.«

Nun, eine Hochzeit zu vergessen, das musste man auch erst mal hinbekommen.

»Mist!«

»In drei Tagen soll das Ganze stattfinden: Sektempfang im Garten, Eheschließung im Leuchtturm, großes Mittagessen und anschließende Party im Hotel. Nicht zu vergessen die zwanzig Übernachtungen in Zimmern, die leider gerade ausgebucht sind.«

Er griff zu seinem Handy und schüttelte frustriert den Kopf.

»Ich ruf Daniel jetzt an und sag ihm ab. Er wird mich vermutlich bis an sein Lebensende dafür hassen, aber was soll's. Ist ja nur mein ältester Freund.«

Ich griff nach seiner Hand, um ihn zu stoppen.

»Moment, Sten.«

Die bloße Berührung seiner Haut schickte einen kurzen, aber heftigen Impuls durch meinen Körper. Für einen Moment erinnerte ich mich, welche Gefühle diese Hand bei mir ausgelöst hatte in jener Nacht, die, wie es schien, eine Ewigkeit her war. Ich räusperte mich.

»Ähm … ich …«

Er sah mich abwartend an. Ich versuchte, mich wieder auf das Wesentliche zu konzentrieren.

»Vielleicht kann ich helfen.«

»Und wie? Kannst du Wunder vollbringen?«

»Seit wann bist du so pessimistisch?«

»Das ist nicht pessimistisch. Das ist realistisch.«

Er raufte sich wieder frustriert die Haare. »Außerdem versuche ich schon seit einer knappen Stunde, sämtliche Eventagenturen und Catering-Services zwischen Hamburg und Kiel zu überreden, die Sache für uns zu wuppen. Mit mäßigem Erfolg. Obwohl ich bereit bin, mit Kohle um mich zu schmeißen. Keine Chance.«

»Das kann gar nicht sein. So viele Partys und Hochzeiten kann's gar nicht geben, dass alle ausgebucht sind!«

Ich drängelte mich zu ihm hinter den Counter.

»Lass mich mal sehen.«

»Millie?«

Ich schaute auf und blickte in Momos Kulleraugen, die etwas enttäuscht aussahen. Mist, die Kinder hatte ich bei der ganzen Aufregung ganz vergessen.

»Momo! Ich … ähm … wollt ihr nicht mit Stella in die Küche gehen? Da gibt's bestimmt Kekse und Apfelsaft.«

Sie tauschte Blicke mit Miko, der ebenfalls etwas enttäuscht wirkte.

»Okay …«

Sie trotteten mit gesenkten Köpfen in Richtung Küche, und schlagartig fiel mir ein, was ich ihnen versprochen hatte.

»Moment! Wartet!«

Ich eilte zu ihnen und hockte mich vor sie hin.

»Wir feiern eure Jungfernfahrt später, okay? Versprochen. Ist nicht vergessen.«

Sie nickten tapfer und starrten dabei auf ihre Fußspitzen. Ihre Enttäuschung war groß. Und das versetzte meinem Herzen einen kleinen Stich.

»Wir müssen das hier nur kurz klären, versteht ihr das? Das ist wichtig.«

»Klar. Verstanden.« Miko sah mich an und in diesem Blick lag keine Anklage oder Enttäuschung. Nur die bittere Erkenntnis, dass man sich auf das, was Erwachsene einem versprachen, nicht verlassen konnte.

»Gebt uns eine halbe Stunde, dann haben wir hier alle Probleme gelöst, okay?«

Als die drei in Richtung Küche verschwanden, ging ich zurück zu Sten, der das Ganze aufmerksam verfolgt hatte. Bevor er fragen konnte, griff ich zum Telefon, um kurz darauf Svenja Ohlrogge zu erklären, dass sie heute Nachmittag ein Vermögen verdienen konnte, wenn sie es schaffte, bis neunzehn Uhr die schönste und tollste Piratentorte zu backen, die Brodershöved je gesehen hatte. Svenja war nicht nur während der Schulzeit meine beste Freundin gewesen, der ich zum Abschluss eine Kreuzfahrt auf dem Mittelmeer spendiert hatte, sie war auch eine ganz passable Patissière, die in der Landbäckerei ihrer Familie für die Torten zuständig war. Als wir uns über die Modalitäten einig waren, legte ich zufrieden auf und sah Sten an.

»Die Torte musst du bezahlen. Wird nicht billig.«

»Kein Problem … aber …«

Er schien einigermaßen verwirrt zu sein und ich klärte ihn darüber auf, was ich Momo und Miko versprochen hatte. Heute Abend würde es eine Party geben, komme, was wolle.

Sten grinste und kratzte sich etwas verlegen den Nacken.

»Toll, dass du das für sie machst.«

Ich sah ihn strafend an. »Mach ich gerne. Aber, nur mal so aus Neugier. Wäre das nicht eigentlich die Aufgabe ihres Onkels?«

Er wich meinem Blick aus.

»Ja, Millie. Stimmt.«

»Und warum machst du es dann nicht?«

Es interessierte mich wirklich.

»Ganz ehrlich?« Er sah mich an und in seinem Blick lag Ratlosigkeit. »Weil ich vermutlich nicht einmal in zehn Jahren auf die Idee gekommen wäre, eine Party für sie zu schmeißen, weil sie zum ersten Mal in ihrem Leben in einem Boot gesessen haben.« Er zuckte hilflos mit den Schultern. »Mit so was kenne ich mich nicht aus. Ich hab keine Ahnung, womit ich den Kindern eine Freude machen kann.«

Ich war mir nicht sicher, ob er das wirklich ernst meinte.

»Weißt du, Sten, die sind nicht besonders anspruchsvoll. Denen kann man mit so ziemlich allem eine Freude machen, glaub ich.«

Er nickte nachdenklich und schwieg. Nach einem langen Moment sah er wieder auf. »Wie gesagt, danke, dass *du* es für sie machst.«

»Gerne.«

Wir sahen uns wieder an und mir schossen tausend Dinge durch den Kopf, die ich ihn fragen wollte, die ich wissen wollte, doch nichts davon kam über meine Lippen. Schließlich räusperte ich mich und deutete auf den Computer.

»Nachdem die Torten-Frage geklärt ist, könnten wir uns jetzt mal um die Hochzeit kümmern, oder was meinst du?«

Er lächelte zögerlich.

»Das wäre eine sehr gute Idee.«

* * *

Es war tatsächlich nicht Stens Unvermögen zu verdanken, dass es unmöglich schien, irgendjemanden zu engagieren, der in Rekordzeit eine komplette Hochzeitsfeier auf die Beine stellen konnte.

Schuld war eher die Kieler Woche, die in diesem Jahr ausnahmsweise im September stattfand. Also genau an dem kommenden Wochenende. Nachdem das größte Fest, das die Ostsee und ganz Schleswig-Holstein zu bieten hatten, im vergangenen Jahr ausgefallen war, sollte es umso größer und schöner gefeiert werden, als es ohnehin schon seit Jahrzehnten gemacht wurde. Kein Wunder also, dass bei den Tausenden Veranstaltungen um das Großereignis herum alles schon ausgebucht war. Wir mussten uns etwas anderes einfallen lassen.

* * *

»Meine Kochkünste sind echt miserabel.«

Sten stützte seinen Kopf frustriert auf die Hände. »Nur, falls du fragen solltest.«

Wir saßen mit den Kindern am großen Esstisch unserer Küche und hielten Kriegsrat. Genau genommen hielten Sten, meine Mutter und ich Kriegsrat, während Miko und Momo eine Portion Eis nach der anderen in sich hineinstopften. Ich hatte sie ermahnt, noch etwas Platz für die Torte zu lassen, aber sie versicherten uns mit ernster Miene, dass da noch riesig viel Platz in ihrem Bauch für die Torte sei.

Stella hörte uns aufmerksam zu und schwieg. Sie machte sich wohl lieber still ihre Gedanken über das Unvermögen der Erwachsenen.

Meine Mutter hatte ich aufgelöst im Garten angetroffen und versucht zu überreden, wieder mit mir zurück ins Haus zu kommen. Was sie nach anfänglichem Zögern dann auch tat.

»Ich weiß wirklich nicht, wie das passieren konnte, Sten.« Sie sah Hilfe suchend von ihm zu mir. »Ist mir noch nie passiert, dass ich so etwas einfach vergesse.«

Ich legte ihr die Hand auf den Arm.

»Passiert ist passiert, Mama. Da kann man jetzt auch nichts mehr machen.«

Ich sah entschlossen zu Sten. »Das mit der Zimmerbelegung kriegen wir schon irgendwie hin. Wir fragen einfach ein paar unserer Stammgäste, ob sie nicht in die Ferienwohnungen von Stüwe umziehen wollen. Die sind wirklich schön, und wenn wir ihnen unser Problem schildern, machen bestimmt alle mit.«

Ich sah zu meiner Mutter. »Oder was meinst du?«

Sie nickte vage. »Das könnte funktionieren.«

»Für den Sektempfang finden wir auch eine Lösung. Es gibt immer ein paar Schüler, die sich am Wochenende was dazuverdienen wollen. Und Liv, Inken und ich sind auch noch da.«

»Jewe ist kein schlechter DJ. Der hat 'ne ziemlich coole Playlist auf dem Computer«, warf Sten ungefragt ein. »Ich kann mich um die Anlage kümmern.«

»Bliebe als echtes Problem eigentlich nur ein komplettes Hochzeitsmenü mit mindestens fünf Gängen für zwanzig Leute.«

Meine Mutter holte uns nüchtern auf den Boden der Tatsachen zurück.

»Ich bin eine ganz passable Köchin, aber, tut mir leid, das ist eine Nummer zu groß für mich.«

So schnell wollte ich mich nicht geschlagen geben.

»Und wenn wir dir alle dabei helfen, Mama?«

Sie seufzte schwer. »Satt würde ich sie schon irgendwie kriegen. Aber das wäre bestimmt nicht das, was sie sich vorstellen.«

Womit sie sicher nicht ganz unrecht hatte. Aber immer noch besser, als die Hochzeit abzusagen.

»Warum macht ihr nicht einfach einen Aufruf bei Insta oder Facebook?«

Wir sahen überrascht auf. Stella hatte sich vorgebeugt und die Ellbogen auf den Tisch gestützt.

»Es gibt doch immer eine Menge Leute, die ihren Laden gerade erst aufgemacht haben, kleine Cafés oder Restaurants, die noch keine Stammkunden haben und so. Die würden sich doch bestimmt auf so einen Job stürzen.«

Sten sah sie nachdenklich an. »Stimmt. Keine schlechte Idee.«

»Und woher wissen wir, dass sie was taugen? Ich möchte unter keinen Umständen eine ganze Hochzeitsgesellschaft mit schlechtem Essen oder zweifelhafter Küchenhygiene vergiften.«

Ich wollte nicht die Spaßbremse sein, aber einen gewissen Mindeststandard sollten wir schon sicherstellen.

Stella zuckte mit den Schultern. »Wir schauen uns an, was sie so machen. Die laden doch alle massenhaft Fotos und Videos hoch, da kann man doch bestimmt drauf erkennen, ob sie wissen, was sie tun.«

Auch das war nicht die schlechteste Idee. Die Kleine war auf Zack, das musste man ihr lassen.

Sten hatte auf seinem Laptop bereits die entsprechenden Seiten geladen und tippte Stichworte in die Suchleiste.

»Mal schauen, was wir da so finden«, murmelte er. »Komm, Stella, setz dich mal zu mir.«

Gemeinsam begannen sie fieberhaft, die Ausbeute der Suchfunktion nach geeigneten Kandidaten zu checken.

Ich sah zu meiner Mutter, die immer noch voller Schuldgefühl dreinblickte, und legte ihr die Hand auf den Arm.

»Wir kriegen das hin, ganz bestimmt«, versicherte ich ihr, und für einen kurzen Moment schaffte sie es tatsächlich zu lächeln.

Kapitel 19

Am nächsten Morgen riss mich der Wecker aus einem kurzen, traumlosen Schlaf und ich war versucht, einfach die Snoozetaste zu drücken, um noch ein paar kostbare Minuten zu dösen. Immerhin war es noch stockfinster draußen und ich hatte weniger als drei Stunden geschlafen. Bis mir einfiel, was heute noch alles auf dem Plan stand.

Wir hatten bis zwei Uhr früh nach geeigneten Kandidaten gesucht, die für uns in Rekordzeit das Wunder vollbringen sollten, ein komplettes Hochzeitsmenü zu kreieren, und noch in der Nacht entsprechende Anfragen rausgeschickt. Es waren ein paar vielversprechende Köche dabei, die auf ihren Accounts mit fantasievollen Kreationen für ihre noch jungen Unternehmen warben, und mindestens drei waren in die engere Auswahl gekommen. Von weiteren fünf fehlten uns noch die Rückmeldungen. Das war eine durchaus respektable Ausbeute für einen Abend, wie ich fand.

Meine Mutter hatte Liv noch am Nachmittag angerufen und das Desaster geschildert, was dazu führte, dass sie eine Stunde später gemeinsam mit Inken ebenfalls in unserer Küche saß, während Jewe daheim Wim hütete. Gemeinsam hatten wir einen Plan geschmiedet und Aufgaben verteilt, zwischendurch wurde auch noch Momos und Mikos Jungfernfahrt mit der *Bandit* gefeiert. Statt eines Abendessens verputzten wir die riesige Piratentorte, die Svenja uns vorbeigebracht hatte. Wie sie es geschafft hatte, in wenigen Stunden eine Miniaturversion unseres Segelbootes inklusive Piratenflagge auf die viereckige Torte zu zaubern, blieb ihr Geheimnis. Aber allein diese Tatsache qualifizierte sie in den Augen aller Anwesenden augenblicklich dafür, die Hochzeitstorte zu kreieren, die aus mindestens drei Ebenen bestehen sollte. Für Svenja war der Auftrag mehr als willkommen. Die Aussicht, damit vermutlich mehr zu verdienen als in vier Wochen Bäckerei-Normalbetrieb, war ebenfalls verlockend.

Alle waren sich ziemlich schnell einig, dass ich die Koordination und Organisation des Events übernehmen sollte, was ich natürlich sehr gerne tat. Auch wenn Sten Ohlsen mir keine üppige Entlohnung für meinen Einsatz versprochen hätte. So war es natürlich noch viel besser. Mit dem Geld, das er springen ließ, konnte ich locker die erste Zeit in Kiel über die Runden kommen und mir in aller Ruhe ein ordentliches WG-Zimmer suchen, bis ich einen Job in einer der Segelschulen fand. Mein Entschluss, Brodershöved bei der nächstbesten Gelegenheit den Rücken zu kehren, stand fest. Insofern schien die vergessene Hochzeitsfeier für mich der Jackpot zu sein, der mir dabei half, meine Pläne in die Tat umzusetzen.

* * *

Als ich nach einer kalten Dusche munter in die Küche kam, war meine Mutter schon wach.

»Morgen, Mama.« Ich begrüßte sie mit einem Kuss auf die Wange. »Du hättest ruhig noch eine Stunde schlafen können.«

»Ach, ich hab kein Auge zubekommen, so nervös bin ich.«

»Wir kriegen das hin, mach dir keine Sorgen.« Ich goss mir eine Tasse Kaffee ein und lehnte mich gegen den Küchentresen. »Kannst du mir dein Auto leihen? Ich will nach Neustadt und mich um die Deko kümmern. Blumen, Girlanden und was man so alles für eine Hochzeit braucht.«

Sie sah entsetzt von ihrem Kaffee auf. »Auf keinen Fall, mein Kind. Das geht doch nicht.«

»Klar geht das.«

»Das darfst du doch gar nicht.«

In diesem Moment fiel mir wieder ein, warum, wieso und weshalb ich überhaupt bei meiner Mutter in der Küche stand. Und nicht auf der Brücke der *Ophelia*.

Das Positive an der Sache war, dass ich in den letzten Tagen überhaupt nicht mehr daran gedacht hatte, was mir meine Sehschwäche alles eingebrockt hatte. Weniger angenehm war, dass nicht nur meine ganze Lebensplanung über den Haufen geworfen worden war, sondern dass ich auch nicht mehr selbst Auto fahren durfte.

»Mist!«

»Wir können das zusammen erledigen, wenn du willst.«

Ich blickte auf. Sten stand in der Tür zur Küche. Er machte den Eindruck, als hätte er ebenfalls kein Auge zugemacht und deutete hinter sich.

»Die Wohnungstür stand offen.«

»Komm nur rein, mein Junge. Möchtest du Kaffee?«

»Gerne.«

Meine Mutter sprang auf und reichte ihm eine Tasse.

Er setzte sich nicht, lehnte sich ebenfalls an den Tresen und sah mich über den Rand seiner Tasse an, als er am Kaffee nippte.

»Wir könnten gleich weiter nach Schleswig. Da ist dieses kleine vegane Bistro, das wir gestern alle super fanden. Die haben schon eine Mail geschickt und würden den Auftrag übernehmen. Sie haben sogar schon ein paar Vorschläge gemacht.«

Er reichte mir einen Ausdruck.

»Hört sich gut an, meiner Meinung nach.«

»Crème brûlée von der Chili-Süßkartoffel … Spinatrisotto mit scharfer Rote-Bete-Soße … Kräutersaitling an Rhabarber-Giersch-Gemüse … Wow!« Ich blickte beeindruckt auf und Sten lächelte mich schüchtern an.

»Da du dich mit veganer Küche am besten auskennst, solltest du auch die Sachen probieren. Und mach dir keine Gedanken über die Brautleute, die finden vegane Küche ganz hip. Wenn alles passt, könnten wir ihnen den Auftrag sofort geben. Und eine Anzahlung machen, die sicherlich sehr motivierend sein wird.«

Ich zögerte den Bruchteil einer Sekunde. Den Tag mit Sten zu verbringen war gefährlich. Allerdings auch sehr verlockend.

»Klar. Warum nicht.« Ich lächelte ihn an.

»Kann ich auch irgendwie helfen?«

Wir fuhren herum, und da stand Stella, frisch geduscht und hellwach.

Meine Mutter wirbelte sofort wieder hektisch in der Küche herum. »Guten Morgen, meine Liebe. Komm rein. Setz dich doch. Möchtest du auch Kaffee?«

Stella setzte sich brav an den Tisch.

»Ich hab mal in einem Blumenladen gejobbt. Mit Gestecken und so kenne ich mich ganz gut aus. Ist eigentlich ganz easy, wenn man weiß, wie's geht.«

Meine Mutter klatschte begeistert in die Hände. »Na, das ist doch perfekt.«

Sie schaute entschlossen zu mir. »Dann kann Stella dir bei den Blumen für die Deko helfen.«

Ehrlicherweise muss ich gestehen, dass Blumen nicht wirklich mein Ding sind. Von geschmackvoller Deko ganz zu schweigen.

»Das klingt nach einem guten Plan.« Ich lächelte Stella an. »Was ist mit Momo und Miko?«

»Um die kümmere ich mich«, entschied meine Mutter, um dann mit einer gewissen Hinterlist hinzuzufügen: »Sie können mir bei den Gästen helfen, die ich überreden muss, für die nächsten zwei Tage umzuziehen. Den beiden kann man doch keinen Wunsch abschlagen.«

Eins musste man meiner Mutter lassen: Sie hatte es noch immer faustdick hinter den Ohren.

* * *

Eine halbe Stunde später befanden wir uns schon auf der Landstraße und fuhren im großen Lieferwagen des Hotels in Richtung Neustadt. Die aufgehende Sonne zauberte ein wundervolles Licht über die sanften Hügel der abgeernteten Felder. Der Wetterbericht aus dem Radio versprach erneut einen perfekten Spätsommertag an der Küste.

Das Wetter würde sich das ganze Wochenende über halten und damit stand den Feierlichkeiten im Garten des Sturmnests zumindest wettertechnisch nichts im Wege. Obwohl wir dabei waren, eine fast unmögliche Aufgabe zu bewältigen, war die Stimmung im Auto gelöst. Sten summte einen Song im Radio mit, und ich stimmte nach kurzer Zeit ein, wobei wir schüchterne Blicke tauschten. Stella hinter uns auf der Rückbank beobachtete wie immer schweigend die vorbeiziehende Landschaft, machte aber ebenfalls einen entspannten Eindruck.

Ich machte etwas Small Talk mit ihr, fragte nach ihren Lieblingssongs, welche Filme sie mochte und was sie sonst noch so am liebsten machte. Ihre knappen Antworten fielen höflich aus. Eine große Plaudertasche war die Kleine wirklich nicht. Schließlich fragte ich sie nach dem Job im Blumenladen.

»Ist bestimmt ganz kreativ, so mit Blumen zu arbeiten und sich irgendwelche Sträuße auszudenken.«

»Ja. Hat Spaß gemacht.«

»Und willst du das mal beruflich machen? Eine Ausbildung zur Floristin?«

Sie runzelte kurz die Stirn, und ich sah mich genötigt, meine Frage zu erklären.

»Miko hat gestern kurz erwähnt, dass du nicht mehr zur Schule gehst und lieber arbeiten willst.«

Für einen kurzen Moment wirkte sie alarmiert und ich bereute sofort meine Frage. Dann hatte sie sich wieder im Griff und sah mich mit diesem Pokerface an, das ich bereits kannte.

»Mal sehen. Vielleicht. Auf Schule habe ich jedenfalls keine Lust mehr.«

»Hast du schon eine Ausbildungsstelle?«

Sten drehte sich kurz zu ihr um und sah sie fragend an. Für ihn war die Info anscheinend ebenfalls neu. Besonders gut kannte er sich im Leben seiner Nichte jedenfalls nicht aus.

»Hm …« Stella nickte. »Geht bald los.«

Dann rutschte sie etwas nervös auf dem Sitz herum und sah uns entschuldigend an.

»Können wir mal irgendwo anhalten? Ich müsste dringend aufs Klo.«

Sie schenkte uns ein entschuldigendes Lächeln. »Der Kaffee.«

Kurze Zeit später hielten wir an einer Tankstelle. Während Stella auf der Toilette verschwand und Sten noch etwas Wasser und Schokoriegel für die Fahrt kaufte, kam mir in den Sinn, dass das Ausbildungsjahr der meisten Handwerksbetriebe schon im Hochsommer begann. Jedenfalls war das in Brodershöved der

Fall. Irgendetwas an Stellas Geschichte kam mir merkwürdig vor, und ich beschloss, bei nächster Gelegenheit mal etwas genauer nachzufragen.

* * *

Was ihre Kenntnisse in Sachen geschmackvoller Blumendekoration betraf, hatte sie jedenfalls nicht gelogen. Als wir durch die große Halle direkt am Hafen gingen, in denen der Großmarkt untergebracht war, entdeckte Stella nach kurzem Suchen die Blumenhändler und startete mit einer Souveränität ihren Großeinkauf, die Sten und mich nach kurzer Zeit ehrfürchtig verstummen ließ. Kommentarlos überließen wir ihr die Auswahl.

Nach einer halben Stunde befanden sich unzählige Sträuße aus creme- und altrosafarbenen Rosen, schneeweißen Callas und Lilien, Freesien, diversen Gräsern, grünen Zaubergewächsen und anderen exotischen Blumen, von denen ich noch nie etwas gehört hatte, auf unserem Trolley. Sten wurde an der Kasse ein kleines Vermögen los.

Anschließend besorgten wir in einem Fachhandel alles Weitere, was man brauchte, um aus diesen Blumenbergen filigrane Gestecke zu zaubern. Bei der Gelegenheit wanderten dann auch noch alle anderen Dinge in unseren Einkaufswagen, die man zu benötigen schien, um eine Hochzeitsfeier stilvoll auszustatten.

Sten und ich warfen uns anerkennende Blicke zu, als Stella uns durch die Gänge scheuchte, mit geübtem Blick und sehr zielstrebig dieses und jenes aus den Regalen fischte und uns kurz erläuterte, wofür wir es brauchen würden.

Nach zwei Stunden Shopping-Marathon brauchten wir eine Pause und stärkten uns mit Fischbrötchen und Cola auf einer

Bank direkt am Hafen. Wobei ich ein veganes Franzbrötchen vorzog, das es in einer kleinen Bäckerei tatsächlich gab.

»Falls ich jemals eine Party in der Größenordnung einer Hochzeit schmeißen sollte, Stella, dann bist du meine erste Wahl.«

Ich sah sie beeindruckt an.

»Das war phänomenal, was du da gerade abgezogen hast. Ich bin schwer beeindruckt.«

Sie kaute an ihrem Matjesbrötchen und nickte, was wohl so viel wie »danke« heißen sollte.

Auch Sten war angetan von den Deko-Fähigkeiten seiner Nichte.

»Und das hast du dir alles in dem Blumenladen abgeschaut?«

Stella schluckte, was ihr Gelegenheit gab, einen Moment über ihre Antwort nachzudenken.

»Nicht nur. Ich hab auch mal bei so einer Eventagentur gejobbt. In der HafenCity. In den Ferien. Da kriegt man echt viel mit.«

»Eventagentur? Wow!« Ich lächelte sie an. »Ich hab in deinem Alter an der Promenade Eis verkauft. An den Crêpes bin ich leider gescheitert. Die waren entweder roh oder verbrannt.«

»Wahrscheinlich war der Teig zu dick oder du hast zu wenig Öl genommen. Dafür braucht man ein bisschen Übung.«

»Crêpes kannst du auch?« Ich sah sie groß an. »Lass mich raten – Ferienjob?«

Sie zuckte mit den Schultern.

»Nee. Weihnachtsmarkt am Jungfernstieg.«

Ich tauschte kurze Blicke mit Sten, der meine Unterhaltung mit seiner Nichte schweigend verfolgt hatte. Auf seiner Stirn hatte sich eine steile Falte gebildet.

»Du hast schon eine Menge Jobs gehabt.«

Sie setzte wieder ihr Pokerface auf und ich konnte nicht sagen, was in ihr vor sich ging. »Mir macht's Spaß. Ist cooler, als ständig vorm Computer abzuhängen und sich langweilige Videos auf TikTok anzuschauen.«

Sten schien ihr noch nicht ganz zu glauben und sah sie ernst an. »Falls ihr knapp bei Kasse seid, Stella, dann kannst du mich jederzeit anrufen. Das weißt du.«

Ich horchte auf.

Stella zuckte nur mit den Schultern.

»Geht schon klar. Und ich mach das ja nicht wegen der Kohle. Also nicht nur wegen der Kohle.«

Das hatte sich gestern bei ihrem Bruder etwas anders angehört und mein Misstrauen wuchs.

»Wie geht's eigentlich deiner Mutter? Braucht sie irgendetwas im Krankenhaus?«

Ich versuchte, meine Frage möglichst beiläufig klingen zu lassen, doch für einen Moment kehrte dieser harte, verschlossene Zug um Stellas Mund zurück.

»Alles prima. Hab gestern mit ihr telefoniert. Inge, unsere Nachbarin von oben, kümmert sich um sie. Die ist schon alt und in Rente und hat Zeit.«

Sie setzte ein Lächeln auf, das ihr nicht so richtig gelingen wollte.

»Ich soll dich grüßen, Sten. Hab ich ganz vergessen zu sagen. Und sie findet es super, dass wir bei dir sein können.«

Er nickte nachdenklich. »Kein Problem. Grüß mal zurück, wenn du mit ihr sprichst.«

»Klar, mach ich.«

Dann schaute sie auf die große Uhr, die über unseren Köpfen am Hafenmeistergebäude angebracht war.

»Sagt mal, wie lange brauchen wir eigentlich nach Schleswig?«

Ich zuckte mit den Schultern. »Eine Stunde vielleicht.«

»Wenn wir bis um zehn da sein wollen, müssen wir langsam mal Gas geben.«

Sie wartete unsere Reaktion erst gar nicht ab, stand auf und schüttelte sich entschlossen die Krümel von ihrem Sweatshirt und der Jeans.

Ich hätte schwören können, dass ihre Besorgnis nur ein Ablenkungsmanöver war.

* * *

Wir kamen mehr als rechtzeitig an dem kleinen Bistro an, das in einer kleinen Seitenstraße ganz in der Nähe der Fußgängerzone lag. Die Besitzer waren drei ehemalige Studenten, die sich dazu entschlossen hatten, statt ihres Bachelors in Geisteswissenschaften lieber eine Karriere in der Gastronomie anzustreben. Sie waren mit einem Foodtruck bereits erfolgreich gewesen, und seit dem Sommer betrieben sie zusätzlich ihr kleines veganes Bistro. Es lief ganz okay, war aber noch weit davon entfernt, erfolgreich zu sein. Was ich angesichts der Speisen, die sie uns zur Probe vorsetzten, nicht verstehen konnte.

Ich ernährte mich bereits seit einigen Jahren vegan, aber das war so ziemlich das Köstlichste, Ungewöhnlichste und Kreativste, was ich jemals gegessen hatte. Die drei waren uns auf Anhieb sympathisch und wir wurden uns schnell einig. Und da Sten sich das Hochzeitsmenü einiges kosten ließ, war es auch kein Problem für sie, kurzfristig weitere Küchenhelfer einzustellen, die ihnen bei der Kreation des Menüs unter die Arme griffen. Sie versprachen hoch und heilig, alles hinzubekommen und mit ihrem Truck bereits am Freitagabend nach Brodershöved anzureisen und alles für den nächsten Tag vorzubereiten. Wir verabschiedeten uns herzlich, und Sten war der Meinung, dass das kleine Vermögen, das er für das Catering springen ließ, unter den zehn besten und sinnvollsten Investitionen seines Lebens landen würde.

Als wir erschöpft, aber zufrieden, den Rückweg nach Brodershöved antraten, war unsere Stimmung euphorisch und wir fingen an, uns auf die bevorstehende Feier zu freuen. Kaum waren wir aus Schleswig raus und auf der Landstraße unterwegs, kuschelte sich Stella hinter uns auf der Rückbank ein und war kurz darauf eingeschlafen. Was vermutlich dem Umstand geschuldet war, dass wir alle drei schon vor Sonnenaufgang aufgestanden waren. Oder aber der Tatsache, dass sie nervigen Fragen lieber aus dem Weg gehen wollte.

KAPITEL 20

»Wir haben ein neues Problem.«

Meine Mutter empfing uns mit altbekannter besorgter Miene und schien erneut einem Nervenzusammenbruch nahe zu sein.

Ich tauschte kurze Blicke mit Sten. Sein Gesichtsausdruck ließ darauf schließen, dass sein Bedarf an Problemen mehr als gedeckt war.

»Was ist es denn diesmal?«, fragte er und sah aus, als hätte er gerne auf eine Antwort verzichtet.

»Die Trauung.«

»Was ist mit der Trauung, Mama?«

Ich half Stella beim Ausladen unserer Einkäufe und drückte meiner Mutter kurzerhand einen Strauß Callas in den Arm, damit sie nicht länger wie ein aufgeschrecktes Huhn um uns herumspringen konnte.

»Sie ist ausgebucht. Also, der Leuchtturm. Das ganze Wochenende über. Da ist nichts zu machen.«

Was mich jetzt nicht wirklich überraschte. Unser alter Leuchtturm mit seinen Hochzeitsarrangements war im Umkreis von hundert Kilometern die beliebteste Trauungslocation der Gegend und auf Monate im Voraus ausgebucht. Wenn meine

Mutter schon vergessen hatte, ein Hochzeitsmenü zu bestellen, war eine Trauung im Leuchtturm völlig ausgeschlossen.

»Können wir die Trauung nicht bei uns im Garten machen?« Ich sah fragend von meiner Mutter zu Sten.

»Mit Blick über die Klippen zur Ostsee? Ist doch fast so schön wie am Leuchtturm.«

Sten zuckte mit den Schultern.

»Ich glaube, für Daniel und seine Braut wäre das schon okay.«

»Aber leider nicht für Gesa. Auf die Idee bin ich doch auch schon gekommen«, erklärte meine Mutter mit verzweifelter Stimme.

»Gesa ist die Standesbeamtin«, informierte ich Sten, der mit dem Namen wohl nichts anfangen konnte.

»Oh«, war sein einziger Kommentar, und auf seinem Gesicht zeichnete sich eine gewisse Hilflosigkeit ab.

Meine Mutter redete aufgelöst weiter, während wir den Wagen ausräumten. »Ich hab wirklich alles versucht, sie zu überreden. Keine Chance. Und ich hab sie sogar daran erinnert, dass sie früher in der Schule immer von mir abschreiben durfte, um ihr ein schlechtes Gewissen zu machen.«

Nun, in emotionaler Erpressung war meine Mutter schon immer ganz gut gewesen. Anni konnte ein Lied davon singen.

»Und sie könnte nicht mal für eine halbe Stunde zu uns rüberkommen und die Sache erledigen?«

Meine Mutter schüttelte den Kopf. »Die ganzen Papiere und Unterlagen, die für eine Trauung nötig sind, fehlen doch. Und ohne die darf sie das gar nicht.«

Das leuchtete natürlich ein. Ich blickte frustriert auf all die Blumen, Servietten, Kerzen, Tischdecken und Lampions, die wir in einer Hauruckaktion besorgt hatten. Wir waren so nah am Ziel, nur um auf den letzten Metern fies ausgebremst zu werden.

»Mist!« Ich setzte mich auf die Heckklappe des Transporters.

»Großer Mist.« Sten setzte sich zu mir.

»Eine Hochzeit ohne Hochzeit ist echt eine ziemlich deprimierende Veranstaltung.« Stella stand etwas verloren mit einem riesigen Strauß cremefarbener Rosen vor uns. »Ich hab mal gehört, in Dänemark kann man ganz schnell heiraten. Wäre das nicht die Lösung?«

»Na ja …« Ich überlegte fieberhaft, und ganz hinten in meinem Kopf begann eine Idee Gestalt anzunehmen. Eine ziemlich verrückte Idee, aber immerhin eine Idee.

»Na ja?« Sten und meine Mutter sahen mich fragend an.

»Na ja, das mit einer richtigen Trauung kriegen wir in der Kürze der Zeit nicht hin. Selbst wenn wir die Brautleute rüber nach Dänemark kutschieren. Das mit den Spontan-Hochzeiten ist leider schon längst vorbei. Keine Ahnung, warum das alle immer noch glauben.«

Stella wirkte etwas beleidigt. »Sorry, wollte nur helfen.«

Ich lächelte sie an. »Das hast du auch.«

»Hab ich?« Sie hob verwirrt die Augenbrauen.

»Auf jeden Fall.« Ich wandte mich an Sten. »Vorausgesetzt, deine Freunde wären mit einer symbolischen Trauung einverstanden.«

Er runzelte die Stirn. »Was soll das denn sein – eine symbolische Trauung?«

»Zum Beispiel wie in der Kirche, Sten. Die gilt schließlich auch nur dann, wenn das Paar auch standesamtlich heiratet.«

»Ich enttäusche dich nur ungern, Millie, aber falls du daran denkst, Daniel und Frieda in die Dorfkirche zu schleppen, dann wird das nicht klappen. Die beiden lassen sich auf eine Menge ein, aber mit Religion haben die nichts am Hut.«

»Umso besser.« Ich erhob mich und sah die anderen triumphierend an. »Sie werden es lieben.«

* * *

Eine Stunde später stand ich mit Sten auf dem Anleger der Seebrücke und blickte in das wenig begeisterte Gesicht meines Schwagers. Ganz so leicht, wie ich es mir vorgestellt hatte, war es dann leider doch nicht.

»Auf keinen Fall!«

»Komm schon, Jewe, so kompliziert ist das nicht.«

»Prima. Dann mach du es doch!« Jewe sah mich entschlossen an.

»Würde ich ja gerne. Ich hab zwar einen Uni-Abschluss, aber kein Kapitänspatent. Im Gegensatz zu dir.«

Er war noch immer nicht überzeugt. »Wenn das alles sowieso nur symbolisch ist, dann spielt das ja wohl keine Rolle.«

»Womit er nicht ganz unrecht hat, Millie.«

Liv sprang ihrem Mann bei und sah um Verständnis heischend von Sten zu mir. »Wir überlassen euch gern am Samstag die *Windsbraut* für die Trauungszeremonie, aber den Rest müsst ihr erledigen.«

»Ich hab Daniel aber gerade erst am Telefon versprochen, dass ihn ein richtiger Kapitän traut.« Sten klang ein wenig verzweifelt. »Die haben das Chaos, das Antje mit ihrer Vergesslichkeit angerichtet hat, einigermaßen klaglos hingenommen. Ich will sie nicht noch mehr enttäuschen.«

Jewe tauschte Blicke mit Liv. Es war ihm anzumerken, wie unwohl er sich bei dem Gedanken fühlte, plötzlich im Mittelpunkt zu stehen.

»Du kennst mich, Liv. Bei solchen Sachen werde ich immer total nervös und dann verhasple ich mich und fange zu stottern an oder vergesse das Wichtigste. Das wird eine Katastrophe, wenn ich das mache, glaubt's mir.«

»Ich mach's!«

Wir fuhren herum und blickten erstaunt in Inkens unbekümmertes Gesicht.

»Was denn?« Sie baute sich selbstbewusst vor uns auf. »Ich hab das Patent auch. Also darf ich auch Ehepaare trauen. Das wollte ich sowieso schon immer mal machen. Oder haben deine Freunde was gegen Kapitäninnen?«

Ich konnte mir nicht vorstellen, dass das der Fall war. Aber falls doch, hätten sie uns sowieso gestohlen bleiben können.

* * *

Ich weiß nicht mehr, wie spät es war, als mich Sten Stunden später sanft an der Schulter berührte und ich aus einem Sekundenschlaf hochschreckte und mich kurz orientierungslos umsah. Wir hockten seit Stunden an dem großen Esstisch in unserer Küche und machten Pläne und Listen, führten Telefonate und schrieben Mails für die anstehende unvergessliche Hochzeit. Wobei ich hoffte, dass uns das Unvergessliche im positiven Sinne gelingen würde.

»Du sollest wirklich ins Bett gehen.«

Sten lächelte mich müde an.

»Wie spät ist es? Wie lange habe ich geschlafen?«

»Gleich halb drei. Und ich schätze mal, es waren so um die neunzig Sekunden.«

Er sah mich entschuldigend an. »Ich hätte dich länger schlafen lassen, aber dann wärst du vermutlich mit der Stirn auf die Tischkante geknallt. Das wollte ich vermeiden.«

»Sehr vorausschauend von dir. Danke.« Ich unterdrückte ein Gähnen.

»Ich will noch kurz die Liste hier fertig machen.«

Ich starrte auf die Excel-Tabelle vor mir und kniff die Augen zusammen, weil die Ziffern auf dem Computermonitor vor meinen Augen zu tanzen begannen.

Er klappte den Laptop kurzerhand zu.

»Das hat auch noch bis morgen Zeit.«

»Ich denke, das sollte dich brennend interessieren«, protestierte ich. »Es ist ein Überblick über die Kosten dieser ganzen Veranstaltung. Und ohne zu viel zu verraten – der Spaß wird teuer.«

Er lächelte matt. »Wie gesagt, das kann bis morgen warten.«

Ich runzelte die Stirn, verschränkte die Arme vor der Brust und lehnte mich auf dem Küchenstuhl zurück.

»Warum bist du eigentlich noch so schrecklich munter?«

Er war wie ich frühmorgens aufgestanden und hatte den ganzen Tag über irgendetwas für die Hochzeit organisiert. Mit Jewe hatte er allein drei Touren im Mercedes absolviert und sämtliche Hotels, Bars und Restaurants im Umkreis von vierzig Kilometern abgeklappert, um Festzelte, Stehtische, Outdoor-Kühlanlagen für die Getränke und eine Lichtanlage abzuholen, die am Abend für festliche Stimmung sorgen sollte. Sie hatten alles, was nicht niet- und nagelfest war und von den anderen Gastronomiebetrieben am Wochenende nicht gebraucht wurde, angeschleppt, und ich fragte mich, ob wir jemals herausfinden würden, wem was gehörte, wenn die Hochzeit vorbei war.

»Die Macht der Gewohnheit. Ich brauche nicht viel Schlaf.« Sten lehnte sich zurück und verschränkte die Arme im Nacken.

»Ist nicht die erste Nacht, die ich durcharbeite.«

Ich erinnerte mich, wie oft er unterwegs war, von einem Meeting zum nächsten flog und vermutlich zehnmal so viele Interkontinentalflüge absolviert hatte wie ich Atlantiküberquerungen.

»Tut mir wirklich leid für dich, dass du jetzt unseren Schlamassel ausbaden musst. Obwohl vermutlich ganz andere, wichtigere Geschäfte auf dich warten, die dir zur Abwechslung mal Geld einbringen, statt nur Geld zu kosten.« Ich sah ihn mitleidig an. »Keine Ahnung, was mit Mama in letzter Zeit los ist.

So was Wichtiges vergisst sie normalerweise nicht. Die erinnert sich sonst sogar an jeden Geburtstag unserer Stammgäste.«

Er zuckte mit den Schultern. »Ist schon okay. Ich hatte sowieso keine Lust auf Barcelona.«

»Barcelona?«

Er nickte und beugte sich wieder vor, die Ellbogen auf den Tisch gestützt.

»Da gibt's ein kleines Start-up. Die haben eine ganz spannende Idee für eine Meerwasserentsalzungsanlage. Das wollte ich mir mal anschauen. Verspricht ein interessantes Geschäft zu werden.«

»Na ja.« Ich schenkte ihm ein schiefes Lächeln. »Die laufen bestimmt nicht weg mit ihrer Anlage. Du könntest nächste Woche fliegen.«

Er nickte bedächtig.

Einen Moment schwiegen wir, und es war nicht klar, ob wir es taten, weil wir beide so müde waren, oder weil wir nicht wussten, wie wir über die wichtigen Dinge, die unausgesprochen zwischen uns lagen, sprechen konnten.

Er hob den Blick und sah mich schließlich einen langen Augenblick an.

»Du wirst mir fehlen, Millie.«

Ich musste schlucken. »Kiel ist nicht gerade am anderen Ende der Welt. Ich schau bestimmt mal in Brodershöved vorbei.«

»Ich weiß. Trotzdem wird es nicht mehr so sein wie vorher.«

Ich nahm einen tiefen Atemzug. Was sollte ich darauf antworten? Außer, dass es mir ähnlich gehen würde. Brodershöved, das Sturmnest, dieser Ort, den ich länger und besser kannte als jeden anderen auf dieser Welt, war durch Sten Ohlsen für mich zu etwas Besonderem geworden. Und würde es für immer bleiben.

»Ich weiß nicht, wie du es siehst, Millie, aber das mit uns ...«
Er machte eine Pause und suchte nach den passenden Worten.
»Ich hätte gern herausgefunden, was das ist zwischen uns. Was es
werden könnte. Verstehst du, was ich damit sagen will?«

Ich verstand. Ich verstand nur zu gut.

Er berührte meine Hand, und diese kleine Berührung ließ
ein Schaudern durch meinen Körper fahren. Meine Haut fühlte
sich wie elektrisiert an, so wie jedes Mal, wenn Sten mir nahe
kam. Mein ganzer Körper sehnte sich nach ihm und vielleicht
war das auch der Grund, weshalb ich meine Hand zurückzog,
als hätte ich mich verbrannt. Ich hätte sonst für nichts mehr
garantieren können.

Er räusperte sich verlegen. »Sorry ... ich wollte dir nicht zu
nahetreten.«

»Nein, nein, das ... das bist du nicht.« Ich wich seinem Blick
aus und sammelte eilig die Papiere, die auf dem Küchentisch
herumlagen, zusammen. »Ich ... es ist wirklich spät. Und die
nächsten Tage werden anstrengend. Wir sollten jetzt beide lieber ins Bett gehen.«

Ich sah ihn an und musste erneut schlucken. »Also, jeder in
sein Bett, natürlich.«

Er lächelte schief. »Ich denke, das hab ich schon richtig
verstanden.«

Er erhob sich müde.

»Dann bis morgen. Schlaf gut.«

Als er draußen war, stieß ich einen zittrigen Atemzug
aus. Verdammt, was war nur mit mir los? Ich benahm
mich wie ein verknallter Teenager, der rot anlief, wenn sein
Schwarm vorbeiging, und der anschließend keinen Ton mehr
rausbrachte. Wo war die Smilla Larsen geblieben, die sich
souverän und abgeklärt den Herausforderungen moderner
Liebesbeziehungen stellte?

Ich vergrub meinen Kopf in den Händen und schloss die Augen. Und die wichtigste Frage von allen: Warum um alles in der Welt war ich zu feige gewesen, mich einfach auf ihn zu stürzen und ihm hier und jetzt zu zeigen, was er für ein Gefühlschaos in mir auslöste.

KAPITEL 21

Wenn man dem Leben die Möglichkeit gibt, einen zu überraschen, dann sind echte Wunder möglich. Mein Vater hatte für so ziemlich jede Situation im Leben die passende Weisheit parat, und das war eine davon. Er musste in seiner Jugend eine Menge Kalendersprüche gelesen haben.

Wie recht er damit hatte, wurde mir allerdings erst an diesem Vormittag bewusst, als ich mit der einen Hälfte der Hochzeitsgesellschaft an Bord von Inkens festlich geschmückter *Seenixe* stand, und wir vor Petermanns Klippe gleich hinter dem Sturmnest vor Anker gingen, um die symbolische Trauung zu vollziehen.

Die andere Hälfte der Gäste befand sich an Bord der *Windsbraut*, die ebenfalls geschmückt worden war und mit laut tutendem Nebelhorn auf uns zukam. Die Spannung bei uns an Bord stieg, denn Jewe beförderte auch die Braut, die an diesem Morgen noch niemand von uns zu sehen bekommen hatte. Erst recht nicht der Bräutigam.

Jewe drehte die *Windsbraut* bei, stoppte die Maschine und Liv, Inken und ich vertäuten die beiden Boote nebeneinander, sodass sie nicht abdriften konnten.

Daniel, der Bräutigam, stand erwartungsvoll neben Sten, der wieder diesen schicken grauen Anzug anhatte, den er bereits bei unserer ersten Begegnung in Hamburg getragen hatte. Er war der Trauzeuge und beide Männer sahen überaus attraktiv aus. Sten muss meinen Blick gespürt haben, denn er drehte in diesem Moment leicht den Kopf, sah mich an und ein stolzes Lächeln umspielte seine Lippen. Wir hatten es tatsächlich geschafft. Ich bekam mit, wie seine Lippen ein stummes »Danke« formten, als er mich ansah.

Ein freudiges Raunen unterbrach unser stummes Zwiegespräch, und Frieda, die Braut, kam nun an der Seite von Jewe, der ihr, ganz Gentleman, den Arm gereicht hatte, aus der Kabine an Deck der *Windsbraut*. Sie trug ein kurzes, elegantes cremeweißes Kleid mit Pailletten und Zierperlenbesatz. In ihrem dunklen Haar war ein filigran geflochtener Blumenkranz befestigt und in der Hand hielt sie den dazu passenden Brautstrauß, den Stella aus den Blumen vom Großmarkt gezaubert hatte. Die Braut sah wunderschön aus.

Daniel musste schlucken und ich hätte schwören können, dass Tränen der Rührung in seinen Augenwinkeln schimmerten.

Sten klopfte seinem Freund aufmunternd auf die Schulter. Dann flüsterte er ihm etwas ins Ohr und grinste danach breit.

Obwohl das Wetter gut war und kaum Wellengang herrschte, schaukelte es ganz schön. Noch bevor ich mich fragen konnte, wie die Braut auf ihren High Heels unbeschadet zu uns an Bord kommen würde, hatte Jewe sie auch schon kurzerhand auf die Arme genommen und sie einfach über die Reling gehoben. Dort nahm der Bräutigam sie mit weit geöffneten Armen in Empfang. Applaus und Jubelrufe brandeten auf, dann landete Frieda mit beiden Füßen auf dem Deck der *Seenixe* und Inken konnte mit der Trauung beginnen. Auch sie hatte sich dem Anlass entsprechend in Schale geworfen, trug ein blau-weiß gestreiftes Fischerhemd mit rotem Halstuch, weiße Pluderhosen und eine Kapitänsmütze keck auf den blonden Haaren, was alles in allem entfernt an die traditionelle Tracht alter Fischerleute erinnerte. Auf historische Genauigkeit hatte sie in der Kürze der Zeit nicht wirklich Rücksicht nehmen können. Ich wunderte mich ohnehin, wo sie das wohl alles aufgegabelt hatte.

* * *

Viele Stunden später, als alle wieder an Land, der Sektempfang längst vorbei, das Hochzeitsmenü gegessen und die Torte angeschnitten waren, ließ ich mich erschöpft in einen der Strandkörbe im Garten fallen und streckte die Füße von mir.

»Geschafft!«

Liv ließ sich neben mir ebenfalls in den Korb plumpsen und gab mir ein High-five.

»Und ohne dass irgendeine Katastrophe passiert ist. Ich hatte kurz Angst, dass die Braut über Bord geht.«

Ich sah sie mahnend an.

»Bitte beschwör es nicht. Der Tag ist noch nicht rum.«

»Was soll denn jetzt noch passieren? Sobald die Sonne untergeht, schmeißt Jewe die Anlage an. Dann wird getanzt und getrunken und die haben einfach nur Spaß.«

Sie lächelte mich an. »Du kannst stolz auf dich sein, Millie. Ich weiß nicht, wie oft ich heute schon zu hören bekommen habe, dass es die schönste Hochzeit war, auf der sie jemals waren.«

»Das nennt man Glück gehabt.« Ich grinste sie zufrieden an. »Und ohne eure Hilfe wäre da nie was draus geworden. Wenn, dann haben wir es alle zusammen hinbekommen.«

Sie stupste mich in die Seite. »Du kannst ein Kompliment ruhig annehmen, wenn du es bekommst.«

Ich lächelte matt. Und konnte mich nicht daran erinnern, dass Liv mich jemals für etwas wirklich gelobt hatte, ohne sofort einen ironischen Kommentar hinterherzuschicken. Daran musste ich mich erst mal gewöhnen.

Ich ließ meinen Blick zufrieden über die Gäste im Garten schweifen, die in kleinen Gruppen beieinandersaßen oder -standen, plauderten und an ihren Getränken nippten und alles in allem einen entspannten Eindruck machten. Die jugendlichen Aushilfskellner, die wir angeheuert hatten und die an diesem Wochenende ihr Taschengeld vermutlich mehr als verdreifachen würden, waren engagiert bei der Sache. Auch Stella ging mit einem Tablett herum und servierte aufmerksam und freundlich Erfrischungen. Als sie kurz zu uns herüberblickte, hob ich die Hand und winkte sie zu uns. Als sie schließlich vor mir stand, nahm ich ihr kurzerhand das Tablett ab und zeigte auf den Gartenstuhl neben uns.

»Komm, Stella, setz dich, du brauchst auch mal 'ne Pause.«

Sie kam der Aufforderung etwas widerwillig nach.

»Ach, ich komm schon klar. Ist eigentlich gar nicht anstrengend.«

»Hier.« Ich drückte ihr ein Glas Orangensaft in die Hand. »Keine Widerrede.«

Sie schaffte es tatsächlich, so etwas wie ein zaghaftes Lächeln auf ihre Lippen zu zaubern.

Ich sah mich suchend im Garten um. »Wo stecken eigentlich Momo und Miko?«

»Die sind mit den anderen unten am Strand. Sten und Jewe haben ein Lagerfeuer gemacht.«

Zur Hochzeitsgesellschaft gehörten auch fünf weitere Kinder, die mit ihren Eltern angereist waren und mit denen Stellas Geschwister sofort Freundschaft geschlossen hatten.

»Warum machst du nicht auch Schluss für heute und gehst mit runter an den Strand?« Ich sah sie aufmunternd an. »Du hast wirklich mehr als genug getan, Stella, ehrlich. Ohne dich wäre ich aufgeschmissen gewesen.«

Liv stimmte mir begeistert zu. »Die Blumendeko ist der Hammer.«

Sie tat es ab, als wäre es das Normalste von der Welt. »Hmm … Danke.«

»Und aus genau dem Grund ist heute Schluss mit der Arbeit.« Ich klopfte ihr aufmunternd auf den Oberschenkel.

»Du ziehst dir jetzt dieses Oberkellner-Outfit aus, schmeißt dich in Schale und dann rockst du die Tanzfläche.«

Sie hob ironisch eine Augenbraue und deutete auf die Gäste. »Nee, lass mal, ist hier nicht so *my favorite squad*.«

Liv und ich sahen uns einen Moment ratlos an. Liv zuckte mit den Schultern. »Keine Ahnung, was sie genau meint, aber ich vermute mal, wir sind ihr nicht cool genug.«

»Und viel zu alt.« Ich seufzte gespielt auf. »Ich fange an zu ahnen, wie Mama sich die letzten zwanzig Jahre gefühlt hat.«

Das war für Liv das Stichwort, sich ebenfalls suchend umzusehen. »Apropos Mama. Wo steckt die eigentlich?«

Stella deutete auf den großen Frühstücksraum, in dem weitere Gäste an Tischen saßen.

»Sie unterhält sich mit den Gästen. Erzählt alte Geschichten über Brodershöved und so. Die fahren da voll drauf ab.«

Liv und ich tauschten Blicke und hofften in diesem Augenblick beide wohl inständig, unsere Mutter würde nicht mit den peinlichen Verfehlungen unserer Jugend hausieren gehen.

»Stimmt es, dass ihr 'nen richtig großen Wal gerettet habt?« Stella sah uns neugierig an, und ich atmete auf. So wie es aussah, gab Mama nur mit den Heldentaten an.

Liv nickte. »Klar stimmt das. Ein Blauwalweibchen und ihr Junges. Die hatten sich in die Ostsee verirrt. Letztes Jahr.«

»Cool.« Das schien Stella tatsächlich zu beeindrucken. »Und alle im Dorf haben mitgeholfen?«

235

»Soweit ich weiß, ja.« Ich sah fragend zu Liv. »Allerdings war ich nicht dabei.«

»Stimmt. Millie hat sich lieber auf irgend so einem riesigen Kreuzfahrtschiff rumgetrieben. Aber alle anderen haben mit angepackt.«

»Sten auch?« Stellas braune Augen wirkten noch eine Spur nachdenklicher, als sie es ohnehin schon taten.

Liv nickte. »Ohne ihn hätten wir es damals vermutlich nicht geschafft. Er hat Himmel und Hölle in Bewegung gesetzt und den Kapitän eines Spezialschiffes überredet, uns zu helfen.«

»Hat er euch nie was davon erzählt?« Ich blickte fragend zu Stella. »Das war eine Riesengeschichte. Kam sogar in den Abendnachrichten.«

»Wir reden nicht so oft.« Stella atmete hörbar durch und zuckte mit den Schultern. »Eigentlich fast nie. Er und meine Mutter kommen nicht besonders gut miteinander klar.«

Ich tauschte kurze Blicke mit Liv.

»Das ist schade.«

Stella rutschte wieder etwas nervös auf dem Gartenstuhl herum. Es war offensichtlich, dass ihr meine Fragen unangenehm waren.

»Ich glaube, ich geh doch mal runter an den Strand.« Sie stand auf und nickte uns knapp zu. »Sagt Bescheid, wenn ihr mich braucht.«

Ohne unsere Antwort abzuwarten, eilte sie davon. Ich wurde das Gefühl nicht los, jemandem bei der Flucht zuzuschauen.

Liv blickte ihr nachdenklich hinterher. »Da hängt der Haussegen wohl auch ziemlich schief. Jetzt wundert es mich nicht mehr, dass Sten nie was von seiner Familie erzählt hat.«

»Ihr wusstet es auch nicht? Dass er einen Bruder und Nichten und Neffen hat?« Ich sah sie überrascht an. Immerhin waren sie und Jewe seit über einem Jahr richtig gut mit Sten befreundet, wie sie mir vor Kurzem erst etwas schnippisch unter die Nase gerieben hatte.

Liv schüttelte den Kopf. »Er hat sie mit keinem Wort erwähnt.«

Ich dachte einen Moment über ihre Worte nach. »Weißt du, was ich merkwürdig finde, Liv?«

»Nein, aber ich denke, ich werde es gleich erfahren.«

Es war beruhigend, dass Liv wieder zu ihrem alten Spott mir gegenüber zurückgefunden hatte. Alles andere hätte mir Angst gemacht.

»Die Kids sind in Ordnung, Liv. Um ehrlich zu sein, die sind wirklich entzückend. Jedenfalls die beiden Kleinen. Und Stella ist …« Ich suchte nach Worten, die ihr Verhalten beschrieben, und mir fiel nichts Passendes ein. »Sie ist im positiven Sinne anders. Mit siebzehn war ich jedenfalls nicht so drauf. So jemanden muss man doch nicht verschweigen, oder?«

Liv hob verwundert die Augenbrauen. »Das scheint dir wirklich zu denken zu geben.«

»Klar. Dir nicht?«

»Schon. Aber warum fragst du nicht denjenigen, den es betrifft?«

Sie sah mich wieder mit diesem Blick an, der mich augenblicklich dazu brachte, meine Fragen zu bereuen.

»Ach, ganz vergessen«, fuhr sie bissig fort, »ihr redet ja nicht miteinander und habt nur völlig lockeren Sex.«

Ich starrte sie einen Moment sprachlos an. Dann stand ich auf und schenkte ihr einen vernichtenden Blick.

»Danke, Liv. Du hast gerade eben eindrucksvoll demonstriert, dass man mit dir einfach nicht reden kann.«

Ich stapfte davon und hörte noch, wie sie mir ein »Jetzt sei nicht gleich eingeschnappt!« hinterherrief.

* * *

Zwei Stunden später war meine Wut auf Liv noch immer nicht gänzlich verraucht, obwohl ich mich sehr darum bemüht hatte, sie durch Arbeit zu kompensieren. Ich half den Catering-Leuten dabei, das benutzte Geschirr in große Plastikkörbe zu sortieren, es in dem Foodtruck zu stapeln und die Küche wieder einigermaßen in Ordnung zu bringen. Für den weiteren Abend hatten sie noch ein kleines Büfett mit Fingerfood und den Resten der Hochzeitstorte vorbereitet, das wir im Speisesaal aufbauten. Ich räumte die Tische zur Seite, um Platz für die Tanzfläche zu schaffen, während Jewe die Soundanlage checkte. Die Sonne war längst untergegangen und der Garten war nun festlich mit unzähligen Lampions und Lichterketten beleuchtet. Auf den Tischen standen Windlichter und es war immer noch sommerlich warm. Alles sprach dafür, dass dies eine lange Feier werden würde.

Schließlich stand ich etwas ratlos im Garten herum, auf der Suche nach einer weiteren Arbeit, die mich davon ablenken würde, an Liv, Sten Ohlsen oder seine merkwürdige Familie zu denken.

»Wir sollten das in unser Urlaubsangebot fürs Sturmnest aufnehmen.«

Ich hatte nicht bemerkt, dass Sten an meine Seite getreten war, und keine Ahnung, wie lange er schon neben mir stand.

»Sten …«

»Ich bin mir sicher, das wird der Renner.«

Er lächelte mich müde, aber glücklich an. »Ich wäre aber schwer dafür, es mit etwas mehr Vorlauf zu planen. Dieser Zeitdruck war wirklich übel.«

»Allerdings.« Ich atmete tief durch und musterte ihn. Er hatte sein Jackett ausgezogen und die Krawatte gleich mit abgelegt. Die Ärmel seines Hemdes waren hochgekrempelt und auf dem weißen Stoff prangten Rußflecken vom Lagerfeuer, die man vermutlich nicht mehr herausbekam.

»Mit den Kindern alles in Ordnung?«

Er nickte. »Inken erzählt ihnen unten am Lagerfeuer irgendwelche Seemannsgeschichten, und sie rösten Brot über dem Feuer.«

Ich lächelte ihn an. »Und was machen Braut und Bräutigam?«

Mit einem Kopfnicken deutete er auf eine Stelle im Garten, an der das Paar sich eng aneinandergeschmiegt unter einer Lichterkette langsam im Takt der Musik wiegte.

»Die sehen sehr glücklich aus.«

»Das heißt, ihr bleibt Freunde?«

Er nickte entschlossen. »Daniel hat mir geschworen, ab jetzt für mich bis ans Ende der Welt zu gehen, wenn ich ihn darum bitte. Und er will seinen ersten Sohn nach mir benennen.«

Ich musste lachen, während Sten weitererzählte. »Ich weiß allerdings nicht, ob er sich morgen noch daran erinnert. Er ist schon ziemlich betrunken.«

»Das könnte eine etwas frustrierende Hochzeitsnacht werden.«

»Ich hab den Jungs an der Bar gesagt, sie sollen dafür sorgen, dass er ab jetzt nur noch Getränke bekommt, in denen sich *kein* Alkohol befindet.«

Ich nickte anerkennend. »Sehr fürsorglich.«

»Ich will doch nicht, dass er die Nacht seines Lebens verpasst.«

Wir sahen uns in die Augen.

»Das wäre wirklich zu schade.«

»Unverzeihlich wäre das.«

Die Atmosphäre zwischen uns hatte sich verändert, so plötzlich und spürbar, als hätte jemand einen unsichtbaren Schalter umgelegt. Ein angenehmes Ziehen machte sich in der Mitte meines Körpers breit. Er hielt meinen Blick, und ich spürte, wie sich eine Hand auf meine Hüfte legte und mich etwas näher an ihn zog.

»Darf ich bitten …« Seine Stimme war ein raues Flüstern.

Automatisch ergriff ich seine Hand und im nächsten Moment wiegten wir uns ebenfalls im Takt eines melancholischen Liebesliedes unter einem der Apfelbäume in unserem Garten. Unsere Blicke waren ineinander versenkt. Ich spürte die Wärme seines Körpers durch den dünnen Stoff meines Kleides und seinen Atem ganz nah an meiner Wange. Er roch nach Lagerfeuer und teurem Aftershave. Für einen Moment schien die Welt um mich herum zu verschwimmen. Es gab nur noch mich und diesen Mann, dessen Arme mich umfangen hielten und dessen Berührungen Gefühle in mir weckten, denen ich nicht länger widerstehen konnte. Meine Lippen fanden die seinen in einem sanften Kuss.

* * *

Ich habe mich später gefragt, ob es an diesem besonderen Tag gelegen hat, an all der Aufregung, dem Stress und den Anstrengungen, die wir zusammen gemeistert hatten. Vielleicht war auch diese außergewöhnliche Atmosphäre schuld, die Hochzeiten von Natur aus innewohnt und die einen zumindest für einen Tag an die Liebe glauben lassen kann. Im Grunde unseres Herzens sind wir doch alle Romantiker.

Auf jeden Fall konnte ich später mein Leben in eine Zeit vor diesem Kuss einteilen und in eine Zeit danach, in der alles anders war.

Ich weiß nicht, ob Liv uns beobachtet hatte, ob sie irgendwo im Garten stand, mich für das verfluchte, was ich in ihren Augen falsch machte, oder ob sie völlig ahnungslos war. Falls sie Zeuge unseres Kusses geworden war, hielt sie sich jedenfalls mit Kommentaren zurück. Denn als ich ihr das nächste Mal an diesem Abend begegnete, wurde sie bei einem ganz passablen Discofox vom Brautvater über die Tanzfläche gewirbelt. Er hatte darauf bestanden, mit all den zauberhaften Geschöpfen das Tanzbein zu schwingen, denen er diese wunderbare Hochzeit seiner Tochter zu verdanken hatte. Und bevor ich es verhindern konnte, wurde auch ich zu den Klängen von »Dancing Queen« von ihm zu einem Tanz genötigt. Es dauerte eine gefühlte Ewigkeit, bis ich die Tanzfläche wieder verlassen konnte.

Irgendwann bekam ich mit, wie meine Mutter Miko und Momo einsammelte, die sich vor Müdigkeit kaum noch auf den Beinen halten konnten, und sie gemeinsam mit Stella ins Bett brachte. Auf der Tanzfläche flirtete einer der Singles aus Daniels Freundeskreis, der ohne Begleitung auf der Hochzeit erschienen war, hemmungslos mit Inken und erweckte den Eindruck, sich hier und jetzt kopflos in die attraktive Kapitänin verlieben zu wollen. Jewe stand den halben Abend hinter der Anlage, legte genau die richtige Mischung Musik auf, sodass die Tanzfläche nie leer blieb und die Stimmung ausgelassen und fröhlich war. Irgendwann überließ er dem Computer die Musikauswahl und ich sah ihn mit Liv auf der Tanzfläche eng umschlungen tanzen.

Sten wurde ebenfalls in Beschlag genommen. Jedes Mal, wenn wir uns auf der Tanzfläche endlich wieder nahe kamen, tauchte jemand anderes auf, der ihm freudestrahlend auf die Schulter klopfte, zu diesem fantastischen Hotel, den reizenden Mitarbeiterinnen und der gelungenen Hochzeitsfeier gratulierte und unbedingt mit ihm anstoßen oder tanzen wollte. Je nachdem, ob derjenige weiblich oder männlich war. Wir warfen uns sehnsuchtsvolle Blicke zu und warteten auf den Moment, in dem es nicht mehr auffallen würde, wenn wir uns klammheimlich verabschiedeten.

Als gegen halb drei schließlich eine Polizeistreife auftauchte und die jungen Beamten uns freundlich darauf hinwiesen, dass die Bewohnerinnen der Seniorenresidenz Apfelgarten ein paar Hundert Meter weiter nun auch gerne mal schlafen wollten, drehten wir die Musik leiser, luden die Polizisten zu einem nächtlichen Snack ein (Mama kannte sie schließlich schon seit dem Kindergartenalter) und die Party wurde etwas ruhiger. Die Ersten verabschiedeten sich schwankend ins Bett, während die Hartgesottenen da weitermachten, wo die staatliche Ordnungsmacht uns unterbrochen hatte.

Ich trat zu meiner Mutter, die am Getränkestand lehnte, an dem längst Selbstbedienung herrschte, nachdem wir unsere Kellner in den verdienten Feierabend geschickt hatten.

»Willst du nicht auch langsam mal ins Bett, Mama?«

Sie sah mich glücklich an und schüttelte den Kopf. »Auf keinen Fall! So munter habe ich mich lange nicht mehr gefühlt.«

Ich wusste nicht, ob ich mir Sorgen um sie machen oder mich darüber freuen sollte, dass sie sichtlich auf ihre Kosten kam.

»Millie, ich sage dir, das liegt an der ganzen Aufregung der letzten Tage. Pures Adrenalin. Der einzig wahre Jungbrunnen.«

Sie strahlte über das ganze Gesicht, und ich nahm sie lachend in den Arm.

»Aber nicht, dass das zur Gewohnheit wird, Mama. Nachher fängst du noch mit Fallschirmspringen an. Oder du stürzt dich am Gummiseil die Klippen runter.«

Sie drückte mich ganz fest, und ich spürte, wie sie tief durchatmete, um mich dann eine Armlänge von sich wegzuschieben, damit sie mir in die Augen sehen konnte.

»Danke, Millie, danke für alles, was du die letzten Tage getan hast. Ich kann dir gar nicht sagen, wie glücklich ich bin, dass du da bist. Und wie stolz ich auf dich bin.«

Solche Gefühlsausbrüche kannte ich gar nicht von meiner Mutter. Jedenfalls nicht mir gegenüber.

»Hab ich gern gemacht.«

Sie sah mich einen Moment stumm an. Doch bevor sie noch etwas sagen konnte, trat einer der Gäste zu uns, nahm sie am Arm und entführte sie mit den Worten »Antje! Das ist unser Lied!« erneut auf die Tanzfläche. Was auch immer sie mir noch hatte sagen wollen, blieb ihr Geheimnis.

»Ich denke, wir können sie so langsam alleine lassen, oder?«

Die Stimme, die mir ins Ohr flüsterte, war mir nur allzu vertraut. Ich drehte mich um und blickte in ein Paar sanfter brauner Augen, die immer etwas melancholisch wirkten und um die sich nun Lachfältchen bildeten.

»Wir schleichen uns einfach durch den Hintereingang zu mir nach oben.«

Er deutete grinsend auf eine Flasche Champagner, die er unter seinem Jackett verborgen hatte, das er über dem Arm trug.

Ich blickte kurz zur Tanzfläche. Niemand schien von uns Notiz zu nehmen und es war ganz eindeutig die beste Gelegenheit, sich klammheimlich aus dem Staub zu machen. »Ich glaube, ich hab eine noch viel bessere Idee.«

Ich zog ihn am Arm durch den Garten, schnappte mir im Vorbeigehen zwei Gläser und Decken aus einem der Strandkörbe und suchte dann im Dunkeln die Lücke in der Wildrosenhecke, die hinunter zum Strand führte.

* * *

Es war eine dieser Nächte, in denen die Sterne kristallklar am Himmel stehen, so zahlreich und nah, dass man das Gefühl hat, man müsse nur die Hand ausstrecken, um sie zu berühren.

Das Lagerfeuer war längst runtergebrannt und die Glut pulsierte im Rhythmus der leichten Brise, die von der Ostsee zu uns an den Strand herüberwehte. Sten ließ den Champagnerkorken knallen. Von irgendwoher war der empörte Ruf einer Möwe zu vernehmen, die sich über die nächtliche Ruhestörung beschwerte. Er goss die Gläser voll und reichte mir eines.

»Auf die mit Abstand verrückteste Hochzeit meines Lebens!« Seine Augen funkelten belustigt im silbernen Mondlicht. »Und ich dachte, ich hätte schon alles gesehen.«

»Tja, was soll ich sagen? Wir Brodershöveder sind immer für eine Überraschung gut.«

Er nippte an seinem Glas und lächelte. »Mir fielen da noch ein paar Sachen mehr ein, die ihr wirklich gut draufhabt.«

»Ach wirklich?«

»Hmm …«, brummte er, und dann nahm ich ihm das Glas aus der Hand, ließ es einfach in den Sand zwischen den Felsen fallen und beugte mich über ihn, um ihn zu küssen.

In dieser Nacht war der Sex anders, intensiver, aufwühlender als alles, was ich bislang erfahren hatte. Es war nicht nur ein körperlicher Akt, nicht nur das Befriedigen einer physischen Lust, die die Sinne stimulierte und in betäubender Ekstase mündete. Auch wenn dies schon bemerkenswert genug gewesen wäre. Was ich in dieser Nacht erfuhr, ging weit darüber hinaus, und etwas in mir wusste, dass er es ebenfalls spürte. Es war wie das verhaltene Brodeln im Innern eines Vulkans, der eine Ewigkeit geruht hatte und nun zum Leben erweckt wurde, dessen unerschöpfliche Energie plötzlich ausbrach und die Erde um sich herum neu formte und eine neue Welt schuf. Als wir uns keuchend dem Höhepunkt näherten, atemlos liegen blieben und die Erregung des anderen auf der nackten Haut spürten, wussten wir beide, dass nun alles anders sein würde.

* * *

»Und das da? Was ist das für ein Sternbild?«

Die Nacht war immer noch sternenklar, als wir einige Zeit später eng umschlungen, nackte Haut an nackter Haut, auf der

Decke lagen und eine wunderbare Erschöpfung uns träge in den Himmel über uns blicken ließ.

»Das da unten?« Ich versuchte, die Stelle zu deuten, die er mir zeigte. »Das aussieht wie ein W?«

»Du hast recht«, bemerkte er überrascht und legte den Kopf etwas schief. »Das sieht wirklich wie ein W aus.«

»Kassiopeia. Kann man auf der Nordhalbkugel das ganze Jahr über sehen.«

»Du kennst wirklich eine Menge Sternbilder. Lernt man das in der Ausbildung zur Kapitänin?«

Ich schüttelte den Kopf. »Heute gibt es GPS und eine Menge anderer elektronischer Spielzeuge.« Ich zeigte auf einen Punkt am Himmel. »Erkennst du den Großen Wagen?«

Ich spürte an meiner Wange, wie er nickte. »Den kennt schließlich jedes Kind.«

»Gut. Und jetzt bilde mal eine Linie zwischen den beiden Sternen ganz hinten am Wagen.«

»Okay …«

»Und dann verlängere die Linie nach oben, etwa um das Fünffache.«

»Hab ich … da ist ein Stern!«, stellte er triumphierend fest.

»Richtig. Der Polarstern. Er steht fast exakt in der Verlängerung der Erdachse. Deshalb scheint es so, als würde sich der gesamte Sternenhimmel um ihn drehen. Früher nutzten die Seefahrer ihn zur Orientierung.«

Er wandte den Kopf und sah mir in die Augen. »Scheint ein ganz schön wichtiger Stern zu sein.«

»Wenn man mitten auf dem Atlantik ist und keine Ahnung hat, wo genau, auf alle Fälle.«

»Klingt es übertrieben, wenn ich jetzt sage, du bist mein Polarstern?«

Ich lächelte glücklich. »Sehr übertrieben.«

»Gut. Dann sag ich es lieber nicht.« Er grinste breit.

»Weise Entscheidung.« Ich küsste ihn sacht. »Aber falls du es sagen würdest, wäre ich natürlich sehr glücklich.«

Einen Moment lang blickten wir uns schweigend an.

Als er schließlich zu sprechen begann, war seine Stimme kaum mehr als ein Flüstern.

»Und was passiert als Nächstes, Smilla Larsen?«

»Ich weiß es nicht. Aber ich wäre sehr dafür, wenn es zur Abwechslung einfach nur entspannend wäre. Nichts Aufregendes.«

»Das ganz normale, langweilige Leben?«

»Es muss ja nicht langweilig sein«, wandte ich ein.

Er sah mich liebevoll an. »Mit dir zusammen kann es gar nicht langweilig werden, fürchte ich.«

»Du hast da einen völlig falschen Eindruck von mir.« Ich zog sanft mit den Fingern die Linien seines Kinns nach. »Wenn ich mir richtig Mühe gebe, dann kann ich so was von langweilig sein.«

»Schöne Theorie. Ich bestehe darauf, dass du es mir beweist. So die nächsten zwanzig, dreißig Jahre.«

Ich hob amüsiert die Augenbrauen. »Das ist eine verdammt lange Zeit.«

»Also, im Vergleich zu den kosmischen Dimensionen über uns ist das gar nix.« Er blickte wieder hoch zu den Sternen und stieß einen tiefen Seufzer der Glückseligkeit aus. »Das schaffen wir mit links.«

* * *

Wir liebten uns noch einmal in dieser Nacht, und als der Himmel über der Ostsee sich in ein märchenhaftes Farbenspiel aus Rot, Orange und Blau verwandelte, sammelten wir unsere Kleidung auf, zogen uns an und machten uns auf den Weg zurück.

In der Küche legten wir einen Zwischenstopp ein. Wir hatten einen Bärenhunger und stürzten uns auf die Reste des Festmahls, die sich in Tupperdosen und unter Cellophan verpackt im Kühlschrank stapelten. Im Haus war es mucksmäuschenstill. Die Hochzeitsgesellschaft war in einen komatösen Schlaf gefallen, kein Wunder nach dieser denkwürdigen Feier der letzten Nacht.

»Wenn wir Glück haben, kriegen wir noch eine Stunde Schlaf, bevor hier wieder die Hölle losbricht.«

Sten schob mir eine kleine Cocktailtomate in den Mund, die mit einem herrlichen Bärlauchpesto überzogen war.

»Vorher muss ich noch unter die Dusche.«

Ich spießte mit der Gabel ein Stück gebratene Zucchini auf, das mit einem wunderbar aromatischen Olivenöl und Balsamico mariniert war, und fütterte ihn damit.

»Ich habe Sand an Stellen meines Körpers, an die garantiert kein Sand gehört.« Ich grinste anzüglich.

»Na so was.« Er tat überrascht. »Wie konnte das nur passieren?«

Statt einer Antwort küsste ich ihn. Der Kuss wurde intensiver, leidenschaftlicher und entfachte in mir immer drängender ein mittlerweile wohlbekanntes Begehren.

Ein Räuspern, gefolgt von einem knappen »Moin, moin« ließ uns auseinanderfahren.

»'tschuldigung, dass wir stören.«

Vor uns stand Jens Thienemann, quasi der Polizeichef von Brodershöved, und machte einen sehr amüsierten Eindruck, wie an seinem breiten Grinsen unschwer zu erkennen war.

»Ich hab schon versucht anzurufen.« Jens deutete in Richtung Empfang. »Aber bei euch geht ja niemand ans Telefon.«

»Ähm ... ja ... Hallo, Jens.«

Sten und ich tauschten kurze Blicke. Dann lächelte ich die Brodershöveder Ordnungsmacht freundlich an.

»Tut uns leid wegen des Lärms heute Nacht. Zum Glück findet so eine Hochzeit ja auch nicht jedes Wochenende statt. Glaubst du, die aus der Seniorenresidenz lassen sich mit Mamas Apfelkuchen wieder etwas besänftigen?«

Jens kratzte sich etwas verlegen das schüttere Haar.

»Wegen der Ruhestörung bin ich nicht hier, Millie.«

Er sah Sten forschend an.

»Ich müsste mal dringend mit Ihnen sprechen, Herr Ohlsen.«

»Mit mir?« Sten runzelte verwundert die Stirn. »Um was geht es denn?«

»Wir haben da eine Anfrage aus Hamburg bekommen. Schon am Freitag. Ist leider liegen geblieben bei dem ganzen Stress.«

Es war mir neu, dass die Brodershöveder Polizei sich über Stress beklagte. Die Kriminalitätsrate hielt sich normalerweise in einem sehr überschaubaren Rahmen.

»Von der Polizei aus Hamburg?«

»Nee, sonst wäre es ja nicht liegen geblieben«, erklärte Jens. »Kam vom Jugendamt. Die haben uns um Amtshilfe ersucht.«

Er sah Sten wieder forschend an. »Sie sind doch der Onkel von Stella Martini?«

»Ja. Wieso?«

»Na, so wie es aussieht, ist die Kleine zusammen mit ihren Geschwistern …« Er schaute auf einen Zettel, auf dem er sich die wichtigsten Infos notiert hatte, und las ab: »Miko, neun Jahre alt, und Momo, sechs Jahre alt, aus einer Einrichtung des Jugendamtes abgehauen und wird seit einer Woche vermisst.« Er schaute uns seufzend an. »Blöde Sache.«

Kapitel 22

Es war erschreckend zu beobachten, wie aus dem charmanten, wortgewandten, nie um einen Kommentar verlegenen, erfolgreichen Geschäftsmann Sten Ohlsen binnen weniger Stunden ein verschlossener, mürrisch dreinblickender Eisklotz wurde. Er gab nur noch einsilbige Antworten und auf seiner Stirn bildete sich eine steile, tiefe Falte. Seine dunklen Augen hatten alle Sanftheit verloren und waren auf einmal düster, und um seinen Mund lag ein harter, bitterer Zug. Auf einmal sah er seiner Nichte verblüffend ähnlich.

Wir waren oben in seiner Dachgeschosswohnung und Hilmar Sand, der einzige Anwalt, den Brodershöved zu bieten hatte (erst recht an einem Sonntagvormittag), saß auf dem Sofa und telefonierte mit einer Familienrichterin in Hamburg.

»Ja, vielen Dank, liebe Kollegin … ja, ich werde es mit meinem Mandanten besprechen … melde mich bei Ihnen.«

Ich kochte in der Küche bereits die zweite Kanne Kaffee, während Sten nur schweigend an der Terrassentür stand, hinaus auf die Ostsee blickte und eine abwehrende Aura um sich herum verbreitete.

Hilmar beendete das Telefonat, legte das Handy auf den Couchtisch und atmete hörbar durch, während ich mit dem Kaffee zur Sitzgruppe kam.

»Und, was sagt sie?« Ich sah Hilmar mit Unbehagen an. Er wirkte nicht gerade so, als hätte er gute Nachrichten für uns.

»Nun, Familienrecht ist eine komplizierte Angelegenheit, Millie.«

Was vermutlich so viel hieß wie: Die weichen keinen Millimeter von ihren Verordnungen ab.

»Dürfen die Kinder jetzt hierbleiben oder nicht?«

Ich merkte, wie meine Stimme vor Aufregung eine Spur schriller klang als normal.

»Da Sten der nächste Verwandte von Stella ist, ist es bei ihr kein Problem. Vorausgesetzt, sie möchte das auch.«

Ich blickte zu Sten.

»Und was ist mit Miko und Momo?«

Ich setzte mich und goss Kaffee nach.

»Danke, Millie.« Hilmar nahm einen Schluck und sah mich dann wenig begeistert an. »Bei den beiden wird's etwas kompliziert.«

»Kompliziert im Sinne von ›Das schaffen wir schon irgendwie‹. Oder kompliziert im Sinne von ›unmöglich‹?«

»Ich fürchte, es fällt in die zweite Kategorie.«

»Aber das können die doch nicht machen!« Ich begann empört auf und ab zu gehen. Sten rührte sich noch immer nicht. »Den Kindern geht es gut bei uns. Meine Mutter vergöttert sie. Und sie fühlen sich wohl. Denken die ernsthaft, denen geht es in einem Heim in Hamburg besser?«

»Sie kommen in eine Pflegefamilie. Ist schon alles vorbereitet.«

Es war erstaunlich, wie ruhig Hilmar Sand bei all dem bleiben konnte. Als Anwalt hatte man vermutlich eine sehr hohe Frustrationstoleranz.

»Und was ist dann der Unterschied zu uns? Warum können sie nicht hierbleiben?«

»Weil Sten nun mal nicht mit ihnen verwandt ist. Juristisch gesehen ist er eine familienfremde Person, so wie du und ich.«

Ich rieb mir überfordert die Schläfen. »Was ist mit ihrer Mutter? Mit Jessi? Wenn die sagt, die Kinder dürfen bei Sten bleiben, dann können die ihr das doch nicht verbieten.«

Hilmar atmete wieder tief durch, und ich ahnte bereits, dass seine Antwort uns ebenfalls nicht gefallen würde.

»Das Problem ist, dass die Mutter der Kinder wegen Drogenentzugs auf einer geschlossenen Station in einer psychiatrischen Klinik weilt und im juristischen Sinne nicht wirklich geschäftsfähig ist. Es ist also völlig egal, was sie sagt oder nicht. Das Jugendamt beziehungsweise die Mitarbeiterin, die vom Familiengericht als Vormund bestellt wurde, hat das letzte Wort. Und die sagt, Stella kann bleiben. Die beiden Kleinen aber nicht.«

Ich schüttelte frustriert den Kopf. Wie um alles in der Welt konnte in so kurzer Zeit nur alles so aus dem Ruder laufen?

* * *

Mein Misstrauen, was Stellas Geschichte betraf, die sie uns am Tag ihrer Ankunft präsentiert hatte, hatte sich jedenfalls als sehr begründet erwiesen. Die gesundheitlichen Probleme ihrer Mutter waren in Wirklichkeit ein Totalzusammenbruch, ausgelöst von einer Überdosis Amphetamine, der sie erst in die Notaufnahme einer Hamburger Klinik und dann in die psychiatrische Abteilung gebracht hatte, wo man die psychotischen Schübe, die die Drogen in ihrem Hirn hervorriefen, behandelte.

Das Ganze war bereits drei Monate her und eine Besserung ließ bei Jessi auf sich warten.

Dem Jugendamt war das ganze Drama allerdings erst vor knapp zwei Wochen aufgefallen. Stella hatte sich in der Zwischenzeit ganz allein um ihre Geschwister und den Haushalt gekümmert. Wie sie es vermutlich schon die letzten Jahre getan hatte, als ihre Mutter immer tiefer in Depressionen, Drogen und Alkohol abgerutscht war.

Erst mal alarmiert, zögerten die Mitarbeiter nicht lange und verfrachteten Miko und Momo umgehend in eine Pflegefamilie irgendwo am Stadtrand von Hamburg, während Stella in einer Jugend-WG in Billstedt unterkam. Dass sie den Kindern damit den einzigen stabilen Halt nahmen, den sie in ihrem Leben kannten – nämlich ihre kleine Gemeinschaft –, schien den Mitarbeitern des Jugendamtes nicht wirklich bewusst gewesen zu sein.

Die Trennung war für die drei unerträglich und Stella hatte das getan, was sie immer getan hatte, um ihre Geschwister zu beschützen. Sie hatte die Initiative ergriffen, sich Momo und Miko geschnappt und war mit dem letzten Rest ihres Geldes zu dem einzigen Menschen gefahren, von dem sie sich Hilfe erhoffte: Sten.

All das hatten wir in den letzten Stunden unten am Esstisch in unserer Küche erfahren, als Stella den Polizisten, meiner Mutter und dem Rest meiner Familie ihre Geschichte erzählt hatte. Kreidebleich und mit einer Stimme, die so hoffnungslos und verzweifelt klang, dass es mir vor Mitleid die Kehle zuschnürte.

Meine Mutter war vor Empörung an die Decke gegangen und hatte umgehend Hilmar Sand angerufen, um die Angelegenheit zu klären. Sie ließ keinen Zweifel darüber aufkommen, dass sie nicht zulassen würde, dass die Kinder gegen ihren Willen Brodershöved wieder verlassen müssten.

Sten hatte während der ganzen Zeit nicht viel gesagt. Er hatte mit versteinerter Miene am Tisch gesessen, zugehört und einsilbig seine Zustimmung für das Hinzuziehen des Anwalts gegeben.

Sein Verhalten war irritierend. Und das war noch die harmloseste Bezeichnung, die mir einfiel. Es schien so, als würde ihn das alles nicht betreffen, als wäre er nur ein entfernter Zeuge eines Dramas, das wildfremden Menschen widerfuhr.

Ich verstand es nicht und beobachtete fassungslos, wie der Mensch, in dessen Armen ich mich vor wenigen Stunden sicher, geborgen und geliebt gefühlt hatte, sich auflöste und verschwand, so wie sich die Gischt an einem stürmischen Tag auf hoher See spurlos im Wind auflöste.

Als wir uns nach oben in seine Dachgeschosswohnung zurückzogen, um die juristischen Aspekte nicht vor den Augen und Ohren der Kinder zu klären, hatte ich ihn darauf angesprochen.

»Sten?«

Er ging vor mir auf der Treppe, die Hände in den Taschen seiner zerknitterten Anzughose vergraben, und gab einen mürrischen Ton von sich.

»Was ist los mit dir?« Ich streckte meinen Arm aus und berührte ihn sanft am Rücken.

Er zuckte zurück, als würde ihn die Berührung meiner Hand schmerzen.

»Ich …« Er wich meinem Blick aus und fuhr sich mit der Hand hilflos durch die Haare. »Wir müssen mit dieser Familienrichterin sprechen.«

Ohne eine weitere Erklärung war er nach oben geeilt und hatte mich keines Blickes mehr gewürdigt.

* * *

»Stella wird ihre Geschwister niemals im Stich lassen und ohne sie hierbleiben.«

Ich ließ mich frustriert aufs Sofa fallen.

»Immer noch besser, als allein in diesem Heim zu hocken.«

Ich sah überrascht auf. Sten hatte tatsächlich etwas gesagt. Auch wenn er noch immer unbeweglich dastand, die Arme vor der Brust verschränkt und nach draußen aufs Meer starrte.

Hilmar räusperte sich vernehmlich und rutschte an die Sofakante, um sich aufzurichten. »Mein letzter Vorschlag in dieser ganzen Angelegenheit wäre folgender.«

Sten drehte langsam den Kopf. Seine Miene war wie versteinert. »Und zwar?«

»Es hätte weitreichende Folgen für Sie, Herr Ohlsen, und es wäre eine Entscheidung, die man sicherlich nicht spontan oder aus einer Laune heraus treffen sollte.«

»Sie können sicher sein, Herr Sand, dass ich das nicht tun werde.«

Ich hatte schon Filmbösewichter gehört, die freundlicher geklungen hatten.

Hilmar nickte nervös. Stens Eiseskälte schien ihm etwas Angst zu machen. »Gut. Sehr gut.«

»Was schlägst du vor, Hilmar?« Ich versuchte, ihm seine Nervosität zu nehmen. »Gibt es noch eine Chance für die drei, zusammenzubleiben?«

»Ja. Vorausgesetzt die Familienrichterin spielt mit und würde einem Eilantrag stattgeben.«

»Um was für einen Eilantrag würde es sich handeln?«

Sten trat zu uns und blieb vor Hilmar stehen.

»Wir würden die vorübergehende Vormundschaft über alle drei Geschwister beantragen. Ich bin mir sicher, dass die Richterin dem stattgeben wird. Sie haben einen einwandfreien Leumund, sind finanziell abgesichert, die Kinder kämen in ein stabiles familiäres Umfeld. Und das Beste wäre – sie könnten zusammenbleiben. Das würde die Richterin bestimmt überzeugen.«

Sten hörte Hilmar mit ausdruckslosem Gesicht zu, und es war schwer zu erraten, was in ihm vorging.

Hilmar blickte irritiert von Sten zu mir, als das Schweigen unerträglich wurde.

»Ich weiß, das ist keine leichte Entscheidung. Sie übernähmen damit eine Menge Verantwortung. Das sollte man sich gut überlegen. Aber es wäre auch erst mal nur so lange, bis die Mutter der Kinder wieder … na ja, wie soll ich sagen … einigermaßen beieinander ist.«

Ich blickte auf zu Sten. Zum ersten Mal an diesem Tag schien es einen Lichtblick zu geben.

»Nein.« Stens Antwort platzte in die Stille wie eine Bombe.

»Was?« Ich stand auf, fassungslos über das, was ich gerade gehört hatte. »Nein?«

Er sah mich an und für einen kurzen Moment blitzte etwas Vertrautes in seinen Augen auf.

»Es tut mir leid, Millie. Aber das kann und das werde ich nicht tun.«

Ich musste mich verhört haben. »Das … das ist nicht dein Ernst.«

Er ignorierte meinen Kommentar und wandte sich an Hilmar.

»Haben Sie vielen Dank für Ihre Hilfe, Herr Sand.«

Er reichte ihm die Hand, und damit schien die Diskussion für ihn beendet. Dann holte er eine Visitenkarte aus seiner Brieftasche, die auf dem Küchentresen lag. »Sie können mir die Rechnung an mein Büro in Hamburg schicken. Hier ist die Adresse.«

Hilmar nickte und sammelte seine Unterlagen zusammen.

»Tut mir leid, dass ich nicht mehr für die Kinder tun kann.«

Dann war er draußen, und ich starrte Sten sprachlos an, weil ich einfach nicht begreifen konnte, was er soeben getan hatte.

* * *

255

Ich weiß nicht genau, wie lange wir uns schweigend gegenüberstanden. Meine Fassungslosigkeit wandelte sich langsam in unbändige Wut. Immerhin kannte er mich mittlerweile gut genug, um meinen Gesichtsausdruck richtig zu deuten, als er schließlich sagte: »Ich weiß, es ist schwer zu verstehen, Millie.«

Seine Stimme hatte einen sanfteren Klang, der mich entfernt an den alten Sten Ohlsen erinnerte.

»Aber ich habe meine Gründe. Gute Gründe. Ich kann nicht die Verantwortung für zwei kleine Kinder und einen Teenager übernehmen.«

»Und warum? Weil die so schwierig oder kompliziert sind?« Ich lachte zynisch auf. »Komm schon, Sten. Das sind so ziemlich die pflegeleichtesten Kinder, denen ich jemals begegnet bin. Da macht meine Mutter mehr Probleme als diese drei.«

Er kniff die Augen zusammen und sah mich dann wieder mit diesem kühlen, abschätzenden Blick an, der mir Angst machte.

»Woher willst du das wissen? Du kennst sie doch gar nicht.«

Ich baute mich wütend vor ihm auf. »Sag mal, hast du vorhin nicht zugehört? Stella sorgt vermutlich schon ihr halbes Leben lang für sich und die Kleinen. Ganz allein. Weil ihre Mutter nicht in der Lage dazu ist. Und weil ihr Onkel …« Ich stieß ihm wütend meinen Zeigefinger auf die Brust. »…nämlich du, sich einen Scheiß darum kümmert!«

Er schluckte, und ich sah, wie sein Adamsapfel dabei auf und ab hüpfte.

»Hast du kein bisschen Verantwortungsgefühl? Das ist deine Familie, Sten! Da sorgt man sich umeinander, verdammt noch mal!«

Ich sah, wie seine Kiefer arbeiteten, als er die Zähne zusammenbiss und sich bemühte, nicht die Beherrschung zu verlieren.

»Das mag für deine Familie gelten, Millie.« Die Stimme war überraschend ruhig und beherrscht. »Aber nicht für meine.«

Ohne ein weiteres Wort wandte er sich ab und verließ die Wohnung.

* * *

Die Reaktion meiner Mutter über die Folgen von Stens Weigerung war nicht wirklich überraschend. Sie verlief über Empörung zu einem emotionalen Wutausbruch und endete schließlich in blanker Verzweiflung.

Stella und ihre beiden Geschwister blieben erstaunlich gefasst, so als hätten sie sich schon vor einer Ewigkeit damit abgefunden, dass man bei Erwachsenen mit allem rechnen musste und letztendlich etwas dabei herauskam, was ihnen nur noch mehr Probleme und Kummer bereitete, als sie ohnehin schon gewohnt waren.

Jens Thienemann und sein Cousin Erik, der ebenfalls Polizist war, würden Momo und Miko noch am Nachmittag zurück nach Hamburg zu ihrer Pflegefamilie bringen. Ich hatte damit gerechnet, dass Stella protestieren und sich aus Enttäuschung weigern würde, bei ihrem Onkel im Sturmnest zu bleiben.

Ihre Reaktion überraschte mich jedoch.

* * *

»Okay. Dann bleib ich hier.«

Meine Mutter und ich tauschten ungläubige Blicke.

»Wirklich? Bist du dir sicher?«

Stella nickte knapp und starrte auf ihre verschränkten Hände, als würde sie irgendeine Gottheit anflehen, endlich einzuschreiten, um das Unvermeidliche im letzten Moment zu verhindern.

»Ja.« Ihre Stimme klang matt.

Meine Mutter, die neben ihr saß, legte tröstend ihre Hände auf Stellas und drückte sie aufmunternd.

»Das ist gut, Stella. Das ist sehr gut. Wir werden uns alle gut um dich kümmern.«

Stella hob den Kopf und blickte zu Sten, der wie versteinert am Esstisch gesessen hatte, während Anwalt Sander die Hiobsbotschaft verkündete und mit Jens Thienemann das weitere Vorgehen besprach.

»Danke, dass ich hierbleiben kann.« Ein bitterer Sarkasmus lag in ihrer Stimme. »*Onkel* Sten.«

Sten sah sie einen langen Moment an und seine Wangenmuskeln traten deutlich hervor, als er sie anspannte. Er nickte nur knapp und wich ihrem anklagenden Blick aus.

»Wer sagt es den beiden Kleinen?«

Ich sah fragend in die Runde und mein Blick blieb provozierend an Sten hängen. »Möchte das vielleicht auch der *Onkel* übernehmen?«

Bevor Sten antworten konnte, erhob sich Stella.

»Ich mache das.« Sie sah fragend zu Jens. »Wie viel Zeit haben wir, bis Sie losfahren müssen?«

Jens tauschte hilflose Blicke mit meiner Mutter und zuckte mit den Schultern. »Wäre schön, wenn wir so gegen sechs in Hamburg sind.«

Stella nickte die Information knapp ab. »Ich helfe den beiden beim Packen.«

Dann war sie draußen. Am Tisch herrschte bedrücktes Schweigen und ich kann mich nicht daran erinnern, fünf erwachsene Menschen jemals in meinem Leben so schuldbewusst erlebt zu haben.

* * *

Der Abschied von Miko und Momo verlief ruhig und weitaus weniger emotional, als ich befürchtet hatte. Sie verabschiedeten sich in ihrer höflichen, liebevollen Art von meiner Mutter, fielen auch mir um den Hals, als sie sich für das Segeln und die Tour zur Pirateninsel bedankten, und kletterten dann schweigend auf die Rückbank des Polizeiautos.

Stella schaffte es tatsächlich, so etwas wie ein aufmunterndes Lächeln auf ihre Lippen zu zaubern und den beiden zu versprechen, dass sie sich bestimmt ganz bald wiedersehen würden und die Kleinen sich an das halten sollten, was sie ihnen gesagt hatte.

Jens und sein Cousin starteten den Motor und fuhren langsam vom Parkplatz des Sturmnests runter auf die Hauptstraße. Als die Rücklichter des Wagens hinter der Rosenhecke verschwunden waren, wandte sich Stella abrupt ab und ging rasch zurück ins Haus. Ich stand neben meiner Mutter, der die Tränen über die Wangen liefen. Ich nahm sie tröstend in den Arm.

»Ist schon gut, Mama. Den beiden geht's bestimmt auch gut in der Familie.«

Sie schniefte nur an meiner Schulter, und ich spürte, wie sie den Kopf schüttelte. »Das ist nicht in Ordnung, Millie. So was ist nicht in Ordnung.«

»Ich weiß, Mama.«

Während ich sie im Arm hielt und versuchte, sie zu trösten, blickte ich hinüber zu den Klippen, hinter denen die Ostsee lag, die unberührt war von dem Drama der Menschen.

Sten Ohlsen hatte sich kurz von Miko und Momo verabschiedet und war dann verschwunden. Wenigstens hatte er den Anstand besessen, keine fadenscheinige Entschuldigung für sein Handeln abzugeben.

* * *

Während wir mit dem Familiendrama beschäftigt waren, hatte sich Liv um das Sturmnest und die Abreise der Hochzeitsgesellschaft gekümmert. Auch Inken war, wie immer, wenn man sie brauchte, zur Stelle, und obwohl sie sicherlich einen schweren Kater haben musste, half sie ihrer besten Freundin beim Aufräumen. Den Rest erledigte der Catering-Service.

Ich traf Liv und Inken im Garten an, als sie die letzten Lichterketten abnahmen und verstauten, während Jewe etwas entfernt damit beschäftigt war, die Sound- und Lichtanlage in Kisten zu packen und dann in seinem Jeep zu verstauen.

»Sind sie weg?« Liv sah mich mitleidig an.

Ich nickte.

»War es sehr schlimm?«

»Ging so.« Ich zuckte mit den Schultern. »Mama schaut nach Stella. Sie hat sich in ihrem Zimmer verkrochen.«

Ich ließ mich erschöpft auf einen der Gartenstühle fallen und fühlte plötzlich bleischwer die Müdigkeit und die Anspannung der letzten Tage in jeder Faser meines Körpers.

»O Mann, das kann doch alles nicht wahr sein!«

Liv setzte sich zu mir. »Wo steckt Sten?«

»Keine Ahnung.« Ich schnaubte wütend auf. »Aber hoffentlich gräbt er sich gerade ein Loch, in das er sich verkriechen kann, und kommt die nächsten hundert Jahre nicht mehr raus! Der sollte sich echt in Grund und Boden schämen!«

Liv gab nur ein nachdenkliches Brummen von sich, das mich ärgerte.

»Komm schon, Livvy, jetzt fang bloß nicht an, ihn zu verteidigen. Dann werde ich nämlich richtig sauer.«

»Tu ich ja gar nicht.«

»Aber du wolltest es.«

»Nein. Und mein Verständnis für Stens Entscheidung tendiert gegen null. Das kannst du mir glauben.«

Inken setzte sich ebenfalls zu uns. »Da bin ich der gleichen Meinung.«

Einen Moment hingen wir schweigend unseren düsteren Gedanken nach.

»Schon komisch.« Inken unterbrach unser Schweigen nachdenklich und wir sahen sie fragend an.

»So sehr kann man sich doch gar nicht in einem Menschen täuschen, oder? Vor zwei Tagen noch hätte ich schwören können, dass auf Sten immer Verlass ist.«

»Frag mal Stella. Die denkt da bestimmt anders drüber«, erwiderte ich.

Liv stimmte Inken jedoch zu. »Als ob es zwei unterschiedliche Menschen wären, als hätte sich der Sten, den wir kennen, über Nacht verabschiedet.«

Sie sah mich an, und ich konnte an ihrem Gesichtsausdruck erkennen, welche Frage sie beschäftigte.

»Oh, nein, Liv. Hör auf, mich so anzuschauen. Damit habe ich nämlich nichts zu tun, falls du das denkst. Absolut gar nichts.«

»Ihr habt die Nacht am Strand verbracht«, sagte sie trocken, und ich stöhnte unwillkürlich auf.

»O Mann, gibt es eigentlich irgendwo in diesem Kaff einen Ort, wo man mal ungestört ist!«

Inken schenkte mir einen vielsagenden Blick. »Ja. Der Strand vom Sturmnest gehört allerdings nicht dazu.«

»Vielen Dank für die Info.« Ich vergrub den Kopf in den Händen.

Jewe hatte die restlichen Kisten mit der Anlage in seinen alten Jeep verstaut und kam zu uns. Ohne dass er fragen musste, ahnte er wohl bereits, was die Ursache für unsere deprimierte Stimmung war.

»Ich find's auch nicht gut, was Sten da abzieht.« Er setzte sich zu Liv, hauchte ihr einen Kuss auf die Wange und legte den

261

Arm um ihre Schultern. »Bevor wir ihn verurteilen und kielholen, sollten wir einen kurzen Moment darüber nachdenken, dass es vielleicht gute Gründe dafür gibt.«

Das hörte sich für mich etwas zu verständnisvoll an und ich wollte schon empört etwas entgegnen, als Liv stirnrunzelnd nachfragte: »Gibt es da etwas, was wir wissen sollten, mein Schatz?«

Jewe guckte etwas unbehaglich aus der Wäsche.

»Sten hat mal ein bisschen was erzählt. Von früher.«

»Wann?«

»Als wir auf Wims Geburt angestoßen und dabei ganz eindeutig viel zu viel getrunken haben.«

Er zuckte entschuldigend mit den Schultern.

»Männerabend halt.«

»Und?« Ich sah ihn fragend an.

»Nichts *und*, Millie. Wir haben damals geschworen, dass wir nie wieder darüber reden. Ist eh alles vorbei und vergessen.«

Er sah zu Liv, und für einen Moment wirkte er genauso gequält wie Sten, als es um seine Familie gegangen war. »Du weißt, wie schwierig es mit meinem Vater war, Liv. Und ich kann dir nur so viel sagen: Verglichen mit Sten hatte ich eine sonnige Kindheit.«

KAPITEL 23

Sten blieb für den Rest des Tages verschwunden. Er verabschiedete sich noch nicht einmal von seinen Freunden, die nach Berlin abdüsten und Gott sei Dank so glücklich über die gelungene Hochzeit waren, dass sie sich keine Gedanken über die plötzliche Abwesenheit ihres Gastgebers machten.

Es war später Abend, als ich mit einem Tablett voller Sandwiches und einer Flasche Cola an Stellas Zimmertür klopfte und dann vorsichtig den Raum betrat.

»Stella?«

Sie lag auf dem Bett, den Rücken der Tür zugewandt, und starrte hinaus in die Dämmerung, die den Garten in ein mattes Zwielicht tauchte. Ich trat näher, als sie nicht reagierte, und stellte das Essen auf den kleinen Beistelltisch gleich neben der Ausziehcouch.

»Du musst mal was essen, Stella.«

Sie reagierte noch immer nicht.

Ich setzte mich auf die Bettkante, nah genug, um ihr Trost zu spenden, aber doch nicht so nah, dass sie sich bedrängt fühlen musste.

»Antje Larsens Spezial-Sandwiches. Die magst du doch.«

»Danke«, kam es leise von ihr.

Ich konnte ihr Gesicht nicht sehen, aber ich ahnte auch so, was in ihr vorgehen musste.

»Es tut mir leid, Stella, dass wir nicht mehr für euch tun konnten.«

Schweigen.

»O Mann!« Ich atmete tief durch, weil mir nichts Besseres einfiel. »Das Leben ist manchmal ganz schön unfair.«

Noch immer kam keine Reaktion von ihr. Was mich jetzt auch nicht überraschte.

»Weißt du was? Das letzte Mal, als mich das Leben so umgehauen hat, hab ich 'ne Luxuskarre geschrottet. Totalschaden. Von daher finde ich, dass du im Vergleich zu mir wesentlich besser reagiert hast.«

Stella drehte sich zu mir um und sah mich fragend an.

Ich lächelte. »Das war als Kompliment gemeint.«

»Du hast ein Auto geschrottet?«

Ich nickte.

»Was ist passiert?«

Ich atmete tief durch. »Lange Geschichte.«

Dann erzählte ich ihr von meinem Zeckenbiss, den ich gar nicht bemerkt hatte, von der Borreliose-Erkrankung und der Sehschwäche, die dabei herausgekommen war. Ich berichtete von meiner geplatzten Verlobung, dem Berg an Schulden, den mein Unfall verursacht hatte, und der Tatsache, dass ich nie in meinem Traumjob würde arbeiten können und keine Ahnung hatte, was ich jetzt mit dem Rest meines Lebens anfangen sollte.

Als ich meine Erzählung beendet hatte, sah sie mich mitleidig an, obwohl ihre eigene Situation auch nicht gerade zu Freudensprüngen einlud.

»Das ist krass.«

Ich zuckte mit den Schultern. »Mir ist heute klar geworden, dass man es noch viel, viel schlimmer treffen kann.«

Sie versuchte, die Tränen, die ihr in die Augen traten, tapfer wegzublinzeln.

»Hey …« Ich griff nach ihrer Hand, um sie zu trösten. Diese kleine Geste war eindeutig zu viel für einen siebzehnjährigen Teenager, der viel zu früh im Leben gelernt hatte, Verantwortung für sich und andere zu übernehmen. Aus den Tränen wurde ein haltloses Schluchzen.

Ich nahm sie in den Arm, hielt sie fest, während ihr schmaler Körper vom Weinkrampf geschüttelt wurde und sie an meiner Schulter all die Tränen vergoss, die sie so lange zurückgehalten hatte. Es dauerte lange, bis sie sich wieder einigermaßen beruhigt hatte.

»Geht's wieder?«, fragte ich und spürte, wie sie an meiner Schulter mit dem Kopf nickte.

»Willst du mal was Lustiges hören?«

Sie sah mich aus rot geweinten Augen irritiert an. Als könnte es an der ganzen Situation etwas Lustiges geben. Ich bereute meine Frage umgehend.

»Na ja, vielleicht ist es auch nur für mich lustig«, gab ich schnell zu. »Aber weißt du, wem der Hunderttausend-Euro-Luxusschlitten gehört hat, den ich irgendwo in der Einöde in einem Dorfteich versenkt habe?«

»Deinem Verlobten?«

Ich schüttelte den Kopf, »Nee«, entgegnete ich und musste grinsen. »Sten *Dösbaddel* Ohlsen.«

Sie hob überrascht die Augenbrauen, und ich hätte schwören können, dass ihre Mundwinkel leicht zuckten.

»Und ich muss ehrlich zugeben«, fuhr ich fort, »dass mich dieser Umstand freut. Er mochte sein Auto sehr.«

Stella konnte nicht anders, als nun zaghaft zu lächeln.

»Und ich möchte betonen«, fügte ich noch eilig hinzu, »dass Schadenfreude nicht gerade die beste Lösung für unsere Probleme ist, aber manchmal tut sie einfach nur gut. Die

Versicherung zahlt nämlich keinen Cent und so, wie meine finanzielle Situation ist, wird dein toller Onkel von mir die nächsten hundert Jahre auch nix zu sehen kommen. Was ihm recht geschieht.«

»Pädagogisch sinnvoll war das jetzt nicht gerade«, meinte Stella trocken, konnte sich aber ein Lachen nicht verkneifen.

Es tat gut, sie einmal nicht so ernst und beherrscht zu erleben.

»Richtig. War auch gar nicht meine Absicht. Aber Sten ist einfach ein Trottel und im Augenblick könnte ich ihn eigenhändig erwürgen«, gab ich zurück. »... falls er den Mut hat, mir jemals wieder unter die Augen zu treten«, setzte ich nach einer kleinen Pause hinzu.

Stella schwieg einen Moment und schien über etwas nachzudenken. Als sie mich wieder ansah, lag keine Anklage oder Bitterkeit in ihrem Blick.

»Ich kann ihn verstehen, Millie. Echt, das kann ich.«

Ich atmete tief durch. Dieses Mädchen war wirklich erstaunlich und schien über das Gemüt eines Buddhas zu verfügen.

»Ohne ihn«, fuhr sie fort und ihre Stimme hatte wieder diesen ernsten Klang, »da wäre alles wahrscheinlich noch viel schlimmer gewesen.«

Kapitel 24

Sten tauchte erst am nächsten Morgen wieder auf. Keiner wusste, wo er sich die Nacht über herumgetrieben hatte, aber so, wie er aussah, musste er sie im Freien irgendwo am Strand verbracht haben.

Meine Mutter schenkte ihm einen langen anklagenden Blick, als sie hinter dem Empfangstresen stand und er nach oben in seine Wohnung gehen wollte. Kurz blieb er stehen.

»Ist Stella …?«

Weiter kam er nicht, weil meine Mutter ihn unterbrach: »Stella geht es gut!«

Dann würdigte sie ihn keines Blickes mehr und kramte in irgendwelchen Unterlagen herum.

Ich beobachtete das Ganze vom Frühstücksraum aus, wo ich mich um das Büfett gekümmert hatte, da Kasia immer noch krank war. Sten hatte mich nicht bemerkt.

Er schien noch etwas sagen zu wollen, überlegte es sich dann jedoch anders und nickte knapp.

»Wenn was ist, ich bin oben.«

Er ging die Stufen hinauf wie jemand, der eine schwere Last auf den Schultern zu tragen hatte. Sein Anblick schmerzte und etwas in mir wollte ihm folgen, ihn trösten und versichern, dass egal, was ihn quälte, er nicht allein damit sei.

Stattdessen kümmerte ich mich um den Aufschnitt.

* * *

Falls meine Mutter überrascht über mein Engagement im Sturmnest war, dann behielt sie ihre Verwunderung für sich und nahm nur mit einem erstaunten Blick zur Kenntnis, wie ich mich mit Liv auf die Reinigung der Zimmer stürzte, den Frühstücksraum wieder in Ordnung brachte und mit unseren Lieferanten telefonisch die wöchentlichen Bestellungen durchging.

Stella blieb die meiste Zeit in ihrem Zimmer, nur unterbrochen von kurzen Spaziergängen am Strand, zu denen sie ihr Handy mitnahm. Vermutlich, weil sie mit Momo und Miko telefonieren wollte oder sich je nach Stimmung irgendwelche melancholischen oder aggressiven Songs anhörte.

Sten blieb allein oben in der Wohnung. Als es Abend wurde, war ich versucht, zu ihm hochzugehen. Was Stella mir über ihn erzählt hatte, irritierte mich, machte mich ratlos. Nichts schien mehr zueinanderzupassen. Ich wollte mit ihm reden, erfahren, was ihn dazu bewogen hatte, das Offensichtliche, das Beste für alle *nicht* zu tun. Doch vielleicht hatte irgendetwas in mir Angst davor, die Wahrheit zu erfahren. Denn statt zu ihm zu gehen, ging ich runter an den Strand, setzte mich auf einen der Felsen und blickte aufs Meer. Als hätte es mir eine Antwort auf meine Fragen geben können.

* * *

»Antje meinte, du wärst hier.« Er stand neben dem Felsen, auf dem ich saß, und ich spürte seinen Blick. Ich hatte ihn bereits kommen hören, doch nicht reagiert. »Können wir reden?«

Ich sah ihn an. Er war frisch geduscht und hatte sich umgezogen. Auf seinen Wangen lag ein Bartschatten und seine hellbraunen Haare waren noch feucht und verwuschelt.

Ich nickte und deutete auf den Platz neben mir.

»Ja, Sten, lass uns reden.«

Er setzte sich und atmete tief durch, so, als würde die salzige Brise vom Meer her ihm die Kraft geben, die er brauchte, um das auszusprechen, was er auf dem Herzen hatte.

»Tut mir leid, dass ich dich enttäuscht habe.«

»Es geht nicht um mich, Sten.«

Er nickte langsam und blickte hinaus aufs Meer.

»Ich würde dich wirklich gern verstehen«, fuhr ich fort, »weil ich nämlich bis vor zwei Tagen geglaubt habe, dass du der großherzigste, witzigste, liebenswerteste Kerl bist, dem ich je begegnet bin. Ich wüsste gern, wo dieser Mann hin ist und wie, verdammt noch mal, ich ihn wiederbekommen kann.«

Er blickte mich überrascht an.

»Mir fehlt dieser Kerl, Sten, denn, ob du's nun glaubst oder nicht, ich habe mich hoffnungslos in ihn verliebt.«

Jetzt war es heraus, und ich stellte überrascht fest, dass es gar nicht so schwer gewesen war, das, was ich für ihn empfand, auszusprechen.

Er sah mich lange an, und ich fürchtete schon, er habe gar nicht begriffen, was ich ihm damit hatte sagen wollen.

»Bitte, Sten, sag was …«

»Ich hab auch Angst.« Er seufzte. »Angst, dass du den Mann, der ich wirklich bin, gar nicht lieben kannst.«

Ich legte ihm eine Hand sanft an die Wange. Für einen kurzen Moment schloss er die Augen.

»Mach es nicht so kompliziert, Sten.« Ich lächelte ihn an. »Stella hat mir erzählt, was du die letzten Jahre für sie und ihre Mutter getan hast. Und das hat sich sehr nach dem Mann angehört, den ich kennengelernt habe.«

Er hob alarmiert den Kopf und wich etwas vor mir zurück.
»Was hat Stella dir erzählt?«

»Dass du für sie da warst, Sten! Dass du sie aus dieser schäbigen Hütte irgendwo am Strand von Goa rausgeholt und zurück nach Deutschland gebracht hast, ihnen eine Wohnung besorgt und finanziell unter die Arme gegriffen hast.«

Er blinzelte ein paar Mal, als er mir zuhörte, so, als wäre es ihm unangenehm, von seinen Wohltaten zu hören.

»Ich hab dir vorgeworfen, dass du dich nicht um sie gekümmert hast, und das war ziemlich daneben von mir. Denn ganz offensichtlich hast du es getan.«

Er wich meinem Blick aus. »Nicht so, wie du es getan hättest. Oder Anni oder irgendjemand sonst in deiner Familie.«

»Das weißt du doch gar nicht.«

Er lachte bitter auf. »Ich hab sie ein Mal besucht, in vier Jahren. Dabei lebten wir in der gleichen Stadt.«

»Okay, das ist ein Punkt.« Ich musste an Anni denken, die an meinem Bett gestanden hatte, als ich nach dem Unfall endlich wieder aufgewacht war. »Meiner Familie kann man nicht aus dem Weg gehen. Selbst wenn man auf verschiedenen Kontinenten lebt. Die sind alle gleich da, wenn's Ärger gibt.«

Ich lächelte ihn aufmunternd an und griff nach seiner Hand.

»Bitte, Sten, erklär es mir. Was ist passiert, dass es bei dir anders ist?«

Ich bemerkte den Zweifel in seinem Gesicht, seine Unsicherheit, über etwas zu sprechen, das eine so tiefe Wunde hinterlassen hatte, dass man nicht sicher sein konnte, ob sie jemals verheilen würde.

Als er schließlich anfing zu erzählen, war seine Stimme belegt.

»Ich war noch ein Baby, als meine Eltern beschlossen, auf alle Konventionen zu pfeifen.« Seine Finger strichen über meinen Handrücken. »Sie wollten die absolute Freiheit. Also sind sie irgendeinem Guru hinterher, der ihnen irgendwo in Indien die Erleuchtung versprach.«

»Deine Eltern waren Hippies?« Damit hatte ich nicht gerechnet.

Er zuckte etwas ratlos mit den Schultern. »Hippies. Spiris. Friedensaktivisten. Umweltschützer. Da war von allem was dabei, was gerade in ihr Weltbild passte. Es waren die Achtziger.«

»Kommt mir irgendwie bekannt vor. Meine Mutter hat auch in Brokdorf protestiert.«

»Irgendwann war ihnen das mit der Erleuchtung dann zu anstrengend. Sie haben sich am Strand von Goa niedergelassen, eine Strandbar aufgemacht, die ersten Full-Moon- Partys organisiert, die damals aus Thailand rüberschwappten.«

»Und du warst immer dabei?«

Er nickte. »Und Erik. Er ist vier Jahre älter. Er hat auf mich aufgepasst. Wir konnten machen, was wir wollten. Im Indischen Ozean baden, tauchen, wilde Mangos im Dschungel pflücken.«

Das hörte sich nach paradiesischen Zuständen an, und ich ahnte, dass es nur ein Teil seiner Geschichte war.

»Mit den Partys kamen die Drogen.« Er sah mich an, und ich erkannte in seinem Blick den kleinen Jungen, der hilflos den Gefahren der Welt ausgesetzt war. »Es gab Tage, da haben sie einfach vergessen, dass es uns noch gab. Die Europäer, die uns kannten und noch einigermaßen klar im Kopf waren, haben uns dann mit Essen versorgt.«

Ich versuchte, mir Sten als den kleinen Jungen vorzustellen, der versuchte, in all dem Chaos zu überleben. Es war eine schmerzhafte Vorstellung.

»Dad ist ertrunken, als er zugedröhnt im Meer baden war. Mitten in der Nacht, während die anderen am Strand feierten. Die haben das gar nicht mitbekommen.«

Ich sah ihn mitleidig an. »Und deine Mutter? Ist sie wieder zurück nach Hause?«

Er schüttelte den Kopf. »Sie hat einfach weitergemacht, als wäre nichts passiert. Und eines Morgens ist sie nicht mehr aufgewacht. Überdosis. Von was auch immer.«

»Und was war mit euch?«

»Sie haben Erik und mich in ein Heim gesteckt.«

Ich musste schlucken. »In Indien?«

Er nickte, und ich traute mich nicht, weiter nachzufragen. Es musste die Hölle gewesen sein.

»Nach drei Monaten kamen meine Großeltern und holten uns zu sich nach Hamburg. Wir blieben eine Weile dort. Die beiden haben sich wirklich Mühe gegeben, waren aber völlig überfordert mit uns. Wir kannten kein normales Leben, hatten nie eine Schule besucht.«

»Wie alt wart ihr?«

»Ich war neun, Erik dreizehn.«

»Das muss schwer gewesen sein. Für alle.«

Sten nickte.

»Meine Großeltern haben mich auf ein Internat geschickt. Und das war ein echter Glücksfall für mich. Ich hab den Absprung geschafft.«

»Was war mit Erik?«

»Der hat es nicht geschafft. Hat die Schule geschmissen. Die Großeltern beklaut, Drogen eingeworfen. Das ganze Programm. Irgendwann ist er nach Indien zurück.«

»Hast du ihn jemals wiedergesehen?«

Sten nickte. »Jahre später. Ich fing gerade an, als Investor erfolgreich zu sein, da stand er eines Tages vor meiner Tür. Zusammen mit Jessi und Stella.« Er lächelte mich traurig an. »Sie war damals fast noch ein Baby.«

»Die Geschichte hat kein Happy End, oder?«

Er schüttelte den Kopf. Und dann erzählte er weiter, wie Erik und seine Familie zwei Jahre auf seine Kosten gelebt hatten. Wie er versuchte, ihn und Jessi von den Drogen loszubekommen, Therapieplätze besorgte und immer wieder scheiterte.

»Irgendwann bin ich von einer Reise in die USA zurückgekommen und meine Wohnung war ausgeräumt. Sie haben alles verkauft, was man irgendwie zu Geld machen konnte. Ledercouch, Computer, Fernseher, Stereoanlage, meine Uhren – alles weg.«

»Und sind zurück nach Indien?«

Sten nickte erneut. »Ich hab nichts von ihnen gehört und wollte auch nichts mehr hören. Ich wollte, dass das alles endlich vorbei war. Ich wollte nicht mehr an mein altes Leben erinnert werden. Mir ging es gut. Ich war erfolgreich. Hatte genug Geld und wollte mit all dem nichts mehr zu tun haben.«

»Bis Stella sich bei dir gemeldet hat?«

Er nickte und musste bei der Erinnerung lächeln. »Sie war erst dreizehn, aber schon total erwachsen. Sie hat mich an mich erinnert.«

Ich sah ihn an. »Es war gut, dass du sie da rausgeholt hast. Das war richtig.«

»Ja, vielleicht. Aber ich wollte mich nicht wieder auf die alten Spiele einlassen. Ich wollte so wenig wie möglich mit ihnen zu tun haben. Und Erik war ja nicht bei ihnen. Der hatte sich schon Jahre vorher abgesetzt. Ich wollte nicht den Vaterersatz spielen.«

»Verstehe.«

Sein Lächeln war schmal. »Ich bin ein Feigling, Millie. Ich habe Angst vor einem Teenager und zwei kleinen Kindern. Ganz schön erbärmlich, oder?«

Ich legte meine Hand wieder an seine Wange, um ihn zu trösten, um diesen traurigen Ausdruck in seinen Augen zu vertreiben.

»Nein, das ist es nicht.« Ich küsste ihn sacht auf den Mund, um ihm dann wieder in die Augen sehen zu können, bei dem, was ich ihm sagen wollte. »Du bist nicht mehr allein, Sten. Du musst das alles nicht mehr alleine schaffen. Ich bin da, wenn du mich brauchst.«

Er blinzelte ein paar Mal, als müsste er sichergehen, sich nicht verhört zu haben. Dann nickte er langsam.

»Das ist gut, Millie, sehr gut sogar.«

Und dann beugte er sich vor und wir verloren uns in einem langen, zärtlichen Kuss.

Als wir uns endlich voneinander lösten, war der melancholische Ausdruck in seinen Augen fast verschwunden.

»Und was machen wir jetzt?«

Ich lächelte ihn zuversichtlich an.

»Das, was wir immer machen. Wir lösen ein Problem nach dem anderen.«

Kapitel 25

Es war spät, als wir vom Strand zurück ins Haus kamen. Ich schaute kurz in die Einliegerwohnung. In der Küche brannte das Licht unter den Einbauschränken, doch es war still in der Wohnung. Die letzten Tage waren mehr als aufwühlend gewesen, und ich ging davon aus, dass sich meine Mutter und Stella schon erschöpft in ihre Betten zurückgezogen hatten.

Ich klopfte kurz an Stellas Tür, und als keine Reaktion kam, verließ ich leise die Wohnung und folgte Sten nach oben.

In dieser Nacht lagen wir Seite an Seite in dem großen Boxspringbett, die Gesichter ganz nah beieinander, die Hände ineinander verschränkt, und redeten. Wir erzählten uns alles, an das wir uns aus unserer Kindheit erinnern konnten. Wir sprachen über unsere Väter und Mütter, unsere Geschwister, über all die Verletzungen, die wir in uns trugen und über die wir noch nie in unserem Leben ein Wort verloren hatten. Es war das Intimste, was ich jemals mit einem anderen Menschen geteilt hatte. Und das Befreiendste.

»Siehst du deinen Vater manchmal noch?« Sten sah mich fragend an.

Ich schüttelte den Kopf. »Ich hab ein paar Mal überlegt, ihn anzurufen. Liv hat noch seine Nummer. Aber dann denke ich, es ist besser, ihn so in Erinnerung zu behalten, wie er damals war, als ich klein war.«

»Verstehe.«

»Vermutlich ist es so wie mit den Lieblingsfilmen aus unserer Kindheit. Die sollte man sich auch nicht mehr anschauen, wenn man erwachsen ist. Die verlieren sonst ihren Zauber.«

Sein Blick war voller Mitgefühl.

Nach einem Moment fuhr ich fort: »Ich habe immer gedacht, ich wäre nicht sauer auf ihn. Dass es eben so ist, wie es ist. Und da waren ja auch immer noch Anni und Liv und meine Mutter. Denen ging es viel mieser damit.«

Er nickte leicht, um seine Zustimmung auszudrücken.

»Und gemessen an dem, was sonst noch alles schiefgehen kann in der Familie …« Ich hob vielsagend die Augenbrauen und hoffte, er verstand die Anspielung. »… hatte ich alles in allem eine ziemlich unbeschwerte Kindheit. Aber in Wahrheit bin ich ganz schön sauer auf ihn.«

Er sah mich lange an, und dann gab er mir einen zärtlichen Kuss.

»Wenn das alles hier vorbei ist, Millie, wenn wir das mit Miko und Momo geregelt haben, dann wäre ich sehr gespannt darauf, deinen Vater kennenzulernen. Und sei's nur, um mitzuerleben, wie du ihm das endlich mal sagst.«

Ich lächelte matt. »Ja. Vielleicht sollte ich das wirklich mal tun.«

Langsam wichen all der Stress und die Anspannung der vergangenen Tage von unserer Seele und machten Platz für ein Gefühl der Ruhe und Zufriedenheit. Irgendwann sanken wir in einen tiefen, traumlosen Schlaf, den wir bitter nötig hatten.

* * *

Ich wachte am nächsten Morgen so frisch und erholt auf wie lange nicht mehr. Die Septembersonne schien hell und strahlend in das kleine Schlafzimmer, und aus dem Bad waren die Geräusche der Dusche zu hören, unter der Sten vermutlich gerade stand. Einen Augenblick überlegte ich, aufzustehen und mich einfach zu ihm zu gesellen. Der Gedanke hatte etwas sehr Verführerisches, kam allerdings etwas zu spät, denn im nächsten Moment tauchte Sten mit einem Handtuch um die Hüften im Schlafzimmer auf und rubbelte sich mit einem anderen Handtuch die Haare trocken.

»Guten Morgen!« Er lächelte, als er sah, dass ich wach war.

»Guten Morgen«, murmelte ich und überlegte, wie ich ihn dazu überreden konnte, wieder zurück zu mir ins Bett zu kommen.

Er muss meine Gedanken erraten haben, denn er deutete auf die Uhr neben dem Bett. »Es ist schon halb elf. Wir sollten wirklich mal nach unten.«

Ich stöhnte auf. »Läge es im Bereich des Möglichen, diesen Tag einfach ausfallen zu lassen? Wir bleiben hier, verrammeln die Wohnung und tun so, als wären wir gar nicht da.«

Er beugte sich zu mir herunter und gab mir einen Kuss.

»Das wäre sogar eine sehr, sehr verlockende Möglichkeit.«

»Das sind die Sätze, auf die gleich ein Aber folgt, oder?«

Er lächelte ertappt. »Du kennst mich ganz schön gut.«

Ich schlang ihm die Arme um den Nacken.

»Also, Herr Ohlsen, was treibt dich dazu, mein verlockendes Angebot abzulehnen?«

»Verschieben«, gab er empört zurück, »ich will es nur verschieben. Von ablehnen war keine Rede.«

»Gut. Noch mal Glück gehabt.«

Er gab mir erneut einen Kuss und wurde ernster.

277

»Ich habe Hilmar Sand schon eine Mail geschrieben. Er soll diesen Eilantrag stellen. Und ich würde es Stella gerne so schnell wie möglich erzählen.«

»Richtig. Es wird Zeit, dass wir Ordnung in das ganze Chaos bringen.«

Dann schwang ich mich aus dem Bett und warf Sten einen letzten Blick zu.

»Gib mir fünf Minuten. Ich bin gleich wieder da.«

Dann verschwand ich ebenfalls unter die Dusche.

Als ich wie versprochen in Rekordzeit aus dem Bad zurückkam, wehte bereits der Duft von frischem Kaffee durch die Wohnung. Sten stand am Küchentresen und beendete gerade ein Telefongespräch.

»Gut … verstehe … ich melde mich gleich wieder bei Ihnen.«

Von der gelösten Stimmung, die noch vor fünf Minuten geherrscht hatte, war plötzlich nichts mehr zu spüren, und ich ahnte, dass der Morgen nicht mehr ganz so harmonisch verlaufen würde, wie er begonnen hatte.

* * *

Stella war verschwunden.

Sie hatte sich schon in der Nacht aus dem Staub gemacht, ohne dass jemand von uns etwas bemerkt hatte. Und mit Stella waren auch Miko und Momo weg. Sie waren früh am Morgen aus dem Haus gegangen, dann aber nicht in der Schule aufgetaucht. Die Pflegefamilie hatte ihre Abwesenheit erst bemerkt, als sie am Mittag nicht zurückkamen und die Klassenlehrerin sie über die Abwesenheit ihrer Schützlinge informierte.

Ich vermutete, dass dies keine spontane Aktion der Geschwister gewesen war. Sie hatten es garantiert schon geplant, als Momo und Miko in das Polizeiauto zurück nach

Hamburg gestiegen waren. Die drei waren einfach viel zu ruhig und gefasst gewesen, als dass man es nicht hätte ahnen können. Aber wir hatten uns von ihrer Schicksalsergebenheit einlullen lassen. Was sich nun als böser Fehler herausstellte.

Die Polizei schickte sofort eine Suchmeldung raus, eine Großfahndung nach den Geschwistern war allerdings nicht möglich. Dafür war es noch zu früh und nach Ansicht der zuständigen Beamten war die Lage nicht ernst genug. Was Stella einen komfortablen zeitlichen Vorsprung gab, wo auch immer sie mit ihren Geschwistern hinwollte.

* * *

»Die können sich doch nicht einfach so in Luft auflösen.«

Meine Mutter sah Sten verzweifelt an. »Da muss es doch irgendeinen Hinweis geben. Freunde, Nachbarn oder was weiß ich.«

Sten rieb sich die Schläfen, als würde ihn eine schwere Migräne quälen.

»Die Polizei hat schon in ihrem alten Wohnblock nachgefragt. Da hat sie keiner gesehen.«

Ich legte tröstend den Arm um die Schultern meiner Mutter, der das Ganze sehr nahe ging.

»Mein Gott, wenn ich mir vorstelle, dass sie die Nacht irgendwo draußen verbringen. Oder bei jemanden, der …« Sie sprach den Satz nicht zu Ende und schüttelte vor Entsetzen den Kopf. »… Das will ich mir gar nicht vorstellen.«

»Ich weiß, es ist nur ein schwacher Trost, Mama, aber Stella ist bei ihnen. Sie passt auf sie auf. Die Kleine ist cleverer als wir alle zusammen.«

Was keine Übertreibung war. Stella hatte uns nach allen Regeln der Kunst ausgetrickst. Dazu gehörte auch, dass sie die Handkasse des Hotels geplündert hatte. Mit ein paar Hundert

Euro in der Tasche konnte sie nicht nur Bahn- oder Bustickets kaufen, sondern auch irgendwo ein kleines Pensionszimmer oder eine Ferienwohnung mieten. Jedenfalls bei solchen Vermietern, die es mit der Anmeldung nicht so genau nahmen.

Ich sah zu Sten, der düster vor sich hinstarrte.

»Und du hast keine Idee, wo Stella hinwollen könnte? Vielleicht zu ihrem Vater? Oder zu Jessis Eltern?«

Er schüttelte den Kopf. »Niemand weiß, wo Erik ist. Der hat sich seit Jahren nicht mehr gemeldet. Und Jessis Eltern leben schon lange nicht mehr.«

»Mist!«

»Wenn ich mich mehr um sie gekümmert hätte, dann wüsste ich jetzt vielleicht eine Antwort, aber so …«

Stens Blick hatte wieder diesen gequälten Ausdruck und ich wünschte, ich hätte etwas dagegen tun oder sagen können.

Bedrücktes Schweigen machte sich am Esstisch breit und draußen vor dem Sturmnest begann es bereits zu dämmern. Ich stand auf und machte die Beleuchtung an.

»Jetzt warten wir erst mal ab, was die Polizei morgen herausfindet oder noch alles tut, um sie zu finden.«

Ich strich Sten über die Wange, um ihn zu trösten, und hauchte ihm einen Kuss auf die Stirn. Er blickte stumm auf zu mir.

»Wir werden sie finden, Sten. Und dann wird alles gut. Du wirst sehen.«

Er schloss die Augen und nickte erschöpft.

In dieser Nacht fanden wir die Kinder nicht. Auch nicht am nächsten Tag oder am übernächsten.

Von Stella, Momo und Miko fehlte jede Spur.

Selbst als die Polizei endlich eine Fahndung herausgab und mit Fotos und Plakaten nach den Kindern suchte, blieben Hinweise aus.

Sie waren wie vom Erdboden verschluckt.

KAPITEL 26

»Mama?«

Ich blickte genervt in den großen Vorratskühlschrank im Lagerraum und konnte keine Bioeier finden, auf die unsere Gäste schon sehnsüchtig warteten.

»Wo hast du die Eier denn schon wieder hingepackt? Ich kann sie nicht finden!«

»Da, wo ich sie immer hinpacke«, kam es etwas schnippisch aus Richtung Küche zurück.

Ich stöhnte auf. Unsere Nerven lagen mittlerweile blank, und das lag nicht allein an fehlenden Eiern.

Seit Stellas Verschwinden war eine Woche vergangen, und so langsam machte sich eine leichte Panik im Sturmnest breit. Und pure Verzweiflung darüber, dass es der Polizei nicht gelingen wollte, irgendeine brauchbare Spur von zwei kleinen Kindern und einem Teenager zu finden. *Mein Gott,* dachte ich mehr als einmal, *das kann doch nicht so schwer sein.* Das waren Kinder und keine Schwerkriminellen, die daran gewöhnt waren, unterzutauchen.

Sten war mittlerweile so mit den Nerven runter, dass er schon vor zwei Tagen das Büro einer großen Privatdetektei in Hamburg kontaktiert hatte, die sich um Cyberkriminalität,

Wirtschaftsverbrechen, Versicherungsbetrug und um vermisste Personen kümmerte. Sie rief eine Tagespauschale auf, für die ein Normalsterblicher einen ganzen Monat hätte schuften müssen. Ich hoffte inständig, sie war ihr Geld auch wert und würde bald brauchbare Ergebnisse liefern.

»Was ist denn los?«

Liv hatte die Arbeit in den Zimmern beendet und kam, den Arm voller Schmutzwäsche, zu mir an den Kühlschrank, um ebenfalls hineinzuschauen.

Ich sah sie genervt an. »Mama hat mal wieder die Eier verbummelt, und Kasia braucht Nachschub fürs Frühstücksbüfett.«

»Hm …« Liv stieß einen brummigen Laut aus und stellte frustriert fest: »Die gute Ziegenheumilch-Butter ist auch nicht da.«

Ich schüttelte den Kopf. »Also so langsam geht mir Mamas Vergesslichkeit echt auf die Nerven. Das ist doch nicht normal!«

»Komm schon!« Liv sah mich versöhnlich an und stopfte die Wäsche in die Waschmaschinen, die ebenfalls im Lagerraum standen. »Sei nicht so streng mit ihr. Sie macht sich furchtbare Sorgen um die Kinder.«

Das machten wir uns alle. Was uns allerdings nicht daran hinderte, die Arbeit zu erledigen, die nun mal erledigt werden musste, wenn man ein Hotel führte und das Haus voll zahlender Gäste hatte, die hungrig im Frühstücksraum warteten. Ich musste wirklich mal ein ernstes Wort mit meiner Mutter reden, die nun wie aufs Stichwort erschien.

»Was ist denn das Problem?« Sie sah fragend von Liv zu mir.

»Du hast schon wieder die Eier vergessen. Und die Butter«, gab ich bemüht ruhig zurück.

Sie sah mich empört an. »Hab ich nicht.« Sie schob mich und Liv kurzerhand zur Seite, um an den Kühlschrank zu kommen. »Die sind genau hier. Ich …«

Liv und ich tauschten einen stummen, etwas genervten Blick hinter dem Rücken unserer Mutter.

»Komisch.« Sie drehte sich zu uns um. »Ich könnte schwören, ich hab alles in die untere Ablage gepackt.«

»Weißt du was, Mama?« Ich wollte mich nicht auf weitere Diskussionen einlassen, das führte zu nichts. »Ab morgen übernehme ich den Einkauf.«

Sie sah mich verletzt an. »Aber das ist meine Aufgabe. Und außerdem darfst du gar nicht Auto fahren.«

Damit hatte sie natürlich recht. Was meine Angespanntheit nur noch steigerte.

»Bitte. Wenn das deine Aufgabe ist, dann mach sie. Aber bitte vernünftig und vergiss nicht immer die Hälfte.«

»Ich hab nichts vergessen!«

Ich deutete auf den Kühlschrank. »Und wo sind die Sachen dann?«

Sie schaute etwas ratlos drein.

Ich schüttelte den Kopf und schlug die Kühlschranktür mit Schwung zu.

»Weißt du was, Mama? Du solltest mal zum Arzt gehen. Als Nächstes vergisst du noch, den Herd auszumachen, und fackelst das ganze Hotel ab.«

»Millie!« Liv sah mich mahnend an.

Ich zuckte nur mit den Schultern. »Was denn? Ist doch wahr!«

»Ich … ich bin doch nicht … dement!«, kam es kleinlaut von meiner Mutter. Sie sah mich mit einem so erschrockenen Gesichtsausdruck an, dass ich meine Worte umgehend bereute.

»Ach, Mama …«, wollte ich sie trösten, doch sie wandte sich mit Tränen in den Augen ab und stürmte aus dem Raum.

»Mama, jetzt warte doch mal!«

»Na, super, Millie, echt klasse.« Liv sah mich vorwurfsvoll an. »Das hast du mal wieder toll hinbekommen.«

* * *

283

Ich fand meine Mutter unten am Strand, wo sie auf einem der großen Findlinge hockte und auf die Ostsee blickte. Es war mittlerweile etwas kühler geworden, der Hochsommer verabschiedete sich mit einer steifen Brise und riesigen dunklen Wolken, die wie Märchenschlösser tief über dem Horizont hingen. Es sah nach Regen aus.

Meine Mutter hatte nur eine dünne Strickjacke an und ich legte ihr die leichte Daunenweste, die sie so sehr mochte, über die Schultern.

»Hier, dir muss doch langsam kalt sein.« Ich sah sie schuldbewusst an. »Tut mir leid, was ich da vorhin gesagt habe. Das war wirklich blöd von mir.«

Ich sah, dass sie geweint hatte.

»Du kennst mich, Mama. Manchmal sage ich Sachen, die meine ich gar nicht so.«

Sie schniefte nickend und blickte wieder hinaus aufs Meer. Ich setzte mich zu ihr und nahm sie in den Arm.

»Du bist noch viel zu jung, um dement zu sein. Und ich bin viel zu unsensibel, um zu merken, wenn ich dich verletze.«

»Du bist nicht unsensibel«, kam es etwas schwach von ihr und sie fuhr sich mit dem Handrücken über die Nase, unter der Tropfen hingen. »Seit das mit der Hochzeit passiert ist, mache ich mir auch so meine Gedanken, Millie. Vor zehn Jahren wäre mir das nie passiert. Ich werde alt.«

»Blödsinn, Mama, und das weißt du auch.«

Sie sah mich ernst an und schüttelte den Kopf. »Ich kann das mit dem Hotel nicht mehr.«

»Ich weiß«, erwiderte ich sanft und wich ihrem ernsten Blick nicht aus, als ihr wieder die Tränen in die Augen traten.

»Und das musst du auch nicht mehr. Ich werde die Leitung übernehmen, wenn du damit einverstanden bist.«

Sie sah mich mit großen Augen an, als hätte sie soeben eine Erscheinung.

»Und was ist mit Kiel?«

»Kiel hat sich erledigt. Wie ein paar andere Sachen auch.«

Erleichterung machte sich auf ihrem Gesicht breit, als sie begriff, was das bedeutete, und sie drückte meine Hand.

»Ach, Millie …«

Ich lächelte. Schon vor Tagen waren Sten und ich uns einig geworden, dass, wenn wir erst mal Stella und die Kinder gefunden hätten, einiges im Sturmnest anders werden würde. Unter anderem, dass eine neue Aufgabe auf meine Mutter wartete und sie eine prima Ersatz-Oma für Momo und Miko abgäbe.

»Ich freue mich so für dich, Millie, und für Sten.«

Sie lächelte selig, und bevor sie weitersprechen konnte, erklärte ich schnell: »Was allerdings nicht bedeutet, dass wir in absehbarer Zeit heiraten werden, Mama. Nur falls du fragen wolltest.«

Falls sie enttäuscht darüber war, so hielt sie ihre Gefühle zurück, wie ich erleichtert feststellte.

»Ach«, sie winkte ab, »das muss ja auch nicht sein.«

Dann atmete sie tief durch und sog die klare, salzige Meeresluft in ihre Lunge. Einen Moment saßen wir einträchtig schweigend nebeneinander und genossen diesen herrlichen Spätsommertag.

»Die Eier habe ich trotzdem nicht vergessen«, kam es unvermittelt von ihr, und ich musste lachen.

»Und die Butter auch nicht.«

Sie sah mich an, und da war er zum Glück wieder, dieser trotzige Ausdruck in ihrem Gesicht.

»Nur, damit du's weißt.«

»Alles klar, Mama. Dann waren es wohl die Mäuse. Ich besorge mal ein paar Fallen. Wäre doch gelacht, wenn wir die nicht erwischen.«

»Die hatten wir lange nicht mehr im Haus.« Meine Mutter runzelte die Stirn und schien über etwas nachzudenken. »Ich meine, Mäuse. Ich frage mich nur, wie die die Kühlschranktür aufbekommen.«

Und in diesem Moment wusste ich, dass die Mäuse nicht unser Problem waren.

* * *

Die *Bandit* schoss wie ein schmaler weißer Pfeil durch die Wellenberge der Ostsee und lag perfekt im Wind, um die kurze Strecke von Petermanns Klippe zur Vogelinsel in Rekordzeit hinter sich zu bringen.

»Bist du dir sicher, dass wir sie dort finden?«

Sten, der neben mir auf der Reling der Jolle hockte und etwas blass um die Nase war, weil er schnell seekrank wurde, schenkte mir einen skeptischen Blick.

»Sicher bin ich mir nicht, Sten, aber ich würde es so machen, wenn ich Stella wäre.«

Er nickte meine Antwort ab und klammerte sich krampfhaft an der Reling fest. Ich sah ihn mitleidig an. »Geht's, mein Schatz?«

»Alles gut.« Er schenkte mir ein verunglücktes Lächeln. »Du segelst, wie du Auto fährst – ziemlich rasant, wenn ich das mal sagen darf.«

Ich gab ihm einen Kuss auf die Wange. »Wir sind gleich da. Und ich nehme es mal als Kompliment.«

* * *

Kurz darauf holte ich die Segel ein und setzte die *Bandit* auf den flachen Kieselstrand. Gemeinsam zogen wir die Jolle weiter ans Ufer und sahen uns dann um. Die kleine Insel wirkte menschenleer und nur ein paar Graureiher, die auf den Ästen einer abgestorbenen Buche hockten, blickten uns missmutig über die Störung an.

»Da geht's lang.«

Ich hatte den kleinen Pfad im Schilf entdeckt und zeigte Sten den Weg. Er schien sehr erleichtert, endlich wieder festen Boden unter den Füßen zu haben.

Unvermittelt öffnete der Himmel seine Pforten und ein heftiger Regenschauer ging auf uns nieder. Wir kämpften uns durchs dichte Unterholz und waren nach nicht mal einer Minute bis auf die Haut nass. Ich hoffte inständig, dass ich mit meinem Verdacht recht hatte und Stella sich mit den Kindern in der kleinen Hütte der Vogelbeobachtungsstation versteckte, die ich Momo und Miko bei unserer Segeltour gezeigt hatte.

Wir erreichten die kleine Lichtung. Die Hütte stand auf einem Holzpodest ungefähr einen Meter über dem Boden, was einen besseren Überblick über die Insel und ihre gefiederten Bewohner erlaubte.

Vielleicht wurden wir ja auch schon beobachtet.

Auf den ersten Blick wirkte die Behausung allerdings ziemlich verwaist. Fenster und Türen waren fest verschlossen und es gab nirgendwo einen Hinweis auf eventuelle Gäste.

»Sieht nicht so aus, als wäre jemand da.«

Sten klang enttäuscht.

Ich zuckte mit den Schultern und ging entschlossen auf die Hütte zu. »Werden wir gleich feststellen.«

Als wir die fünf Stufen hoch auf die Plattform gingen, deutete ich auf die Holztür und machte Sten mit einem vielsagenden Blick darauf aufmerksam. Um das Schloss herum war das Holz gesplittert, so als hätte jemand versucht, sie mit Gewalt zu öffnen.

Sten sah mich an und auf sein Gesicht trat ein Hoffnungsschimmer.

Ich öffnete die Tür und wir betraten leise den kleinen Wohnraum.

»Miko? Momo? Seid ihr da?«

Ich sah mich im Halbdunkel der Hütte um. Sie wirkte aufgeräumt und unbewohnt. Unter dem Fenster stand ein kleiner Tisch mit zwei Stühlen, gegenüber war eine kleine Pantryküche eingebaut mit einer Spüle, die sauber und unbenutzt schien. Über einer Sitzecke hing eine große Karte der Insel und daneben kleinere, die den Küstenverlauf vor Brodershöved zeigten.

»Stella?«, rief Sten. »Alles in Ordnung. Wir sind hier, um euch ins Sturmnest mitzunehmen. Ihr müsst nicht mehr nach Hamburg.«

Über uns im Spitzboden knarrten die Holzbalken, und Sten und ich warfen uns alarmierte Blicke zu.

Eine kleine Holzleiter ganz am Ende des Raums führte zu einer offenen Luke in der Decke.

Wir traten an die Leiter und blickten nach oben.

Im nächsten Moment tauchte Mikos blonder Wuschelkopf in der Luke auf.

»Ist das wahr? Wir können echt bleiben?«

Meinen Seufzer der Erleichterung hätte man vermutlich bis Dänemark hören können.

»Ja, Miko«, versprach ich freudestrahlend, »es ist alles geregelt.«

Jetzt erschien auch Momos dunkler Lockenschopf hinter dem Rücken ihres großen Bruders und zwei riesige dunkle Kulleraugen schauten uns an. »Wir müssen nicht mehr zurück?«

»Nein, meine Kleine.« Sten lächelte sie an. »Ihr könnt so lange bei mir und Millie und Oma Antje bleiben, wie ihr wollt.«

Miko und Momo sahen sich ungläubig an und waren sich wohl noch nicht ganz sicher, ob das nicht wieder irgendein fieser Trick der Erwachsenen war, um sie in Sicherheit zu wiegen und aus ihrem Versteck zu locken.

»Kommt, ihr beiden.« Ich hob die Arme, um sie in Empfang zu nehmen. »Sten sagt die Wahrheit, Piratenehrenwort!«

Und dann kletterten sie endlich zu uns herunter und wir nahmen sie überglücklich in die Arme.

* * *

Eine Stunde später regnete es noch immer in Strömen und an eine Rückfahrt zum Sturmnest war nicht zu denken. Sten hatte in dem kleinen Kaminofen ein Feuer gemacht. Wir trockneten unsere nassen Sachen über einer Leine, die quer durch den Raum gespannt war. Auf dem Herd der Pantryküche stand ein Topf mit heißem Kakao und wir warteten darauf, dass das Gewitter nachließ. Und dass Stella endlich auftauchte. Sie war am Morgen mit einem Fahrrad, das sie neben den Eiern, dem Käse und etlichen anderen Dingen ebenfalls bei uns im Sturmnest geklaut hatte, nach Freistadt aufgebrochen, um in einem Waschsalon ihre Kleidung und die Schlafsäcke zu waschen. Sie hatte sich wohl nicht getraut, unsere Maschinen zu benutzen. Das Risiko, dabei erwischt zu werden, war um ein Vielfaches höher, als nachts heimlich die Vorratskammer des Sturmnests zu plündern.

Während wir warteten, schilderten uns die beiden ihre Abenteuer der vergangenen Woche. Und wie wir bereits vermutet hatten, waren sie schon an dem Tag, als die Polizei das erste Mal bei uns erschienen war, auf die Idee gekommen, sich einfach hier auf der Insel zu verstecken, so wie die Piraten von Brodershöved vor langer Zeit.

Ich muss zugeben, dass dies durchaus etwas Romantisches hatte, obwohl ich Piraten sonst nicht viel abgewinnen konnte.

»Stella fand die Idee erst blöd«, erklärte Momo etwas beleidigt. »Aber dann hatte sie auch keinen besseren Plan.«

»Und wir wollten so gerne wieder zurück«, ergänzte Miko die Ausführungen seiner Schwester. »Brodershöved ist voll cool. Viel cooler als Billstedt.«

Sten warf mir einen bedeutungsvollen Blick zu und wandte sich dann wieder den Kindern zu, während er an seinem Kakao nippte und ein staatsmännisches Nicken imitierte.

»Weise Entscheidung, kleiner Mann. Das finde ich nämlich auch.«

»Die Vogelleute sind doch nicht böse auf uns, weil hier gewohnt haben, oder?« Momo sah uns mit großen Augen an. »Wir haben die Vögel auch nicht gestört. Ganz bestimmt nicht. Und wir haben auch immer aufgeräumt. Und nichts kaputt gemacht.« Sie überlegte kurz und fügte dann reumütig hinzu: »Na ja, bis auf die Tür, vielleicht.«

Ich wuschelte ihr aufmunternd durch die dunklen Locken.

»Keine Sorge, das mit der Tür geht in Ordnung. Das kriegen wir ganz schnell wieder hin.«

In diesem Moment hörten wir, wie draußen jemand die Holztreppe hochkam und die Tür mit Schwung aufgestoßen wurde.

»Miko, ich hab doch gesagt, ihr sollt kein Feuer …«

Stella hielt mitten im Satz inne, als sie bereits zwei Schritte ins Haus gemacht hatte und erstarrte, weil sie uns am Tisch sitzen sah. Ich ging davon aus, dass es nicht nur daran lag, mich und ihren Onkel mal wieder nur halb bekleidet und in Unterwäsche vorzufinden.

Sie starrte uns an und ihr Blick flackerte panisch von ihren Geschwistern zu uns.

»Hi, Stella.« Ich lächelte sie so unbekümmert an, wie es mir möglich war, und hoffte, sie werde nicht sofort die Flucht ergreifen.

»Was …?« Man konnte sehen, wie es hinter ihren braunen Augen arbeitete und wie sie versuchte, die Lage einzuschätzen.

Auch sie war völlig durchnässt und die Locken klebten an ihrer Stirn.

»Du solltest dir was Trockenes anziehen.« Ich zeigte auf den Herd. »Und dann setzt du dich zu uns und trinkst erst mal was Warmes. Es gibt viel zu besprechen.«

* * *

Langsam ließ der Regen nach und die Gewitterwolken verzogen sich, um der Septembersonne wieder Platz zu machen.

Wir hatten den Kindern beim Packen geholfen und verstauten ihre Rucksäcke im Bug der *Bandit*. Viel war es ohnehin nicht. Nachdem ich die Schwimmwesten verteilt hatte, halfen mir Miko und Momo dabei, die kleine Jolle wieder startklar zu machen, während Sten und Stella, die etwas abseits standen, miteinander redeten.

Wir hatten unseren Plan erläutert und ihnen versichert, dass das Familiengericht Stens Eilantrag stattgegeben habe. Er würde die Vormundschaft so lange übernehmen, bis Jessi wieder aus der Klinik kam und entschieden werden konnte, ob sie das Sorgerecht für ihre Kinder überhaupt zurückbekäme. Die Chancen dafür standen eher schlecht.

Stella hatte unseren Ausführungen mit ihrer typischen Mischung aus Abgeklärtheit und Vorsicht zugehört, und als wir schließlich alles gesagt hatten, was wir sagen wollten, einen langen Moment geschwiegen.

Dann hatte sie Sten mit einem prüfenden Blick gemustert.

»Das willst du wirklich machen?«

»Ja, das will ich.«

»Und was ist in einem Jahr? Oder zwei? Machst du dann einen Rückzieher und überlegst es dir anders?«

Sten hatte den Kopf geschüttelt.

»Nein, Stella, das wird nicht passieren. Ich verspreche es dir.«

Er hatte die Hand ausgestreckt, um den Pakt zu besiegeln. Und nach einem Moment hatte sie sie genommen und ich erleichtert aufgeatmet.

* * *

Mit zwei Erwachsenen und drei Kindern war die *Bandit* ziemlich ausgelastet. Ich war froh, dass nur noch eine leichte Brise wehte und wir im gemächlichen Tempo zurück zu Petermanns Klippe segeln konnten. Auch Sten war erleichtert, dass er bei der Rückfahrt nicht mehr so durchgeschaukelt wurde und sein Magen eine Schonfrist bekam. An seiner Seetauglichkeit musste ich unbedingt arbeiten, auch wenn der Rest von ihm absolut perfekt war.

Momo hatte sich vorn im Bug über die Reling gebeugt und starrte konzentriert aufs Wasser.

»Alles klar bei dir, Momo?«, fragte ich etwas besorgt. »Oder wirst du auch seekrank?«

Sie drehte sich kurz zu mir um und schüttelte den Kopf.

»Nee, ich will nur nichts verpassen.«

Ich musste lächeln. »Was denn verpassen?«

»Na, die Wale«, antwortete sie, als wäre es das Selbstverständlichste auf der Welt. »Wenn wir jetzt noch einen Wal sehen, dann ist das der allerallerbeste Tag meines ganzen Lebens.«

In diesem Moment betete ich zu Neptun oder wer auch immer dafür verantwortlich war, diesem kleinen Mädchen, das in allem und jedem immer nur das Beste sah, diesen Wunsch zu erfüllen.

Doch von den Walen gab es keine Spur.

»Millie?«

Ich sah zu Stella, die vorn bei den Kindern hockte und mich fragend ansah.

»Ja?«

»Als wir auf der Insel waren, ist mir was Komisches aufgefallen.«

»Was denn?«

»Ist es hier normal, dass ihr Gülle ins Wasser leitet?«

»Nee«, erwiderte ich überrascht. »Wieso fragst du?«

Sie sah mich nachdenklich an. »Ich hab mir schon gedacht, dass das schräg ist. So mitten in der Nacht.«

KAPITEL 27

ETLICHE WOCHEN SPÄTER

Es war einer dieser Tage, die uns ein letztes Mal daran erinnern wollen, wie wunderbar der vergangene Sommer gewesen ist. Einer, der mit milden Temperaturen und viel Sonne die Menschenmassen in die HafenCity und an die Elbe lockte. T-Shirt-Wetter. Und das im November in der regenreichsten Stadt des Landes.

Auch wir waren dabei. Nachdem wir am Morgen den Termin beim Hamburger Familiengericht absolviert hatten, schlenderten wir nun an der Elbe entlang, genossen den Trubel um uns herum und die Sonne, bevor wir uns wieder auf den Rückweg in unser beschauliches Brodershöved machten. Schließlich gab es etwas zu feiern.

Jessi hatte ihre Zustimmung gegeben, dass Sten das Sorgerecht für ihre Kinder zugesprochen bekam.

Sie war heute Morgen nicht persönlich im Gericht erschienen, obwohl sie schon vor zwei Wochen aus der Klinik entlassen worden war, und hatte es durch ihren Anwalt verkünden lassen. Sie lebte nun in einer Wohngruppe für Suchtgefährdete mit therapeutischer Unterstützung und vielleicht würde sie eines Tages den Absprung in ein normales Leben schaffen.

Ich lief mit Sten Arm in Arm die große Freitreppe vor dem Unilever-Haus hoch, während meine Mutter unten an einem Crêpes-Stand Miko und Momo einen Pfannkuchen spendierte. Oder vielleicht auch zwei.

Stella saß unten auf der Treppe, das Handy am Ohr, und telefonierte konzentriert. Sie war noch immer ernst und viel zu erwachsen für ihr Alter. In den letzten Wochen jedoch trat immer häufiger ein entspannter Ausdruck in ihr Gesicht, der sie ungemein attraktiv machte. Jedenfalls in den Augen der Jungs, die ihr auch hier im Hamburger Hafen verstohlen hinterherschauten und sich wohl fragten, wie sie am coolsten die heiße Braut klarmachen konnten. Stella blieb davon völlig unbeeindruckt, falls sie es überhaupt bemerkte. Sie war zu sehr damit beschäftigt, das Leben zu leben, das ihr viel zu lange vorenthalten worden war.

Sten hatte sie überredet, der Schule doch noch eine Chance zu geben und gleich ein halbes Dutzend Privatlehrer engagiert, die ihr helfen sollten, den Unterrichtsstoff der vergangenen Jahre nachzuholen. Ich hatte kurz Angst gehabt, es würde sie völlig überfordern, doch Stella schien es Spaß zu machen. Und ziemlich leichtzufallen. Was Sten kurzzeitig in eine Krise stürzte.

»Ich hab immer gedacht, ich bin der Schlaumeier in der Familie«, gestand er mir eines Abends, als wir eng umschlungen im Bett lagen. »Aber gegen die Kleine kann ich einpacken. Die ist nicht hochbegabt, die ist ein verdammtes Genie.«

Und ich spürte, wie stolz er auf seine Nichte war.

Neben der Schule jobbte Stella im Walmuseum und hatte ihre Leidenschaft für Meeresbiologie entdeckt. Sehr zur Freude von Jewe, Inken und Liv, die bereits die nächste Generation von Walschützern aufwachsen sahen.

295

Wir hatten nun die oberste Stufe der Freitreppe erreicht und drehten uns um.

Da lag sie in all ihrer stolzen Pracht.

Die *Ophelia*.

Direkt vor uns, an den Anlegestellen, die für die großen Kreuzfahrtschiffe reserviert waren. Von hier oben aus konnte man einen Blick auf die Brücke erhaschen und ich hatte es Sten und den Kindern zeigen wollen.

»Vermisst du sie?«

Ich bemerkte, wie Sten die Arme um mich schlang und mich hielt, als müsste er mich trösten.

»Klar vermisse ich sie. Hast du eine Ahnung, wie viele PS die alte Lady unterm Hintern hat?«

Ich spürte, wie sein Brustkorb vibrierte, als er versuchte, ein Lachen zu unterdrücken.

»Du bist die einzige Frau, der man damit eine Freude machen kann. Jedenfalls die einzige, die ich kenne.«

Ich lehnte mich an ihn und genoss seine Nähe. Wenn ich ehrlich war, dann vermisste ich gar nichts.

»Ich hab da ein Start-up gefunden, in Seattle«, sagte er unvermittelt. »Die beschäftigen sich mit Datenbrillen, Nanotechnologie und solchen Sachen. Sie arbeiten auch an speziellen Beschichtungen für optische Gläser, mit denen man Farbsehschwächen ausgleichen kann.«

Ich drehte mich zu ihm um und sah ihn überrascht an.

»Die Sachen sind noch nicht marktreif, aber sie haben ein paar vielversprechende Prototypen.«

»Und damit kann man wieder ganz normal sehen?«

Er nickte. »Du kannst es ausprobieren. Ich bin mit einer nicht unerheblichen Summe bei ihnen eingestiegen. Die scheinen sehr Erfolg versprechend zu sein.«

Ich musste einen Moment überlegen und drehte mich wieder um, um die Brücke der *Ophelia* nachdenklich zu betrachten.

»Ja. Ich glaube, ich würde gerne so eine Brille ausprobieren.«

»Wie gesagt, es sind erst mal nur Prototypen. Die wären natürlich noch nicht zugelassen. Aber vielleicht können wir eine Ausnahmegenehmigung erwirken und du könntest wieder an Bord ...«

»An Bord?«, unterbrach ich ihn amüsiert. »Ich will nicht an Bord. Ich will endlich wieder Auto fahren.«

Ich schlang ihm die Arme um den Nacken und blickte zufrieden in sein verdutztes Gesicht. »Von uns beiden bin ganz zweifellos *ich* die bessere Fahrerin.«

»Bist du dir sicher?« Sein Blick war prüfend.

»Absolut sicher.«

»Ich meine nicht das Auto.«

»Ich weiß, mein Schatz.« Ich küsste ihn auf den Mund. »Solange ich im Sturmnest der Käpt'n bin, kann mir die *Ophelia* gestohlen bleiben.«

In seinem Gesicht machte sich langsam ein entspanntes Grinsen breit.

Ich überlegte kurz. »Aber vielleicht wäre ein größerer Segler schön. Auf Dauer ist mir die *Bandit* dann doch ein wenig zu klein.«

»Ich denke, das ließe sich machen.«

Wir küssten uns, bis uns ein ungeduldiges Räuspern unterbrach. Stella stand vor uns und machte den Eindruck, als wäre es ihr langsam peinlich, uns ständig in intimen Situationen zu überraschen.

»Hi, Stella.« Ich lächelte sie unbekümmert an.

»Grüße von Livvy«, sagte sie knapp. »Ich hab grade mit ihr telefoniert.«

Meine Schwester und Stella waren in den vergangenen Wochen so etwas wie beste Freundinnen geworden. Was mich ehrlich gesagt überraschte. Immerhin hatte Liv kaum von mir Notiz genommen, als ich Teenager gewesen war.

»Und? Was hat sie erzählt?«, fragte Sten.

Stella grinste breit. »Sie haben die Vollhonks endlich erwischt. Die Dullies haben letzte Nacht weiter oben an der Küste versucht, ein paar Lkw-Ladungen loszuwerden. Jetzt sind sie dran.«

Sie schaute zufrieden drein.

Nach Stellas Hinweis vor ein paar Wochen hatten wir das meeresbiologische Institut informiert, das daraufhin Wasserproben nahm und feststellte, dass große Mengen illegal verklappter Gülle die Gewässer rund um die Vogelinsel belasteten. Und es gab noch andere Stellen an der Küste, die ähnliche Probleme aufwiesen.

Es hatte dann noch eine ganze Weile gedauert, bis die Polizei dem Schmugglerring auf die Schliche kam, der mit ganzen Lkw-Ladungen voller Gülle aus den riesigen Tiermastbetrieben in den Niederlanden einen illegalen, aber schwunghaften Handel betrieb.

»Liv meint, es wird dauern, bis das Nitrat abgebaut ist und sich die Heringsschwärme wieder erholen«, fuhr Stella fort, »und bis die nicht wieder da sind, wird Momo wohl auf ihre Wale verzichten müssen.«

Ich schenkte ihr ein zuversichtliches Lächeln.

»Keine Angst, sie kommen wieder. Brodershöved und die Wale gehören einfach zusammen.«

Sie warf mir einen skeptischen Blick zu, der wohl sagen sollte: *Deinen Optimismus möchte ich haben.*

Ich ließ es dabei bewenden.

Früher oder später würde Stella selbst die Erfahrung machen, dass aus irgendeinem Grund, der sich dem menschlichen Ermessen entzog, in Brodershöved am Ende alles gut werden würde.

So oder so.

Und das war gut so.

Nachwort und Dank

Liebe Leserinnen, liebe Leser,

wie immer möchte ich mich an dieser Stelle für Ihr Interesse und Ihre Begeisterung für meine Geschichten bedanken. Ich hoffe sehr, dass Ihnen der kleine Ausflug nach Brodershöved eine unterhaltsame, spannende und emotionale Auszeit schenken konnte und Sie Ihren Spaß dabei hatten, die drei Larsen-Schwestern Liv, Anni und Millie auf ihren neuen Abenteuern zu begleiten. Mir haben sie jedenfalls sehr viel Freude bereitet, und Brodershöved und seine Bewohner sind mir mittlerweile ungemein ans Herz gewachsen – auch wenn sie mir das Leben manchmal schwer machen und mich Zweifel überkommen, ob ich ihre Geschichte auch wirklich bis zum Ende erzählen kann. Zum Glück habe ich bei meinen Schreibabenteuern immer Weggefährten an der Seite, die mich unterstützen und aufmuntern, wenn es mal schwierig wird. Allen voran gilt dies für meine wunderbaren Kolleginnen und Kollegen bei meinem Verlag Montlake. Tausend Dank für eure Geduld und Unterstützung in den letzten Monaten, wenn es mit dem Schreiben mal nicht wie gewünscht voranging und ich ratlos vor dem Computer saß.

Mein ganz besonderer Dank geht an meine Familie und meine Freunde. Auch wenn uns Corona an der einen oder anderen Stelle einen Strich durch die Rechnung machte und wir uns nicht treffen konnten, wart ihr immer an meiner Seite, habt meinen Klagen verständnisvoll gelauscht und mich ermuntert, einfach weiterzuschreiben. Jetzt bin ich nicht nur am Ende dieser Geschichte, sondern dank euch auch ein Zoom-Call-Profi! Und die gemeinsamen digitalen Kochabende werden mir immer voller Freude im Gedächtnis bleiben.

Ich hoffe sehr, liebe Leserin und lieber Leser, dass auch Sie diese herausfordernden Zeiten wohlbehütet und vor allen Dingen gesund überstanden haben. Dass Sie sich, wie die Larsen-Frauen, nicht haben unterkriegen lassen und sich mit Humor und Gelassenheit den Widrigkeiten stellen konnten. Manchmal hilft auch Fluchen, würde Anni an dieser Stelle wohl sagen, und einer Anni Larsen kann man nicht widersprechen.

Ich hoffe, wir sehen uns bald in Brodershöved wieder, und bis dahin wünsche ich Ihnen von Herzen nur das Beste!
Ihre Elli C. Carlson

Zeitfracht Medien GmbH
Ferdinand-Jühlke-Straße 7
99095 Erfurt, Deutschland
produktsicherheit@kolibri360.de

Druck:
CPI Druckdienstleistungen GmbH
im Auftrag der
Zeitfracht Medien GmbH
Ein Unternehmen der Zeitfracht - Gruppe
Ferdinand-Jühlke-Str. 7
99095 Erfurt